낭
패

낭패

미아우
장편소설

낭패

狼狽

마카롱

차례

불길이 탐욕스러운 뱀의 혓바닥처럼 춤을 췄다. 삽시간에 기둥을 타고 올라 대들보에서 넘실댔다. 그 간교한 혀를 내두르는 소리가 사방에 가득했다. 물은 제 둔중한 무게를 견디지 못하고 아래로 흐르건만, 불길은 얄량한 욕심을 채우기 위해 끊임없이 위로 솟구쳤다.

5대를 지켜온 상단의 견고한 사랑채도 간교한 불길에는 속수무책이었다. 세월을 견뎌온 힘으로 버텨보지만 이내 사방에 불씨를 휘날리며 붉게 물들어갔다. 고택이 뿜어내는 연기가 안개처럼 자욱했다.

불길의 한가운데에서 유난히 이목구비가 또렷한 사내가 몸을 일으켰다. 재겸이었다. 매서운 눈매에 날카로운 턱선 그리고 범부(凡夫)에 비해 한 뼘은 더 넓은 듯한 곧은 어깨를 가졌다. 이립(而立)*에도

---

* 서른 살을 달리 이르는 말. 『논어』「위정편(爲政篇)」에서 공자가 서른 살에 자립했다고 한 데서 나온 말이다.

이르지 못했으나, 눈 끝에 맺힌 예리함은 바짝 벼린 칼처럼 불혹에 이른 이도 쉬이 가질 수 없는 것이었다. 그의 치켜뜬 두 눈은 노송 꼭대기에 내려앉은 매와 같이 번뜩였다.

움켜쥔 그의 아랫배에서 떨어진 붉은 피가 바닥을 점점이 수놓았다. 불길이 휩쓴 자리에는 연훈이 가득했다. 힘겹게 숨을 들이쉬자 오장육부가 그을리듯 뜨거웠다. 재겸은 무슨 일이 일어난 것인지 가늠하려고 눈을 껌뻑였다. 헛된 꿈이었다. 모든 것이 분에 넘치는 욕심을 부린 탓이었다.

사랑채 바닥에는 시신 두 구가 포개져 있었다. 상단의 단주가 자신을 죽인 자를 원망하며 하늘을 보고 누웠고, 제 남편을 보호하려는 듯 안주인은 등을 보이고 그 위에 포개져 있었다. 5대째 가업을 물려받아 개성 최대의 상단을 이뤄낸 단주의 눈동자는 허망했다. 재겸은 일전에 단주가 했던 말을 떠올렸다.

—언(言)이 행(行)을 뒤따르면 신뢰를 주고, 언이 행을 앞서면 의심을 받는 법이다.

재겸의 머릿속에 지난날이 빠르게 스쳐 지나갔다. 아비에 의해 상단에 노비로 팔려 온 지 어느덧 일곱 해가 흘렀다. 눈썰미가 좋은 덕에 사환의 자리까지 오를 수 있었다. 그런 재겸을 가까이 두던 대행수 길평이 며칠 전 그를 불러 청나라로 갈 인삼의 수송을 맡으라며 임시로 서기 자리를 내주었다. 무사히 일을 마치고 돌아오면 재겸과 동생인 서조의 노비문서를 파기해주겠다는 약조도 함께였다.

하지만 청나라로 떠나던 호송단은 도적의 습격을 받았다. 도망치던 중 재겸은 수레에 실린 상자를 채운 것은 지푸라기이고, 그 위에 깔린 것은 조삼(造蔘)*이라는 걸 알게 되었다. 동생 서조가 도적에게 죽임을 당한 것으로 위장하고 도망치자고 했지만, 재겸은 그럴 수 없었다. 이왕 자유를 얻는 것이라면 떳떳해야 한다고 생각했다.

돌아온 상단에는 한양으로 일을 보러 갔다가 무슨 연유인지 하루 일찍 돌아온 대행수 길평이 단주와 함께 있었다. 재겸은 도적의 습격을 받은 사실과 함께 호송하려던 물건이 조삼이었다는 것을 단주에게 알렸다. 누가 인삼을 빼돌렸는지 그가 조사하려 들자 길평이 칼을 빼어 들고 단주 내외를 죽이고 재겸에게도 칼을 휘둘렀다.

모두 대행수 길평이 꾸민 일이었다. 도적에 의해 죽임을 당해도 아무 탈이 나지 않을 이들로 호송단을 꾸리고, 그들을 없앤 후 상단의 물건을 빼돌리려는 계책이었다. 길평이 한 약속도 그저 재겸을 이용하기 위한 거짓이었다.

피가 뚝뚝 떨어지는 칼을 쥔 길평이 재겸을 향해 다가왔다. 재겸은 달아나려고 했지만 다리에 힘이 풀려 그 자리에 주저앉고 말았다. 길평의 부릅뜬 두 눈은 도깨비같이 강렬했고, 툭 불거진 광대뼈 위에 자리한 눈은 뱀처럼 기이한 빛이 돌았다. 대행수의 얼굴이 이렇게 잔혹했는지 미처 몰랐다. 이전까진 그저 표정을 잘 드러내지 않는 과묵한 성격이라고만 생각했다.

* 도라지나 더덕을 아교로 붙이거나 인삼 껍데기에 족두리풀 가루를 채워 넣은 가짜 인삼.

위로 솟은 광대뼈를 따라 입꼬리가 당겨 올라가자 그동안 감춰졌던 그의 날카로운 송곳니가 드러났다. 영락없이 성격이 표독한 들개의 이빨이었다. 옆으로 바짝 당겨진 입술 끝에서 섬뜩한 웃음이 피어났다.

"원래 계획은 이기 아닌데 말이디. 네 녀석이 살아 돌아오는 바람에 모두 틀어져버린 거 아니갔네."

"약속이 다르지 않습니까?"

"약속? 약속을 믿었다 이기야? 부모에게 버림받고 팔려 와 종노릇이나 하던 녀석이 헛바람이 들었구나. 하긴 길티. 손에 쥔 게 없는 자가 손에 쥘 수도 없는 약속에 쉽게 혹하는 법이디."

길평이 재겸 쪽으로 크게 발을 내딛자, 재겸은 통증이 밀려오는 배를 움켜쥐고 휘청 물러났다. 재겸이 발치를 내려다보자 뿜어져 나온 피가 먹물을 흩뿌리듯 바닥을 수놓았다. 눈앞에 선 길평의 모습이 두 개로 흩어졌다가 점점 흐릿해졌다. 이내 세상이 새까맣게 물들었다. 어둠을 뚫고 길평의 목소리가 들렸다.

"눈썰미가 좋으면 뭐 하니? 사람은 말이디, 본래 두 개의 얼굴이 있디 안칸?"

재겸은 불길에 휩싸인 채 점점 의식을 잃어가고 있었다. 미처 알아차리지 못한 길평의 사특한 이면에 머릿속이 아득했다. 왜 마땅히 의심하지 않았을까. 육중한 소리와 함께 지붕이 무너져 내렸고, 시뻘건 불덩이로 변한 대들보가 재겸의 머리 위로 쓰러졌다. 간신히 몸을 피한 그의 머릿속엔 한 가지 생각만 또렷했다.

반드시 살아야겠다.

2

처마에서 물이 떨어지는 소리를 듣고서 농사를 망치게 될까 걱정하느라 닭이 세 번 울 때까지 잠을 이루지 못하였다. 늦게서야 비로소 비가 그쳤으니 기뻐 날뛸 지경이다. 간밤에 잘 잤는가?

정조의 비밀 편지 中

도성에 어둠이 짙어지고 요란하던 까마귀 소리가 잦아들자, 어김없이 좌판을 걷은 난전에 사람들이 모여들었다. 한 외진 창고에 모인 자들의 모습이 서로 어울리지 않게 제각각이었다. 수염이 드문드문 자라기 시작한 앳된 얼굴의 사내부터 쓰개치마를 머리 위까지 뒤집어쓴 아낙, 전립 줄을 목에 걸고 피곤한 듯 졸고 있는 나졸, 부채로 얼굴을 가린 채 수염을 만지작거리며 다른 이들과 거리를 두는 흑립을 쓴 선비, 게다가 이순(耳順)*에 이르러 허리가 잔뜩 굽어 구절죽장(九節竹杖)을 짚은 노인도 있었다. 욕심으로 번들대는 눈빛을 보아, 그들이 야심한 밤에 난전을 찾은 이유는 투전 때문이었다.

사람들에 섞여 걸음을 옮기는 두 사내가 있었다. 앞장을 선 사내는 눌러쓴 갓 아래로 예리한 눈빛을 감추고 있었고, 그 뒤를 따르는 자는 한쪽 다리를 절었다. 바로 재겸과 서조였다. 둘은 10년 가까이 조선팔도를 떠돌아다녔다. 개성상단의 단주 내외를 죽였다는 누명을 벗기 위해 그날 상단에 있었던 행수를 찾기 위해서였다.

단주 내외를 죽인 사람이 바로 대행수 길평이라는 사실을 증언해줄 사람은 그날 사라졌던 행수 하나뿐이건만, 그의 종적이 묘연했다. 그러던 중 한양 투전판에서 그자를 보았다는 말을 전해 듣고, 그들은 보름 전부터 한양의 투전판이란 투전판은 모조리 뒤지고 다녔다.

두 사람은 투전판이 열리는 창고에 발을 들였다. 재겸이 서조를 향해 고개를 끄덕이자, 서조는 10년 전에 도주하다 길평이 날린 애기살에 다친 오른쪽 다리를 절룩이며 사람들 사이를 돌아다녔다. 둥글둥글한 얼굴에 넉살 좋은 인상이었던 서조는 도망 생활 때문인지 언제부턴가 어깨를 움츠리고 다녔다.

피가 섞이지 않았으나 노비로 같이 팔려 온 인연으로 형제의 연을 맺고 유일하게 의지하며 살아온 동생이었다. 무조건 그의 말을 철석같이 믿고 따르는 서조가 없었다면 10년 동안 조선팔도를 떠

* 예순 살을 달리 이르는 말.

도는 게 쉽지 않았을 터였다.

"자, 어서들 모이시오. 밤은 짧으니 판을 벌여봅시다!"

도박패의 말이 끝나기가 무섭게 낱알처럼 흩어져 있던 이들이 멍석 앞으로 몰려들었다.

재겸이 분주히 움직이는 사람들 사이에서 서조를 찾아내자, 그가 투전판을 향해 바삐 걸음을 옮기는 갓을 쓴 한 사내를 턱짓으로 가리켰다. 행수와 생김새가 비슷한 모양이었다. 재겸은 그 사내를 쫓아 맞은편에 자리를 잡았다. 투전판에 사람들이 둘러앉자 도박패가 패가 든 대나무 통을 흔들었다.

"그럼 패를 돌리겠습니다."

그가 커다랗게 원을 그리며 둘러앉은 이들을 향해 차례대로 대나무 통을 내밀었다. 사람들은 통에서 패를 고른 뒤 다른 이가 볼세라 제 손아귀 안으로 재빨리 감췄다. 모두 담파고에 불을 붙이듯 한 손으로 패를 감싸고, 다른 손 엄지를 천천히 움직여 패를 확인했다. 하나 재겸은 패는 중요하지 않다는 듯 패를 쥔 손 너머로 갓을 쓴 사내를 유심히 살폈다.

"자, 이제 돈을 거시죠."

도박패의 말이 떨어지기 무섭게 갓을 쓴 사내가 두 냥을 멍석 가운데로 던졌다.

"두 냥이요!"

그 옆에 앉은 쓰개치마를 둘러쓴 여인도 말없이 두 냥을 내놓았다. 단숨에 재겸의 차례가 되었다. 재겸은 품에서 다섯 냥을 꺼내어 던지고는, 갓을 쓴 사내에게 시선을 고정한 채 느긋하게 말했다.

"두 냥씩 걸어 이 짧은 밤 안에 끝낼 수가 있겠습니까? 다섯 냥씩 얹어 갑시다."

그러자 갓을 쓴 사내가 재겸을 향해 비아냥대듯 말했다.

"그래, 두 냥은 좀 그렇긴 하지."

그는 다른 이들을 따라 세 냥을 더해 모두 다섯 냥을 걸었다. 다시 패가 든 대나무 통이 한 바퀴를 돌았다.

"에이 쓰벌, 첫 끗발부터······."

산적처럼 수염이 성기게 돋아난 남자가 제 패를 내팽개치고는 도포 자락을 거칠게 휘날렸다. 쓰개치마를 둘러쓴 여인도 실망한 듯 입꼬리와 아래턱을 잇는 구각하체근이 아래로 처지며 입술이 늘어졌다. 갓을 쓴 사내가 밤손님마냥 곁눈질하며 한껏 가라앉은 판의 분위기를 살폈다. 남자의 오른쪽 눈을 둘러싼 안륜근이 바람 맞은 이파리처럼 얇게 떨리더니 이어 눈두덩이가 무너진 듯 살짝 주저앉았다. 사내는 침을 꿀꺽 삼킨 뒤 품에서 닷 냥을 더 꺼내어 쌓여 있는 판돈 가운데로 던졌다. 그리고 대담한 척 말했다.

"열 냥으로 하십시다."

일순 패를 쥔 자들의 표정이 꿈틀거렸다. 이러한 사람들의 표정 변화가 재겸에게는 한눈에 또렷이 보였다. 그들 모두 담담한 얼굴로 닷 냥씩 더 내놓았다. 하지만 자신 없는 모습이었다.

재겸은 품에서 닷 냥을 내어놓고, 다시 닷 냥을 더 보탰다. 그는 여유로운 미소를 보이며 시구를 읊듯이 흥얼거렸다.

"어이쿠, 이럴 줄 알았으면 처음부터 판돈을 키우는 건데……. 열다섯 냥은 어떻습니까?"

가장 먼저 갓을 쓴 사내가 고개를 번쩍 쳐들었다. 그제야 갓에 가려졌던 그의 얼굴이 훤히 드러났다. 재겸이 찾던 행수가 아니었다. 하관은 비스름하나 코끝이 뭉툭하고 눈매가 옆으로 찢어진 것이 행수의 생김새와는 딴판이었다. 제 얼굴을 드러낸 사내가 노골적으로 재겸을 노려봤다. 그리고 기세에 눌리지 않으려는 듯 품에서 엽전을 꺼내어 투전판 한가운데로 던졌다.

"그래, 한번 가봅시다. 닷 냥 받고, 닷 냥 더 갑시다!"

여인이 머리에 쓰고 있던 쓰개치마가 어깨로 툭 떨어지더니, 조용히 패를 내려놓았다. 옆에 있는 사내도 패를 내팽개쳤다. 이제 재겸과 사내 둘만 남았다. 사람들은 급격히 커지는 판을 흥미로운 얼굴로 지켜보았다. 재겸이 닷 냥을 투전판을 향해 던지고는, 품에서 스무 냥을 더 꺼내어 들고 사내의 눈앞에서 천천히 흔들었다.

"아이고, 좋은 패라도 손에 쥐신 모양입니다."

사내가 뱁새 같은 눈으로 재겸을 쏘아봤다. 그의 눈꼬리가 초겨울 바람에 흔들리는 마른 감잎처럼 파르르 떨렸다. 불안한 눈빛이었다.

"뭐, 가보*라도 잡으신 게요?"

"백문이 불여일견이라. 직접 확인해보면 되지 않습니까?"

재겸이 능글맞은 웃음을 지었다.

"웬만한 패로는 날 못 이길 터인데……."

사내가 왼쪽으로 얼굴을 기울이며 턱을 비스듬히 들어 올렸다. 허세를 부리는 모습이나 한편으로는 자신이 없는 듯 보였다. 재겸은 소매에서 스무 냥을 더 꺼내며 어깨를 쫙 폈다.

"웬만한 건지 아닌지는 직접 확인을 해보시든가!"

재겸이 손에 든 엽전을 판에 던져 넣었다. 순식간에 마흔 냥이 더 보태졌다. 사내의 눈썹에 자리한 추미근이 움찔거렸다. 갈 길을 잃은 듯 제각각 움직이던 근육들이 사람 인(人) 자 모양을 그렸다. 그러한 움직임 하나하나가 재겸의 눈에는 거북이가 유영하듯 느릿하게 보였다.

행수를 찾아 헤맨 것이 10년이었다. 그동안 재겸은 투전판에서 숱한 자들을 만났다. 사람을 속이려는 자, 조정하려는 자 그리고 겁박하려는 자. 재겸은 타고난 눈썰미로 그런 자들의 얼굴에 드러나는 표정을 관찰했다. 그리고 의문을 풀기 위해 의서까지 섭렵하며 얼굴 근육을 하나하나 익혔다. 그 덕분에 재겸의 눈에는 찰나에 스치고 지나가는 그들의 표정이 훤히 보였다. 그 표정으로 손에 쥔 것이 좋은 패인지 나쁜 패인지 가려낼 수 있었다.

"젠장……."

갓을 쓴 사내가 손에 쥔 패를 툭 떨궜다. 3과 4로 합이 7이다.

---

* 두 장의 숫자 합이 9인 경우로, 투전에서 두 번째로 높은 패.

"대체 뭘 쥔 거요?"

사내가 물었지만 재겸은 고개를 단호하게 가로저었다.

"자고로 패를 보려면 패를 보는 값을 내야 하는 거 아니겠습니까."

재겸이 패를 뒤집어 사내와 가까운 쪽에 내려놓았다. 그러고는 무릎걸음으로 다가가 멍석 가운데 쌓인 판돈을 두 팔로 끌어당겼다. 갓을 쓴 사내가 날쌔게 재겸이 내려놓은 패를 들춰 보았다. 판돈을 끌어모으던 재겸은 얼굴에 슬며시 떠오르는 미소를 감췄다. 일부러 사내가 보게끔 패를 그의 가까이에 놓았기 때문이다. 패는 1과 4로 합이 5인 비사였다.

"염병! 비사로 장난질을 친 거요?"

판을 둘러싼 구경꾼들이 술렁댔다. 간위(奸僞)한 재겸의 술수에 혀를 내둘렀다. 완전히 당했다는 걸 깨달은 사내의 얼굴이 벌겋게 달아올랐다. 눈두덩이가 부풀어 오르고 광대 근육이 경련하며 얼굴 표정이 일그러졌다. 패를 쥔 손이 한차례 바르르 떨렸다. 자고로 자존심에 상처를 입은 사람은 사리분별이 둔해져 눈앞의 덫도 알아차리지 못하는 법이었다.

"어허, 투전판에서 허다한 일이 아닙니까?"

재겸이 느긋하게 미소를 지었다. 당장 투전판을 뒤엎을 것 같던 사내는 설욕을 갚기 위해 도포 자락을 당겨 도로 자리에 앉았다. 다시 패가 돌았고, 이번에도 모두들 말없이 다섯 냥씩 내어놓았다. 제 아비를 해한 원수라도 만난 듯, 사내는 재겸에게서 한시도 눈을 떼지 않았다.

재겸은 대나무 통에서 자신만만하게 패를 뽑았다. 아직 흥분이 가라앉지 않았으니 사내는 조금만 신경을 긁어도 쉽게 감정에 휩쓸릴 것이다. 찾으려던 행수를 오늘도 만나지 못했으니 목돈이나 좀 챙겨 가자는 생각이 들었다.

재겸은 패를 쥔 이들의 얼굴을 주욱 훑어보았다. 투전판을 둘러싼 사람들의 얼굴에 스쳐 지나가는 표정이 또렷하게 돋아났다. 패를 들키지 않으려 모두들 무표정한 얼굴을 하고 있지만, 눈과 입 주위 근육의 움직임만으로도 그들이 쥔 패가 훤히 들여다보였다.

쓰개치마를 어깨에 걸친 여인의 미간이 좁아지고, 양쪽에 무게추를 달아놓은 것처럼 입꼬리가 늘어졌다. 불안한 모습이었다. 이러한 찰나의 표정들은 투전판에서 상대의 패를 훤히 꿰뚫어 볼 수 있게 했다. 패가 낮은 이는 불안한 내색을 내비칠 것이요, 좋은 패를 쥔 자는 입가에 떠오르는 기쁨을 감추기 어려운 법.

순식간에 멍석 위에 엽전이 쌓였다. 재겸의 교활한 수에 한번 당한 터라 사람들은 시야를 가리는 차안대를 쓴 경주마처럼 무작정 덤벼들었다. 마침내 마지막 패가 돌았다. 갓을 쓴 사내가 열 냥을 더 얹으며 재겸을 향해 겁박하듯 소리쳤다.

"이번에는 어떤 수작도 통하지 않을 거외다."

다른 투전꾼들도 분위기에 휩쓸려 돈을 걸었다. 재겸의 차례가 되었다. 그는 엽전을 꺼내 손 안에서 염주 알을 세듯 만지작거렸다. 이내 앙다문 입술이 펄을 머금은 조개가 숨을 쉬듯 터억 벌어졌다.

"조선팔도를 떠돌다 보니 한번은 아주 똑같이 생긴 쌍둥이를 만난 적이 있습니다."

재겸이 즉흥적으로 꺼낸 이야기에 갓을 쓴 사내의 눈썹이 일그러졌다.

"이목구비는 물론이고 말투도 똑같고 게다가 즐겨 입는 옷까지 비슷하니 사람들은 누가 형이고 누가 동생인지 분간할 수가 없었죠. 이 형제는 각기 여인을 만나 가정을 이뤘는데, 아내들조차 형제를 구분하지 못했다 하더군요. 한데, 저는 단박에 누가 형이고 누가 동생인지 알아낼 수 있었죠."

재겸이 호쾌하게 웃으며 엽전 서른 냥을 멍석 위로 던졌다. 투전꾼들의 얼굴에 찰나의 표정들이 스쳐 지나갔다. 모두들 재겸의 천연스러운 호기에 패를 내려놓고 말았다. 하지만 갓을 쓴 사내만은 패를 내려놓지 않고 그를 노려보았다. 성난 범과 같이 사내의 콧잔등에 잔뜩 주름이 졌다.

"나를 또 홀리려는 수작인가 본데, 어림없지."

"제가 그 쌍둥이 형제를 어떻게 구분해냈는지 궁금하지 않으십니까? 서로 판에 박은 듯 닮았으니 친해야 마땅한데, 이 형제는 사이가 무척 좋지 않았습니다. 동생이 형을 미워하기에 제 얼굴에서 형을 보았고, 형 또한 자신의 얼굴에서 동생을 느끼니 그 미움의 골이 깊어만 갔지요."

재겸의 말을 무시하듯 갓을 쓴 사내가 엽전 스무 냥을 던지고는 자신의 패를 펼쳐 보였다. 2와 6으로 그 합이 8이었다.

"자, 땡*이나 가보가 아님 그 입 닫고 물러나쇼!"

재겸은 제 패를 까 보이는 대신, 이야기에 더욱 집중하듯 눈을 가늘게 떴다.

"한데 하루는 동생이 죽은 채로 발견된 겁니다. 고을이 발칵 뒤집혔지 않겠습니까? 마을 사람들이 입을 맞추기라도 한 듯 범인으로 형을 지목한 건 말할 필요도 없었죠. 추포되어 원님에게 끌려간 형은 억울함을 호소하였습니다. 동생을 미워하기는 하나 죽일 만큼은 아니라고 말이죠. 주리를 틀고 장을 때려도 형은 결코 실토하지 않았습니다. 원님은 고민에 빠졌죠. 자백하지 않는 형이 계속 문초를 받다가 죽기라도 하면 더욱 난감하지 않겠습니까? 게다가 동생이 형의 부인을 연모하여 형을 죽이고 형의 행세를 하고 있다는 괴상한 소문까지 나돌기 시작했으니……. 그러나 소식을 접한 저는 사건의 본말을 단번에 알 수 있었습니다."

"잡소리 집어치우고 패나 까란 말이오!"

"동생이 거울을 들여다보며 느낀 참을 수 없는 증오란, 자기를 닮은 형제를 증오하는 마음이 컸기 때문이겠습니까? 아니면 형제를 닮은 자기를 혐오하는 마음이 컸기 때문이겠습니까?"

갓을 쓴 사내가 윗입술을 들썩였지만 답을 하지는 않았다. 재겸은 여유 있게 패를 집어 들었다.

"사람들은 자신이 진정 마음에 품고 있는 것을 모를 때가 많습니

---

* 두 장의 숫자가 같은 경우로, 투전에서 가장 높은 패.

다. 모든 걸 남과 비교하니 제가 가진 게 얼마만큼인지 미처 모르곤 하죠. 저는 말입니다. 사람의 얼굴을 이렇게 딱 보면, 그자의 마음 속이 척 하고 보입니다. 그 안에 어떤 것이 들어차 있는지, 또 그게 얼마나 큰지 말이죠."

재겸이 패를 천천히 펼쳐 보였다. 2와 7, 비칠가보였다. 갓을 쓴 사내가 몸을 벌떡 일으켰다.

"이 작자가, 나를 희롱한 것이냐?"

재겸은 사내의 얼굴을 들여다보았다. 얼굴이 벌겋게 달아올랐으나, 입꼬리가 아래로 처지고 아래턱이 슬그머니 뒤로 빠지는 걸 보니 화가 나지는 않은 것 같았다. 오히려 쉬이 감정에 휩쓸려 제 밑천을 모조리 던진 스스로에게 창피함을 느끼는 표정이었다. 판돈을 잃었다고 분란을 일으킬 인물은 결코 아니었다.

갑자기 창고 문이 육중한 소리를 내며 흔들렸다. 투전꾼들의 시선이 모조리 문 쪽으로 향했다. 문틈으로 번뜩이는 도끼날이 비집고 들어와 단단한 빗장을 내리쳤다. 파도가 치듯 좌중이 웅성거렸다.

서조가 절룩이며 달려와 재겸이 딴 엽전들을 황급히 품에 챙겼다. 요란한 소리를 내며 도끼가 또 빗장을 내리쳤다. 단번에 장정 팔뚝만 한 빗장이 두 동강 나며 바닥으로 절그렁 떨어졌다.

제일 먼저 움직인 자는 초립을 쓴 도박패였다. 투전패가 든 대나무 통을 내던지고 창고 뒤 작은 문으로 달아났다. 그러자 다른 이들도 앞다투어 그들이 사라진 문으로 몰려들었다. 사람들의 발길에 차여 멍석 위의 돈이 이리저리 튀었다. 서조는 밀려드는 인파를 어깨로 밀치며 돈을 챙기기에 바빴다. 재겸은 서둘러 빠져나가기 위해 서조의 뒷덜미를 당겨 일으켰다.

이윽고 창고의 문이 열리고 나졸들이 쏟아져 들어왔다. 그들 앞에 선 전립을 쓴 검률*이 칼을 빼어 들고 날카롭게 소리쳤다.

"지엄한 국법을 어기고 투전을 벌인 자들을 한 놈도 빠뜨리지 말고 모조리 잡아들여라!"

재겸이 서조의 뒷덜미를 쥔 채 사방을 둘러보았으나 이미 늦고 말았다. 작은 문 앞에 개미 떼처럼 몰려든 사람들 때문에 도저히 빠져나갈 구멍이 없었다. 달아날 유일한 길은 나졸들이 가로막고 있는 문뿐이었다.

재겸이 문을 향해 돌아섰다. 그때, 머리를 향해 육모방망이가 날아들었다. 눈에서 불이 번쩍이고 이내 시야가 캄캄해졌다.

---

* 형조와 지방 관아에서 사법 행정의 실무와 교육을 맡아 하던 종구품 벼슬.

3 /

지금 내가 밤낮으로 생각하는 것은 '뜻을 가다듬다(銳意)'라는 이 두 글자에 있다. 어찌 내 말을 어기지 않게 하려는 것이겠는가? 다만 의리는 정해진 장소나 방향이 없으니 오직 의(義)를 보아야 비로소 이(理)에 부합하는 것이다. 때문에 천하를 인(仁)으로 이끌면 백성이 따르는(從) 것이니, 이 종(從) 자는 참으로 좋다.

정조의 비밀 편지 中

재겸은 욱신거리는 뒤통수를 움켜쥐고 깨어났다. 옥사를 지키는 나졸에게 어디냐 물으니 형조라고 했다. 그는 골똘히 생각에 빠졌다. 의문이 하나둘 떠올랐다. 자고로 투전과 잡기 등 도박에 관한 단속은 한성부 소관이었다. 한성부가 아닌 형조가 투전판을 급습했다면 다른 이유가 있을 터였다.

나졸 둘이 다가와 재겸의 양어깨를 붙잡고 끌고 갔다. 10년을 도망 다녔건만 결국 이렇게 허무하게 붙잡히고 말았다는 생각이 들었다. 나졸들은 재겸을 별채 바닥에 무릎을 꿇리고는 물러갔다. 그들의 발소리가 멀어지고 주위가 고요해지자 재겸은 고개를 들었다. 서책을 보는 곳인지 한쪽 벽에 서가가 높다랗게 솟아 있고, 서안 위에는 서책들이 돌담을 쌓듯 차곡차곡 포개져 있었다. 서책을 제외하고는 쓸 만한 세간이 거의 없을 정도로 단출했다.

문이 열리고 누군가가 들어섰다. 재겸은 재빨리 고개를 숙여 얼굴을 감췄다. 10년 전 일로 붙들려 온 게 아니기를 마음속으로 빌고 또 빌었다. 나졸을 부리는 자라면 분명 형조의 높은 자리에 있는 사람일 것이었다. 별채에 들어선 이는 재겸을 향해 똑바로 걸어온 뒤, 의자를 하나 옮겨 와 그의 앞에 앉았다.

얼굴이 보이지는 않으나 걸음걸이로 보아 매사에 일을 진중하게 처결하는 사람이 분명했다. 또 별채에 서책이 넘쳐나는 것으로 보아 부지런히 견문을 넓혀 온 자일 터. 그렇다면 대체 누구일까? 무엇 때문에 다른 투전꾼들과 달리 나를 이곳으로 끌고 온 것일까? 정말 내 정체가 들통난 것일까?

마른 헛기침 소리가 두 번 들려왔다.

"고개를 들거라."

차분한 목소리가 날아들었다. 재겸이 고개를 들자, 의자에 앉은 이의 얼굴이 또렷하게 보였다. 눈썹과 눈썹 사이가 넓어 눈 하나가 더 들어설 수 있음직한 사내가 재겸을 호기심 어린 표정으로 바라봤다. 재겸이 이제껏 만나본 미간이 넓은 자들은 대개 낙천적이며 사람과의 관계에 능해 꼬인 실타래를 차분히 풀어나가는 사람들이었다. 또한 눈꼬리가 단단하게 맺혀 있어 쉽사리 세간의 소문에 마음이 흔들리지 않는 모습이었다. 세상의 모든 소리를 들을 수 있을 듯 커다란 귀는 가오리연처럼 펼쳐져 있고, 콧대는 곧고 오똑하지만 콧방울은 둥그스름하여 자기에게는 엄격하지만 타인에게는 부드러운 성품을 지녔을 것이었다.

"자네가 왜 붙들려 왔는지 혹여 아는가?"

대감의 목소리가 만선(晚蟬)*이 떠난 뒤 부는 바람처럼 서늘했다. 재겸은 고개를 조금 들어 상대의 얼굴을 살폈다. 눈을 둘러싸고 있는 안륜근이 원을 그리듯 천천히 움직이자 눈가에 부드러운 주름이 생겼다. 기쁨과 함께 호기심을 감추는 얼굴이었다.

재겸은 고민에 빠졌다. 결코 살인죄로 수배를 받은 자를 대하는 눈빛은 아니었다. 투전판의 도박꾼을 붙잡아 무슨 쓸모가 있을까? 투전은 형조의 관리에게 공이 될 리 없다. 그렇다면 분명 다른 연유가 있을 것이었다.

"글쎄, 잘 모르겠습니다."

재겸은 바닥에 넙죽 엎드렸다.

"괜찮네. 자네의 생각을 거침없이 말해보시게."

대감의 목소리는 높낮이의 변화 없이 차분했다. 목소리에서는

---

* 철 늦게 우는 매미.

어떤 노함도 느껴지지 않았다. 재겸의 불안하던 마음이 차분하게 가라앉았다. 대감이 누구인지는 모르겠지만, 자신을 벌하기 위해 잡아들인 게 아니라는 확신이 들었다.

"제 생각을 말씀드리면……. 첫째, 투전과 잡기의 단속은 한성부의 일인데 이곳은 형조이니, 형조에서는 저를 벌할 권한이 없습니다. 둘째, 다른 노름꾼들은 죄다 옥에 가둔 것으로 보아 내일 아침 한성부로 넘겨질 것이나, 제가 여기 따로 있다는 건 아마도 그들과는 다른 볼일이 있다고 생각됩니다. 또한, 대감의 얼굴에서 언뜻 비친 기쁨의 미소를 보았으니, 제게 사사로운 볼일이 있지 않으십니까?"

재겸은 천천히 고개를 들어 대감을 올려다보았다.

"제가 대감을 위해 해주었으면 하는 게 무엇입니까?"

대감이 껄껄 웃음을 터뜨렸다.

"과연 듣던 대로구나. 너에 대한 소문은 익히 들었다. 근래에 도성 투전판에 특출한 능력을 가진 이가 있다는 말을 듣고 궁금하던 차였다. 상대의 얼굴 표정을 귀신같이 읽어내어 패를 든 자가 진실을 말하는 것인지 거짓을 말하는 것인지 훤히 꿰뚫어 본다고 하더군. 그게 사실이더냐?"

"어릴 적부터 장사치들 틈에서 자라왔습니다. 게다가 오랫동안 조선팔도를 떠돌며 서로 속이려는 거짓된 자들의 표정을 살피다 보니 자연스레 현재의 지경에 이르렀습니다."

"그래, 어쨌건 투전은 엄벌에 처하라는 어명이 있으니 네 죄는 쉬이 용서되지 않을 터. 하나, 나를 도와 사건 하나를 해결한다면 나랏일을 도운 공을 높이 사서 그 죄를 사하여 줄 수 있느니라."

"어떤 사건입니까?"

"평산에서 일어난 일이야."

"평산이라면……."

"먼 길을 다녀와야 할 것이다. 임금께서 나를 형조참의의 자리에 앉히면서 조선팔도의 의문스러운 살인사건을 다시 들여다보라 명하셨느니라."

형조참의라면 재겸이 평생을 살아도 만나지 못할 당상관의 높은 직책이었다. 재겸은 뒤늦게 예를 갖추듯 고개를 깊숙이 숙였다. 그러고는 안도의 한숨을 내쉬었다. 다행히도 아직까지는 자신의 정체를 모르는 것 같았다.

귀동냥으로 얻어들은 바로는 이번에 형조참의에 오른 정약용 대감은 임금의 총애를 한 몸에 받는다고 했다.

"몇 달 전 일어난 사건인데……. 그 사정이 어떠하냐 하면, 평산에 시집간 지 석 달밖에 지나지 않은 부녀자 하나가 목을 매어 죽은 일이라네. 한데 이 남편이란 자는 아내가 죽었음에도 관아에는 알리지도 않고 매장을 하였지. 뒤늦게 그 사실을 안 평안부사가 낌새를 눈치채고 무덤에서 시신을 꺼내어 검험하였는데, 죽은 부녀자인 박조이의 목에서 칼에 베인 상처가 무려 세 개나 발견된 것이야."

"세 개나 말입니까?"

재겸이 놀란 표정을 지었다.

"그래, 두 번의 검험 후에도 타살의 정황이 없다 하여 자살로 종결되고 말았지. 하지만 아무리 보아도 이상하지 않은가? 박조이의 목에 난 세 개의 상흔은 기도와 식도를 관통할 정도로 깊으니……. 검시의 지침서가 되는 『무원록(無冤錄)』*에서 사체에 난 자상을 언급한 부분을 보면 자살할 시에 스스로 목에 하나의 상처를 낼 수는 있으나, 여러 번 깊이 찌르거나 베지는 못한다고 적혀 있지. 가녀린 아녀자의 몸이 아닌가. 그러니 목을 찌른 후에 통증을 감내하며 두 번이나 더 베는 것은 더욱 어려운 일."

"그러겠지요."

"임금님이 직접 어사를 보내어 사건을 처음부터 다시 살폈네. 어사는 『무원록』에 기초하여 사건을 들여다보았지. 스스로 목을 베었다고 한다면 상흔이 귀밑에서 시작하여 가슴께를 향해 비스듬히 내려와야 맞네. 하지만 세 개의 상처 모두 목을 수평으로 가로지르고 있다는 거야. 생각해보게나. 스스로 목을 맨 여인이 은장도를 쥔 팔을 목 높이까지 들어 올려 수평으로 그을 수 있는가 말이야. 그리하여 다른 자에 의해 살해당했을 것이라는 결론에 이르렀지. 이에 박조이의 남편과 그 주변인을 심문한 결과 남편 조광선의 사촌인 조광진이 박조이와 간통을 하였고, 그 사실을 들킬까 봐 두려워 박조이를 죽여 자살로 위장했다고 진술하였네."

---

* 중국 원나라의 왕여가 1308년에 지은 법의학서.

"그러면 사건이 해결된 것이 아닙니까?"

"하나, 이상한 것은 남편이란 작자일세. 그자는 어찌하여 아내가 죽었는데 관아에 신고도 하지 않고 매장한 것인지 의문이라네. 그 일가족이 입을 꾹 다물고 있어 사건이 오리무중이라네."

"가문에 수치라고 생각한 건 아닌지요?"

"그렇게 단순한 것이라면 좋으련만……."

"무언가 더 있다는 말씀입니까?"

"글쎄……. 여하튼 현재 평산 관아에서는 범인인 조광진과 박조이의 남편 조광선을 불러다 그 연유를 캐묻고 있다네. 떠오르는 의문을 풀지 않고 어찌 사건을 그들의 진술대로 처결할 수 있겠는가. 그들이 무엇을 감추기 위하여 거짓을 고하고 있는지 반드시 알아내야 하네. 이 사건을 어찌 해결해야 하나 고민이었는데 투전판에 떠도는 자네의 소문을 들은 게야. 투전꾼의 얼굴 표정을 통해 상대의 패를 읽어내는 자네라면 뾰족한 수가 있지 않나, 하는 생각이 들었다네. 어때, 할 수 있겠나?"

재겸은 긴장한 듯 마른침을 삼켰다. 형조와 깊이 연관되어 좋을 일은 없었다. 재빠르게 이 사건을 해결하고 붙들린 서조를 데리고 도망쳐야겠다는 생각이 먼저 들었다.

"네, 알겠습니다."

"아주 중한 사건이니 실수가 있어서는 안 되네. 알겠는가?"

"네."

쩔렁 소리가 나며 무언가가 바닥에 떨어졌다. 엽전 뭉치였다.

"내 의구심은 있으나 다른 일에 매여 먼 길을 떠나기가 힘이 드는구나. 나를 대신하여 내 눈과 귀가 되어 보고 듣고 오면 되는 것이다. 노잣돈은 넉넉히 준비하였으니 하루빨리 평산에 다녀오기 바라네. 이 사건을 잘 해결한다면 자네와 함께 붙들려 온 동생을 곧장 방면해주겠다."

"네, 대감. 필히 진상을 밝혀내겠습니다."

"그래, 그럼 수고하게. 밖에 있는 검률과 동행하여 다녀오게나."

말을 마친 대감이 천천히 걸음을 옮겨 별채를 나섰다. 발소리가 사라지자 재겸은 고개를 들고, 자신의 앞에 놓인 엽전 꾸러미를 집어 품에 갈무리했다.

별채를 나서자 대감이 말한 전립을 쓴 검률 하나가 서 있었다. 투전판에서 재겸을 잡아들인 자였다. 그가 고개를 들자 전립에 가려져 있던 얼굴이 달빛에 드러났다. 관직도 없는 자와 출사(出使)를 나가는 것이 달갑지 않은 모양이다. 재겸을 찾기 위해 밤새 도성의 모든 투전판을 뒤지느라 곤혹을 치러 더욱 불만이 가득할 터. 검률이 못마땅한 표정으로 입을 열었다.

"자, 시급한 일이니 서둘러야 하네. 어서 가시게나."

4

대신에게 문계(問啓)*하는 일로 말하자면, 풍문은 풍문이요 사면(事面)**은 사면이니, 사면이 관계된 곳은 조사하여 바로잡지 않을 수 없다.

정조의 비밀 편지 中

재겸은 평산에 도착하는 대로 관아를 찾았다. 장을 맞은 사람들의 피 냄새와 고름 냄새가 진동해 저절로 이맛살이 찌푸려졌다. 그는 사건에 관련된 자들과 직접 이야기를 나눠보고 싶다고 검률에게 미리 허락을 청했다.

옥사를 둘러보다 가부좌를 틀고 있는 남자 앞에서 멈춰 섰다. 옥에 들어선 재겸과 검률을 거듭 살피는 것으로 보아, 아직 종결되지

---

* 죄과로 벼슬에서 쫓겨난 사람을 임금의 명으로 승정원의 승지가 계판(啓版) 앞에 불러 그 까닭을 물어서 아뢰던 일.
** 사리(事理)와 체면(體面)을 아울러 이르는 말.

않은 사건과 관련된 자가 틀림없었다. 옥에 있는 다른 이들과 달리 옷고름이 단정하고, 앉아 있는 자세가 반듯한 것이 양반의 체통을 지키기 위해 애쓰는 모습이었다. 이자가 박조이와 간통을 하였다는 조광진이 맞을 것이었다.

재겸은 옥살이를 하느라 해쓱해진 조광진의 얼굴을 유심히 살펴보았다. 시집을 온 지 석 달밖에 지나지 않은 여인, 그것도 사촌 형수와 정을 품었다가 목을 칼로 세 번이나 그어 죽였다고 했다. 사내와 간통을 했다지만 죽은 자는 말이 없는 법. 그 어떤 것도 단정해선 아니 된다.

재겸은 사건을 듣자마자 의심 가는 자가 두 명 있었다. 박조이와 간통을 저지르고 그녀를 죽였다고 자복한 조광진. 그리고 죽은 아내에 대한 의심 없이 증거를 은폐하듯 아내의 시신을 매장한 남편 조광선. 살인자는 이 둘 중에 있을 것이었다. 그리고 어찌하여 조광진이 순순히 자복하였는지 의심이 들었다. 이 두 사람의 얼굴을 살펴 진짜 살인자와 숨겨진 이유를 찾아야 했다.

재겸은 조광진의 얼굴을 잘 살필 수 있도록 마주 보고 앉았다. 검률의 복색을 보고 관아에서 나온 것을 눈치챈 조광진은 자신을 살피는 재겸의 눈길을 피했다. 재겸은 제 미천한 신분을 숨기기 위해 당당하게 입을 열었다.

"대감이 조광진입니까?"

조광진의 눈썹이 성큼 올라서고 눈동자가 구슬처럼 좌우로 흔들렸다. 똑바로 앉으려고 하나 한쪽 어깨가 움찔 솟아오른 것이 달아나고 싶은 마음을 감추며 거짓을 궁리하는 자의 모습이었다. 역시 재겸이 생각하는 게 맞았다.

"박조이의 사건을 조사하기 위해서 형조에서 나왔습니다. 대감은 박조이와 간통을 하였다고 했는데, 박조이와는 언제부터 알아 온 것입니까?"

"그게……."

조광진이 할 수 없다는 듯 입을 뗐다.

"시집을 온 뒤에 만났소."

"시집을 온 뒤라고요? 박조이가 시집온 지 석 달 만에 죽어 발견 되었으니……."

"두 달 전부터지요."

"두 달이라……. 대감, 제 얼굴을 똑바로 보고 다시 한번 말씀해보 시겠습니까? 박조이와 통(通)한 지 얼마나 되었다고 하셨습니까?"

조광진이 고개를 들어 재겸을 쳐다봤다. 붓에 먹물을 찍어내듯 제 입술에 침을 발랐다. 찰나에 눈 깜빡임이 날아오르는 벌의 날갯 짓마냥 빨라졌다. 마침내 그가 다시 입을 뗐다.

"두 달이요."

"거짓말이로군요."

내리치는 칼처럼 재겸의 날카로운 말이 공기를 갈랐다.

"아니요, 진짭니다."

조광진은 한겨울에 차가운 강물을 뒤집어쓴 것처럼 화들짝 놀라 며 고개를 가로저었다. 조용히 옆에서 둘의 대화를 기록하던 검률도 흥미가 인 것인지 고개를 들어 둘을 번갈아 바라보았다.

"박조이의 목에 난 세 개의 깊은 자상도 대감이 한 것이란 말입니까?"

그는 입을 다물고 말없이 고개만 끄덕였다.

"대감이 박조이를 죽였다고 하였는데, 그 말이 맞는지 의문이 듭니다. 아무리 간통이라고는 하나 정을 나눈 여인을 대감의 손으로 죽였다는 겁니까?"

조광진은 결코 진실을 발설하지 않겠다는 듯 입술을 더욱 단단히 깨물고는 다시 고개를 끄덕였다.

"왜 죽였습니까? 보고서엔 대감이 간통한 사실을 숨기려 했다 하였는데, 남편 조광선이나 다른 누군가가 간통 사실을 눈치챈 것입니까?"

"그건 아니오."

"그럼 더더욱 이상하지 않습니까? 연정을 품은 여인을 그토록 참혹하게 죽일 이유가 무엇입니까? 목을 칼로 세 번이나 그은 후에 목을 매달았다? 들키지 않았는데 왜 굳이 죽여야만 했던 겁니까?"

마른침을 삼키는지 목젖이 솟구치고, 동시에 긴장한 듯 이마의 근육들이 팽팽해졌다. 입을 꾹 닫고 있는 조광진의 눈동자가 뭔가를 궁리하는 듯 오른쪽 위로 향했다. 들통나지 않으려고 거짓말을 생각하는 것이 분명했다. 재겸은 그에게 말을 꾸며낼 시간을 주지 않기 위해 목소리를 높였다.

"뭐를 숨기려는 겁니까? 혹여 박조이를 죽인 이가 대감이 아닌 것입니까?"

오른쪽 위를 향해 솟아오르던 조광진의 눈동자가 날개가 부러진 새마냥 툭 떨어졌다. 눈동자의 동공이 밤길의 고양이처럼 크게 부풀었다. 일부러 힘을 주고 있었던 입둘레근에 힘이 빠지며 입술이 슬며시 벌어졌다.

조광진은 뒤늦게 고개를 저었다. 재겸은 한참을 말없이 조광진을 노려보았다. 그러고는 갑자기 몸을 일으켜 옥사를 빠져나왔다. 곁에서 사건을 기록하던 검률이 서둘러 뒤따라왔다.

"자네가 직접 질문을 하겠다고 하여 허락해주었는데, 이게 무언가? 먼 길을 왔는데 이렇게 쉽게 조사를 끝내서야 되나? 치도곤을 쳐서라도 자복한 것이 사실인지 재차 확인해야지."

재겸이 검률을 향해 돌아섰다.

"나리, 저는 사람의 표정을 살펴 거짓을 잡아내는 일에 능합니다. 그런 제가 저자의 얼굴에서 읽은 게 뭐라 생각하십니까?"

"뭐란 말인가?"

"두려움입니다. 두려움을 가진 이는 눈 위의 전택과 눈썹이 위를 향합니다. 그리고 입술의 끝이 광대를 향해 당겨 올라가는 법입니다. 제가 조광진에게 던진 질문을 기억하십니까?"

검률이 고개를 끄덕였다.

"첫 번째 질문은 박조이와 정을 통한 지 얼마나 되었냐 물었습니다. 조광진은 두 달이라 하였지요. 하나 그의 눈이 비록 찰나였지만 벌의 날갯짓만큼 깜빡임의 속도가 빨라졌으며 한쪽 어깨가 움찔 치솟았습니다. 입술을 꾹 다물려고 노력하는 모습 또한 드러났습니다."

"그게 왜?"

"한쪽 어깨가 치솟은 것은 질문을 피해 도망치려는 속마음입니다. 또 눈의 깜빡임이 빨라진 건 거짓을 궁리하는 모습이죠. 그런데 의문이 들었습니다. 모두가 알고 있는 박조이와 간통한 사실에 대해 왜 거짓말을 꾸며내려 했는지요."

"설마 박조이와 간통을 하지 않았다는 건가? 왜 하지 않은 간통을 하였다고 자백을 하겠는가. 말이 안 되지 않는가?"

재겸이 고개를 끄덕였다.

"그래서 두 번째 질문은 박조이를 죽인 게 본인이 맞는지였습니다."

"그래, 이번에도 거짓을 고하던가?"

"네. 아무리 간통을 하였다 치더라도, 들키지도 않은 사실을 감추려 여인을 죽이는 건 아무래도 이상하지 않습니까. 남녀의 정이란 한번 빠지면 쉽게 헤어나지 못하는 법. 게다가 두 달밖에 되지 않아 한창 불타오를 때였을 텐데 정인을 죽인다?"

"하면 박조이를 죽인 게 조광진이 아닐 수도 있다?"

"그래서 제가 마지막 질문을 던진 겁니다."

"박조이를 죽인 게 조광진 당신이 아니지 않느냐, 하고 묻지 않았나?"

"네, 그러자 거짓을 궁리하려던 그의 눈동자가 주저앉았습니다.

그리고 자신의 속내를 들킬까 봐 꼭 다물고 있던 입술에 힘이 빠지며 허망한 숨이 새어 나오지 않았습니까?"

"자네가 조금 전에도 말했듯이 그건 두려움이 아닌가?"

"조금 다릅니다. 입꼬리가 광대를 향해 늘어나는 대신, 저도 모르게 입이 조개마냥 터억 벌어졌습니다. 이건 놀람을 나타냅니다. 바로 정곡이 찔린 자들이 자기도 모르게 입이 벌어지는 걸 미처 감추지 못하는 거지요."

"놀랐다라. 그렇다면?"

"박조이를 죽인 자는 아마 다른 이로 생각됩니다."

"한데 저자는 왜 자신이 죽였다고 자백하였을까?"

"그 진실을 밝혀내려면 남편인 조광선도 만나봐야 할 겁니다."

"그래, 알았네. 나졸을 시켜 조광선을 불러들이도록 함세."

그날 저녁, 조광선이 관아에 들었다. 재겸은 검률의 옆에 서서 조광선의 모습을 찬찬히 살폈다. 조광진과는 사뭇 다른 얼굴이었다. 조광진이 주위의 눈치를 살피는 위축된 모습이라면, 조광선은 고개를 당당하게 치켜들었다. 현재는 일가친척 중 어느 하나 벼슬에 오르지 못했으나, 과거 병조판서 자리에 올랐던 증조부의 이름을 잊지 않으려는 듯 고개가 똑발랐다. 마을 입구에서 본 단단한 표정의 장승이 떠올랐다.

탁자 위에 사건 기록을 펼쳐놓고 들여다보던 검률이 재겸을 향해 손짓했다. 그의 빼어난 눈썰미를 본 터라 조광선에게 던질 질문을 맡기려는 것이었다. 재겸은 사건 기록을 살피던 중 눈에 띄는 내용을 하나 발견했다.

"질문을 하시지요. 이렇게 저를 부른 건 묻고자 하는 게 있어서이지 않습니까?"

조광선이 허리를 꼿꼿이 펴고 검률과 재겸을 번갈아 바라보았다. 어찌 저리 당당할 수 있단 말인가. 아내가 목에 세 번이나 자상을 입고 목 매달린 채 발견되었다. 그런 아내를 관아에 신고조차 하지 않고 서둘러 장례를 치르고 땅에 묻은 남편이었다. 가장 먼저 의심의 화살이 향해야 할 자였다.

무슨 믿는 구석이라도 있는 걸까? 재겸은 눈을 가늘게 뜨고 조광선의 얼굴을 살폈다. 이런 자일수록 신중을 기해야 했다. 쥐의 목을 무는 고양이처럼 눈치채지 못하게 한발 한발 다가가야 했다. 재겸이 검률을 향해 고개를 끄덕이자 그가 입을 열었다.

"내 대감을 불러들인 이유를 알겠는가?"

조광선은 검률이 질문하길 기다렸다는 얼굴이었다.

"그야 당연히 제 아내의 일 때문이 아닙니까? 시집온 지 석 달 만에 죽어 땅에 묻혔으니 사람들이 수군거릴 만하지요. 정황만으로는 아마도 제가 제일 수상할 겝니다. 하나, 제가 아내의 목에 난 자상을 보고도 즉시 관아에 신고하지 않은 이유는……."

조광선이 자신 있게 턱을 치켜 올리며 차가운 눈빛을 보냈다.

"제 아내의 일을 세간에 알리고 싶지 않아서입니다. 증조부는 선대임금을 도와 병조판서의 자리에서 이 나라의 탕평에 힘쓰신 분

입니다. 증조부의 얼굴에 먹칠할 수는 없지 않습니까? 제 사촌과
아내가 간통을 하였다, 이 사실이 세간에 알려지면 어떻겠습니까?
증조부의 위신이 땅에 떨어지는 것은 말할 것도 없거니와, 세간의
종자들이 내 집 처마를 향해 손가락질을 해댈 겁니다. 내 어찌 그런
수모를 감당할 수 있겠습니까?"

"그래서? 아내와 정을 통한 사촌을 용서하고 살해당한 아내를
자살로 위장해 매장하였다?"

"내 어찌 사촌을 용서할 수 있겠습니까?"

그가 버럭 소리를 지르며 주먹을 움켜쥐었지만 떨리지는 않았
다. 꾸며낸 분노였다.

"의심한 적이 없는가?"

"무얼 말입니까? 제 아내가 정을 통한 것 말입니까? 내 어찌 의
심할 수 있었겠습니까. 혼례를 올린 지 불과 석 달밖에 지나지 않았
습니다!"

"그러니까 말일세. 혼례를 올린 지 불과 한 달 만에 아내가 다른
사내와 정을 통했는데 낌새가 있었을 것 아닌가."

조광선이 눈을 부릅뜨고 검률을 세차게 노려봤다. 눈빛은 이를
데 없이 차가웠다. 간통하여 죽임을 당한 아내를 둔 자의 얼굴이 어
쩜 저리 냉정한지 의문이었다. 재검은 반드시 저 고요한 심정을 흔
들어 그 안에 숨겨진 것을 밝혀내야겠다는 생각이 들었다. 이렇게
단단한 표정일수록 그 안에 음험한 얼굴을 반드시 가지고 있을 테
니까. 10년 전 단주 내외를 죽인 길평처럼.

40

조광선 이자를 자극할 필요가 있었다. 떳떳함을 내세우는 자일수록 인과에 맞지 않는 틈을 물고 늘어진다면 오히려 더 쉽게 무너지는 법이었다. 그는 검률에게 허락을 구하고 두 사람의 대화에 끼어들었다.

"한데, 제가 박조이 사건의 기록을 살피던 중 이상한 것을 하나 발견하였습니다."

재겸이 탁자 위에 놓인 사건 기록을 들어 올렸다. 그는 기록을 읽는 척하며 시선은 그 너머에 있는 조광선에게 두었다.

"'박조이의 시신을 검험하기 위해 무덤을 파헤치는 과정에서 그 아래에서 갓 태어난 영아의 사체가 발견되었다'고 적혀 있습니다만……."

"태어나서 한 해를 넘기지 못하고 아이들이 죽는 일이 비일비재하다네. 그런 아이들은 묫자리조차 제대로 세우지 않고 묻는 경우가 숱하지 않은가?"

"그렇긴 하죠. 보통 죽은 영아는 묫자리를 만들지 않고 얕게 파서 묻는 법이 아닙니까? 그런데 어찌하여 부인의 관 아래에서 영아의 사체가 발견된 것일까요?"

"내가 내 처의 무덤 아래에 묻힌 영아까지 신경을 써야 한단 말인가?"

재겸이 기록을 탁자에 다시 내려놓으며 조광선을 응시했다.

"제 생각에는 말입니다. 그 아이는 땅을 깊이 파고 묻은 게 아닙니다."

"대체 무얼 말하고자 하는가? 깊이 묻힌 아이가 깊이 묻히지 않았다니?"

조광선의 왼쪽 눈썹과 오른쪽 눈썹이 고싸움을 하는 두 패거리의 고처럼 서로에게 달려들었다. 논리에 맞지 않는 재겸의 말이 신경에 거슬리는 모양이었다.

"우연히 대감의 아내 묫자리 밑에 영아가 묻힌 것이 아니라는 겁니다. 대감의 아내의 시신을 묻기 위해 파낸 구덩이의 아래를 누군가 얕게 파내어 아이의 시신을 감추듯이 묻은 것 아니겠습니까?"

그의 말에 조광선의 이마에서 부딪친 고싸움의 승패가 결정 난 듯 오른쪽 눈썹이 왼쪽 눈썹을 누르며 솟구쳤다. 감히 어떤 자가 양반의 묫자리 아래에 몰래 아이를 묻었는지 괘씸하다고 생각하는 듯했다.

"그러면 두 가지 추측이 가능한데, 그 아이는 대감 아내의 아이이거나."

"이보게!"

조광선이 소리를 질렀다.

"제 말을 더 들어보시지요. 그 아이는 대감의 숨진 부인과 같이 묻혔거나, 혹은 누군가가 대담하게도 양반가의 무덤 아래에 몰래 묻은 것이겠지요."

"그 아이가 왜 내 아내와 같이 묻혔단 말인가? 내 아내가 잉태를 하였다면 남편인 내가 어찌 몰랐겠는가?"

"진실이로군요."

조광선의 얼굴을 천천히 관찰하던 재겸이 속삭였다. 그러자 조광선은 놀란 듯 두 눈을 치켜떴다. 와잠(臥蠶)* 위에 걸린 두 눈동자가 손 안에 구슬마냥 요란스레 흔들렸다.

"그렇다면 누군가가 대감 아내의 무덤 아래에 영아를 묻었다는 것인데……."

이를 앙다문 양 광대뼈가 솟아올랐다. 주먹을 거세게 움켜쥐었지만 떨리지는 않았다. 그런데 이상한 점이 눈에 띄었다. 움켜쥔 주먹은 떨림이 없건만 어깨는 흐느끼듯 들썩였다. 가짜 분노가 분명했다.

"혹여, 아내의 시신을 맨 처음 발견하셨습니까?"

"거기 적혀 있지 않나? 내가 발견한 게 맞네."

평정심을 잃은 듯 조광선의 입 가장자리가 슬쩍 일그러졌다.

"허어……."

재겸이 헛웃음을 내뱉었다. 서류에 적힌 조광선의 증언도 거짓이 분명했다. 어찌 이들 모두 거짓을 고한 것인지 의문이었다. 대체 누구의 죄를 덮기 위한 것일까. 재겸이 깊은 생각에 잠겼다가 다시 입을 뗐다.

"지금 떠오른 이야기가 있는데 해드려도 될까요?"

그러나 조광선은 입술을 꾹 다문 채 재겸을 노려볼 뿐이었다.

"어느 고을에 하루걸러 죽은 갓난아이 셋이 관아에 보고되었습

---

* 눈 밑의 도드라진 부분.

니다. 사또는 아이를 죽인 부모를 모조리 잡아들였죠. 한데 비슷한 시기에 죽음을 맞은 아이들은 꽤 다른 처지에 놓여 있었습니다. 첫 번째 아이는 가난한 소작농의 아이였죠. 보통의 아이보다 작고 연약했습니다. 아이를 죽인 아비는 사또 앞에서 잘못을 빌었지요. 가뜩이나 먹여 살릴 입이 많아 굶는 날이 숱한데, 아이가 태어난 것이 마냥 기뻐할 일은 아니었다고. 더욱이 젖도 나오지 않아 아이를 살리려다 아내까지 죽겠다고 생각하여, 아내 몰래 아이의 얼굴에 이불을 덮어 죽였다고 자복하였습니다."

조광선은 여전히 말없이 재겸을 노려볼 뿐이었다. 재겸의 이야기가 제 아내의 무덤에서 발견된 아이와 무슨 상관인지 도통 모르겠다는 표정이었다.

"두 번째 아이의 부모는 상인이었습니다. 죽은 아이의 몰골은 괴이했습니다. 온몸이 멍이 든 것처럼 새까맣게 변해 있었죠. 아이를 죽인 건 아이의 어미로 밝혀졌습니다. 원체 허약하게 태어난 아이의 몸에 열이 펄펄 끓고 온몸이 퍼렇게 변하자, 의원을 불러 아이를 살리려고 백방으로 손을 써보았지만 소용없었죠. 아이의 어미는 아픈 아이를 차마 보고만 있을 수 없어 결단을 내렸습니다. 이미 병으로 두 아이를 고통 속에서 힘겹게 떠나보냈던 터라, 또다시 그 일을 겪고 싶지 않았다 하더군요. 그래서 아이에게 독을 먹여 고통 없이 보내주었다고요."

"이보게, 그 죽은 아이들이 내 아내의 무덤에서 발견된 아이와 무슨 상관이 있는가?"

"조금만 더 들어보십시오. 문제는 세 번째였습니다. 사또는 앞선 두 아이의 부모의 사정을 딱하게 여겨 가벼이 처벌하고 방면하였지만, 세 번째는 아니었습니다."

조광선이 미간을 일그러뜨린 채 다시 입을 꾹 다물었다.

"세 번째 아이는 다른 아이들에 비해 덩치도 크고 혈색도 좋았습니다. 또한 아비의 가문도 훌륭해 아이를 굶길 걱정도 없었지요. 사또는 도통 아이를 왜 죽였는지 알 수가 없어, 아비를 불러다 그 이유를 밝혀냈죠. 보름 동안 입을 꾹 다물고 있던 아비는 혹독한 문초 끝에 결국 입을 열었습니다. 아이는 자신의 아내가 아닌 사촌과의 사이에서 태어났다고 말입니다. 그래서 아비는 가문의 명예가 실추될 것을 걱정해 아이를 죽인 것이지요. 결국 아비의 명예 때문에 아이는 제 명을 살지 못하고 죽임을 당한 것이지요."

말을 마친 재겸의 시선은 조광선을 향하지 않았다.

"그렇지 않은가요, 조광진 대감!"

그는 고개를 옆으로 돌리고 별채로 통하는 문을 향해 소리쳤다. 그러자 닫힌 문이 열리고 바닥에 꿇어앉은 조광진의 모습이 나타났다. 조광선이 도착하기 전 옥에 갇혀 있던 조광진을 대질신문하기 위해 데려다 놓았던 것이다. 조광진은 무엇이 두려운지 비 오듯 땀을 흘렸다.

"검안서에는 박조이의 무덤 아래에서 발견된 영아는 건강하게 출산되었다고 나와 있습니다. 하나 얼굴 전체에 자줏빛 시반이 있고 눈동자가 돌출된 것으로 보아 숨이 막혀 죽은 것이라 적혀 있었죠. 아마도 제 부모의 손에 목이 졸려 죽은 것이겠지요. 대감이 그 아이를 묻은 겁니까?"

조광진의 얼굴이 일순 사색이 되었다. 광대와 턱을 잇는 교근이 바짝 당겨지며 아래턱이 바르르 떨렸다. 콧구멍이 커지며 들이쉬는 숨과 내쉬는 숨이 서로 뒤엉켰다. 무언가 입 안에 담긴 뜨거운 것을 뱉지 못해 고통스러운 모습이었다. 입 안에 담긴 것이 사건의 진상임이 분명했다.

"대감, 대감은 어이하여 살해된 박조이의 무덤 아래에 영아의 시신까지 묻었습니까?"

"나…… 난 그런 적이 없네."

조광진이 재빨리 입을 닫았다. 말실수를 할까 봐 이를 앙다무는 게 분명했다.

"그 아이는 대감의 아이가 아닙니까?"

흥분한 반응을 보인 것은 남편 조광선이 먼저였다. 그는 조광진에게 달려들어 멱살을 움켜쥐었다.

"아이라고? 내 아내와 정을 통한 것도 모자라 외간에서 낳은 자식을……."

나졸들이 달려들어 조광선을 떼어냈다. 하지만 그 짧은 순간에 그가 조광진의 귀에 무언가 속삭이는 장면을 재겸은 놓치지 않았다. 그들이 나눈 밀어가 무엇일지 골똘히 생각해보았다.

재겸은 다시 조용해지기를 기다렸다가 천천히 입을 뗐다.

"떳떳한 관계에서 낳은 자식이라면 묏자리를 세워줄 수 있었을 터. 대감 자식이니 이름 없는 무덤에 묻고 싶지 않았을 겝니다. 그래, 그 아이는 누구와의 사이에서 낳은 자식입니까?"

조광진이 제 입술을 다시 단단히 다물었다.

"혹여 절대 맺어져서는 아니 되는 사이에서 낳은 자식은 아니겠지요?"

조광진의 얼굴이 새하얗게 변했다. 달궈진 돌덩이를 물고 삼키지도 내뱉지도 못하고 있는 듯했다.

"박조이와 정을 통한 게 두 달밖에 되지 않았으니 그녀의 아이는 아닐 것이고."

"지금 무슨 말을 하려는 겐가?"

이번에는 조광선이 고개를 빳빳이 세우고 목소리를 높였다. 이미 아내가 사촌과 정을 통하여 사대부의 체면이 상하였으나, 더 이상 가속의 체면을 실추시켜서는 안 된다는 듯 거세게 반발했다.

"그저 사리분별에 맞게 사건을 들여다보자는 것입니다. 아이를 몰래 낳으려면 한 해가 넘도록 관계가 있었을 터. 대감의 아내 박조이는 석 달 전에 시집왔으니 아이의 어미가 될 수 없지 않습니까? 그러면 남은 이는 누구입니까? 대감의 집에는 홀어머니밖에 없으니."

"이봐!"

조광선은 일갈하고는 주먹을 꽉 움켜쥐었다. 한데 더 큰 변화는 조광진에게 일어났다. 한기라도 느끼는 듯 몸을 부르르 떨더니, 몸이 주체하지 못할 만큼 앞뒤로 흔들렸다. 숨을 쉬지 못해 고통스러운 얼굴을 한 채 당장이라도 쓰러질 것처럼 몸이 한쪽으로 기울었다. 결국 제 입에 물고 있는 진실을 목구멍 너머로 삼켜 숨기지 못하는 모양이었다.

"그래, 다시 묻겠습니다. 박조이와 정을 통한 것이 아니지 않습니까?"

조광선이 동공이 팽창된 상태로 조광진을 경고하듯 돌아보았다. 핏기 없는 얼굴로 앉아 있던 조광진의 고개가 침몰하듯 가라앉았다. 말은 하지 않았지만 실토한 것이나 다름없었다.

"대감이 정을 통한 것은 숙모인 차씨 부인이 아닙니까?"

"어서 대답하시게. 내 어머니와 그런 관계가 아니라고 말일세!"

조광선이 사촌을 향해 소리쳤다. 이성을 잃은 그의 얼굴에서 안광이 번뜩였다. 감추어야 할 가문의 흠을 결코 드러내서는 안 된다는 표정이었다. 죽은 아내야 족보에서 제하면 그만이지만, 피로 이어진 어미의 흠은 지울 수가 없는 노릇이니.

"박조이를 죽인 건 그녀와의 간통이 드러날까 봐 두려워서가 아니라 간통한 사실을 그녀에게 들킨 연유겠지요. 그래서 입막음을 하고자 박조이를 죽이고 차씨 부인과의 사이에서 난 아이를 그 무덤 아래에 매장하지 않았습니까? 자, 어떻습니까? 제 생각이 틀렸다면 말해보십시오."

모든 걸 자백해 한결 편안해진 조광진과 달리 조광선은 얼굴이 벌겋게 달아올라 길길이 날뛰었다.

"어찌 이런 말도 안 되는 소리를 지껄이는가? 내 어머니는 지아비가 세상을 뜬 후로 자식만을 위해 살아온 열녀일세. 저 녀석과 내 어머니가 그런 흉측한 일을 벌였다니!"

재겸은 조광선을 향해 돌아섰다.

"부인의 목에는 은장도로 세 번 깊게 그은 자국이 있었지요?"

재겸은 팔꿈치를 어깨높이까지 들어 올리고 붓을 쥔 손으로 목을 긋는 시늉을 해보았다.

"이렇게 정확하게 수평으로 말이죠. 이는 목을 매기 전에 누워 있는 부인의 목을 그은 것이라 추측할 수 있죠. 그런데 또 하나 의문이 들었습니다. 과연 살아 있는 그녀가 누군가 자신의 목을 똑같은 간격과 일정한 깊이로 세 번이나 벨 때까지 저항하지 않았을까? 그렇다면 이 같은 상처를 내기 위해서는 칼을 쥔 사람과 그녀의 어깨를 누르고 있는 사람 이렇게 두 명이 있어야 마땅하다는 생각이 듭니다만."

"마…… 말도 안 되는……."

조광선이 고개를 흔들었다.

"영아의 부패 상태로 보아 대감의 부인이 죽은 시기와 비슷합니다. 죽은 영아가 왠지 대감의 집안과 관련이 있다는 생각이 머릿속을 떠나지 않더군요. 이미 관아에서는 고을의 모든 의원들을 수소문하고 있습니다. 그들이 몰락한 사대부 집안을 위해 돈 몇 푼에 입을 다물 것 같습니까? 이제 연극은 그만두시지요. 조광진 대감은 이미 실토한 거나 진배없지 않습니까?"

조광선은 그토록 부인하려던 사촌과 어머니 사이의 일이 만천하에 드러나게 되자 황망한 얼굴로 고개를 떨궜다. 꽉 움켜쥔 손이 새하얗게 물들었다. 끝까지 가문의 수치를 받아들일 수 없다는 모습이었다.

다시 한양으로 돌아온 재겸이 형조참의와 마주하고 앉았다. 정약용 대감은 검률이 올린 보고서를 꼼꼼히 들여다보았다. 그는 보고서를 다 읽자 고개를 들어 재겸을 향해 흡족한 미소를 지었다.

"흐음…… 훌륭하네. 생각보다 아주 깔끔하게 일을 마무리 지었더구나."

"과찬의 말씀이십니다."

"게다가 박조이를 죽인 자가 혈족 간에 간통을 숨기려던 차씨 부인이었다니 참으로 놀라울 뿐이다."

"거짓을 들추어 진실을 들여다보면 혀를 내두를 정도로 놀라운 일이 한두 가지가 아니지 않습니까?"

"내 검률에게 듣기로 거짓말을 잡아내는 자네의 눈썰미가 아주 날카롭다더군. 그저 한양에 떠도는 뜬소문인 줄 알았는데, 이번 일로 자네 재주가 보통이 아니라는 걸 알았네. 어떤가? 앞으로 해결해야 할 살인사건이 두 손에 한가득인데, 내게 힘을 보태주지 않겠는가?"

"하지만…… 제가 도움이 되는지…….."

재겸은 난감한 표정을 지었다. 이번 사건을 해결하는 대로 서조를 데리고 한양을 뜰 계획이었다. 관아와 멀어지는 것만이 자신이 살 길이라고 생각했기 때문이다. 하지만 당상관에 오른 대감의 청을 쉽게 거절할 수는 없었다.

"한양에 언제까지 머무르는가?"

"보름 후에 평안으로 향할 생각입니다."

"그런가? 그럼 내 그 전에 자네를 다시 찾음세."

"네, 대감."

재겸은 조용히 고개를 숙였다. 별채를 나서자 같이 출사에 나섰던 검률이 옥에 갇혔던 서조를 데리고 기다리고 있었다. 재겸은 검률에게 허리를 숙여 인사하고 서조를 데리고 형조의 문을 나섰다. 서조는 궁금해죽겠다는 얼굴을 하고 절룩이는 걸음으로 재겸에게 바짝 다가왔다.

"형님, 어떻게 된 일이야?"

"나랏일을 하고 사면을 받았다."

"무슨 일?"

"거짓말을 하는 자를 살펴 살인사건의 진짜 범인을 밝혀내는 일이었어."

"뭐, 거짓말을 구별해내는 일이라면 조선팔도에 형님만 한 사람이 없기야 하지."

서조는 제가 거짓을 밝혀내기라도 한 양 우쭐한 표정을 지었다. 재겸은 그런 서조의 어깨를 두드리고는 느긋하게 거리를 앞서 걸어갔다.

"한판 어떠냐? 오늘은 어디서 큰 판이 열리려나?"

"형님, 우리 방금 형조 문을 나섰어. 또 끌려갈까 봐 두렵지 않아?"

재겸이 서조를 돌아보며 느긋한 미소를 지었다.

"우리가 두려워서 못 하는 게 있었더냐? 어서 행수를 찾아야 할 게 아니야? 게다가 형조에 끌려갈 적에 노잣돈도 다 빼앗겼으니 투전판에서 돈을 좀 구해야 하지 않겠어?"

5

부호(富戶)를 옮기는 일*은 설령 온갖 말이 나오더라도 경들과 무슨 상관이 있겠는가? 다만 일제학은 단지 사람들과 다른 정도가 아니다. 그 밖에 경들을 미워하는 자들이 무어라 말할지 모르겠다.

정조의 비밀 편지 中

    평산을 다녀온 지 이틀이 지났다. 자시(子時)가 지난 시각, 서조가 이마에 땀을 흘리며 입에서 끊임없이 신음을 내뱉었다. 재겸이 잠에서 깨어 서조의 어깨를 흔들어 깨우자, 서조는 물질하던 잠녀가 수면에 다다른 양 숨을 몰아쉬었다. 뭔가에 놀란 듯 달빛에 어렴풋이 드러난 재겸의 얼굴을 두 손으로 더듬었다. 눈앞에 재겸이 실제인지 확인하는 모양이었다.

* 한양의 거주지를 화성부로 옮기는 일.

"형님, 형님이 죽는 꿈을 꾸었어."

"꿈일 뿐이야."

"형님, 아무래도 꿈자리가 사나워. 단주 어르신이 길평의 손에 돌아가신 날도 그랬어."

재겸은 서조의 이마에 흥건하게 고인 땀을 소매로 닦아주었다. 서조는 사나운 꿈이 생생하게 떠오르는 듯, 다시 몸을 뉘면서도 불안한 얼굴로 쉽게 눈을 감지 못했다. 꿈에서라도 결코 떠올리고 싶지 않은 기억이었다.

바사삭. 풀벌레라기엔 커다란 소리가 마당에서 들려왔다. 재겸과 서조의 시선이 번뜩 마주쳤다. 필시 누군가 집 안에 침입한 것 같았다. 재겸이 날랜 동작으로 서조를 등 뒤에 감추고, 문가에 바짝 다가서서 침입자의 발소리에 귀를 기울였다. 재겸이 서조를 향해 속삭였다.

"쉿, 이리로 온다."

겁에 질린 서조가 고개를 끄덕였다. 조심스럽게 대청마루를 내딛는 소리가 들렸다. 재겸은 혹시 몰라 준비해둔 방망이를 집어 들었다. 다시 한번 대청마루가 삐걱댔다. 침입자가 방문 바로 앞까지 온 것이었다. 재겸은 방망이를 힘껏 움켜쥐었다.

방문이 천천히 열리고 머리 하나가 방 안으로 불쑥 들어왔다. 지체 없이 침입자의 멱살을 잡아 그대로 방바닥에 패대기쳤다. 상대는 컥, 하고 밭은숨을 내뱉고는 비명조차 지르지 못하고 바닥에 거

꾸러졌다. 재겸이 그를 향해 손에 쥔 방망이를 높이 치켜들었다.

한데 이상했다. 달빛에 비친 침입자의 복색이 범상치 않았다. 한밤중에 침입한 자가 왜 전립을 쓰고 있는 것일까. 형조참의 정약용이 사람을 보낸 것일까.

"이놈, 무슨 짓이냐? 나라의 일을 하는 관군이다!"

대청마루에서 굵직한 호통이 터져 나왔다. 쓰러졌던 군사가 거칠게 재겸을 밀어내며 몸을 일으켰다. 달빛에 그의 복색이 훤히 드러났다. 형조에 잡혀 갔을 때 보았던 관군의 옷차림과 비슷했다.

재겸이 놀라 손에 쥔 방망이를 떨어뜨렸다. 몸을 일으킨 남자는 허리춤에 찬 칼집으로 손이 향했으나 칼을 꺼내지는 않았다. 재겸은 곧장 머리를 조아렸다. 이를 멍한 표정으로 지켜보던 서조도 바닥에 넙죽 엎드렸다.

관복을 입은 또 다른 사내가 문지방을 넘어 달빛을 등지고 섰다.

"누가 재겸이란 자인가?"

재겸이 황급히 몸을 일으키다 뒤로 넘어졌다. 그러자 사내가 허리에 찬 칼을 뽑아 달을 꿰뚫을 듯이 높이 치켜들었다.

"자네가 재겸이로군. 지금 나와 함께 가야겠다."

"어…… 어인 일로?"

재겸은 드디어 올 것이 오고 말았다고 생각했다. 형조에서 뒤늦게 10년 전 사건에 대해 알게 된 것일까.

"조용히 따라올 것이냐, 아니면 포박을 당해 끌려갈 것이냐?"

"알겠나이다."

재겸은 놀란 서조를 뒤로하고 순순히 그들을 따라나섰다.

대문 밖에는 이미 재겸을 위한 가마가 준비되어 있었다. 군사 하나가 그를 가마에 밀어 넣고 경고하듯 말했다.

"도착할 때까지 꼼짝하지 말거라. 소리를 내어서도 아니 된다."

그는 흔들리는 가마에 앉아 자신이 어디로 향하고 있는지 궁금했지만 밖을 살필 용기가 없었다. 빠르게 달리는 가마꾼들의 숨소리에 맞춰 심장이 두근거렸다. 커다란 문이 열리는 소리가 들리고 잠시 멈췄던 가마가 일다경*쯤 다시 움직이더니 마침내 멈춰 섰다. 가마가 바닥에 내려서며 한차례 흔들리자 재겸은 마른침을 꿀꺽 삼켰다.

이윽고 가마의 문이 소리 없이 열렸다. 재겸은 어리둥절한 얼굴로 비척거리며 가마에서 내렸다. 눈앞에 어둠에 잠긴 커다란 전각의 모습이 들어왔다. 형조가 아니었다. 눈을 두어 번 껌뻑인 후에야 이곳이 궁궐이라는 걸 알 수 있었다.

"나를 따라오게."

그를 가마에 태웠던 군사가 앞장서서 걸었다. 재겸은 궁 안쪽으로 발을 옮기는 군사를 놓칠세라 부지런히 발을 놀렸다. 끝없는 영항(永巷)**을 걸어 불빛이 새어 나오는 곳에 도착했다. 편전이었다.

---

* 차를 한 잔 마실 정도의 시간.
** 궁의 긴 복도.

군사가 옆으로 물러나며 재겸을 향해 낮게 속삭였다.

"복색을 살피게."

재겸을 데려온 군사들이 향한 곳이 임금이 있는 곳이니 그들은 금위군이 분명했다. 그는 서둘러 옷을 매만지고는 정신을 차리기 위해 손으로 얼굴을 문질러 마른세수를 했다. 그러자 문 앞에 서 있던 환관이 다가와 재겸의 옷자락을 양쪽으로 바짝 당겨 주름을 펴서 모양새를 잡아주었다. 그러는 사이 그를 데려온 금위군은 소리도 없이 사라졌다.

곧이어 허리에는 칼을 차고 손에는 등채를 쥐고 있는 누군가가 재겸을 향해 성큼 다가왔다. 임금을 가장 가까이에서 호위하고, 손에 무관들을 지휘할 때 쓰는 등채를 든 것으로 보아 금위군을 이끄는 금위대장 같았다.

금위대장은 손을 뻗어 재겸의 턱을 단단히 붙들고는, 자신의 얼굴 가까이 끌어당겼다.

"눈치가 있는 자이니, 여기가 어느 안전인지는 알고 있겠지?"

재겸은 천천히 고개를 끄덕였다. 어둠 속에서도 금위대장의 얼굴이 또렷했다. 튀어나온 광대와 움푹 파인 눈두덩이가 결코 잊히지 않을 듯했다. 커다란 코에서 쏟아져 나오는 거침없는 숨이 뜨거웠다. 쉬이 불타올랐다가 쉬이 꺼지는 불과 같은 성정(性情)을 지닌 자였다. 임금의 명이라면 도끼를 들고 단숨에 산이라도 쪼개려 할 그런 위인이었다.

"이곳에서 들은 것을 한마디라도 발설할 시에는……."

금위대장은 두터운 입술을 꾹 닫았지만, 입 안에서는 아직도 뜨거운 기운이 소용돌이치는 느낌이었다. 그가 말하지 않아도 알 수 있었다. 단숨에 칼을 빼어 사람의 목을 치는 데 주저함이 없을 터. 재겸은 목에 날카롭게 벼린 칼이라도 닿은 듯 바르르 떨었다. 한 치의 실수라도 하는 날에는 목 위에 붙은 머리가 온전하지 못할 것이었다.

재겸을 단단히 주의시킨 금위대장이 편전을 향해 낮지만 힘 있는 소리를 냈다.

"전하, 재겸이란 자를 데려왔나이다."

잠깐의 침묵 후 안에서 온화한 목소리가 흘러나왔다.

"들라 하라."

백성들이 어질다고 입을 모아 말하는 금왕, 정조대왕의 옥음이었다. 문이 열리자 재겸은 허리가 꺾일 정도로 고개를 숙이고 편전으로 들어섰다. 그리고 이마가 바닥에 닿게 절을 올렸다.

"이리 가까이!"

그제야 재겸은 자신이 문 앞에 앉아 있다는 걸 깨달았다. 용기를 내어 무릎을 떼고 후들거리는 걸음을 내디뎠다. 임금에게 너무 가까이 가도 안 되고, 너무 멀리 떨어져서도 아니 될 터. 재겸은 임금을 향해 몇 걸음 더 다가가 바닥에 머리를 조아렸다.

"네가 재겸이란 자이더냐?"

"예, 그러하옵니다."

재겸은 떨리는 목소리로 대답했다.

"성은 무언가?"

"성이랄 게 따로 없사옵니다."

"노비의 신분이더냐?"

"그게 아니오라 어려서부터 부모 없이 조선팔도를 떠돌다 보니……."

"그러하냐. 치세가 조선팔도 곳곳에 닿지 못해 자리를 잡지 못하고 떠도는 백성이 생기니 안타까울 뿐이로다. 그래, 가까이 오너라."

"예?"

재겸은 눈썹만 보일 정도로 고개를 살짝 들고 되물었다.

"어허, 이리 멀어서야 내가 자네 얼굴을 볼 수 있겠는가."

임금의 온화한 목소리가 재겸을 어린아이 타이르듯 했다. 단단하고 힘 있는 목소리는 흔들리지 않는 신념을 지닌 듯했고, 부드러운 말투는 백성의 고단한 삶을 달래주듯 따스했다. 커다란 감나무 그늘에 들어선 양 평안함이 느껴졌다.

재겸은 고개를 숙인 채 가까이 다가갔다. 그러고는 임금을 향해 긴장된 얼굴을 들어 올렸다. 하지만 차마 임금의 용안을 마주 보지 못하고 그저 발치만 바라볼 뿐이었다. 임금이 자신을 편전에 부른 이유가 궁금했지만 입을 꾹 다물었다.

"내 너에 대해서는 전해 들었다. 형조참의 정약용을 도와 살인사건을 해결했다지?"

"예, 전하."

재겸이 곧바로 고개를 조아렸다.

"참의의 세보(細報)를 접한 후에 너의 재미난 능력을 알게 되었다. 보고를 듣다 보니 궁금한 게 있어 그런데……."

임금이 잠시 말을 멈췄다. 재겸은 자신의 과거가 들킨 것일까 봐 괜히 긴장됐다.

"정말로 너에게는 거짓말이 보이는 게야?"

재겸은 놀란 마음을 감추고 차분하게 입을 열었다. 임금이 10년 전의 일로 그를 불렀다고 하더라도 자신이 쓰임새가 있음을 보인다면 살아날 구멍이 있었다.

"예, 본시 사람의 마음이란 감추고 감추어도 터럭 같은 감정이 돋아나기 마련입니다. 보통 사람의 눈에는 놀란 것처럼 보이는 표정이라도, 그 아래에서 꿈틀거리는 근육의 움직임으로 또 다른 감정을 발견할 수 있사옵니다. 감정은 얼굴의 수많은 근육 중에 저마다 각기 다른 근육을 이용하여 독특한 화풍을 그려내는 화가와 같습니다. 그런 미세한 움직임은 벼락이 치듯이 찰나에 나타났다 사라집니다. 하나, 저에게는 그 찰나에 스쳐 가는 표정들을 놓치지 않고 볼 수 있는 좋은 눈썰미가 있사옵니다."

"그러하구나. 내 자네를 이렇게 긴히 부른 것은 누군가 과인에게 거짓말을 하는지 알아내고자 해서이다. 하지만 그 전에……."

달각거리는 소리가 들려 고개를 드니 임금이 손을 뻗어 서안 위에서 엽전을 하나 집어 들었다. 그러고는 양손을 등 뒤로 감췄다. 재겸은 임금의 갑작스러운 움직임에 움찔 놀랐으나 애써 담담한 표정을 지었다. 이윽고 등 뒤로 사라졌던 임금의 양손이 꼭 쥐어진 채 앞으로 뻗어 나왔다.

"중요한 일을 자네에게 맡기기 전에 내 눈으로 직접 확인하고 싶으니……. 자, 어느 손에 엽전이 들려 있겠는가?"

재겸은 나란히 뻗은 임금의 움켜쥔 주먹을 번갈아 바라보았다. 섣불리 입을 뗄 수가 없었다. 올바르지 못한 선택을 한다면 죽음을 피할 수 없다는 생각에 겁이 덜컥 났다.

"나를 실망시키지 말길 바라네……."

임금이 낮게 속삭였다. 임금의 손에 쥔 게 엽전이 아닌 그를 향해 팽팽히 당겨진 활시위처럼 느껴졌다. 실수할 경우에 시위를 떠난 화살이 그의 목숨을 앗아갈 것이었다. 양 주먹을 움켜쥐고 있는 임금의 눈빛은 자기의 영역을 지키려는 범과 같이 강렬했다. 평온한 얼굴이었지만 당장이라도 용상에서 뛰쳐나와 포효할 것 같은 엄청난 기운이 느껴졌다.

재겸은 임금의 양손을 번갈아 바라본 뒤 그의 얼굴을 살폈다. 임금의 얼굴은 그가 이제껏 만나본 그 어떤 사람보다 단단했다. 얼굴 아래에 자리한 근육이 미동조차 없어 쉬이 성정이 드러나지 않았다. 살기 위해서는 어떻게든 임금의 마음을 읽어야 했다.

"전하, 소인이 감히 몇 마디 여쭈어도 되겠습니까?"

"그리하게……."

임금은 입술만 살짝 움직여 말했다. 상대가 작정하고 표정을 감추는 경우에는 방도가 없었다. 상대를 자극하여 감정을 끌어내는 수밖에⋯⋯. 하지만 상대는 한 나라의 임금이 아닌가. 재겸은 난감한 얼굴로 임금을 향해 고개를 들었다. 죽느냐 사느냐의 기로에 서 있다는 생각이 들자 용기가 솟아났다. 재겸은 검지를 펼치고 임금의 오른손을 가리켰다.

"엽전이 이쪽 손에 있는지요?"

"허어⋯⋯."

익선관 아래에 자리한 눈이 커지고, 동공이 활짝 열린 듯했다. 놀라는 모습이 분명했다. 하지만 말과 표정이 일치하지 않았다. 일부러 놀란 척 표정을 꾸미는 것일 수도 있을 터.

"그렇다면 혹여 반대쪽 손에 쥐고 있으십니까?"

재겸이 손끝을 움직여 임금의 다른 쪽 손을 가리켰다.

"글쎄⋯⋯."

입꼬리의 양 끝이 실로 당겨진 듯 치솟아 오르며 입가에 미소가 생기고, 눈 둘레를 감싸고 있는 근육이 이완되며 눈가에 부드러운 주름이 잡혔다. 기뻐하는 표정이 분명했다. 하지만 눈웃음을 짓게 만드는 안륜근의 움직임이 한 박자 늦었다. 근육의 움직임은 찰나에 함께 일어나는 법인데, 시차가 있다면 그 틈 사이에는 의도된 가짜 표정이 존재할 수도 있었다.

재겸은 고민에 빠졌다. 오른쪽 손을 가리켰을 때는 가짜로 놀라는 표정을 지었고, 왼쪽 손을 가리켰을 때는 가짜로 기뻐하는 표정을 지었다.

갑자기 임금이 왜 이런 시험을 하는지 의문이 들었다. 단순히 반반의 확률로 자신을 판단하지는 않을 거라는 생각이 들었다. 재겸은 자세를 고쳐 앉았다.

"전하, 제가 어느 손에 엽전이 들려 있는지 맞추기 전에 이야기를 하나 들려드려도 되겠나이까?"

궁금증이 인 듯 임금의 코끝이 실룩였다.

"그래, 무언가?"

재겸은 태연스레 이야기를 지어냈다.

"예전에 제가 강릉에 있었을 때의 이야기입니다. 험한 산지라 화전민과 산적이 많은 곳이지요."

"호오……."

"하루는 민가의 아녀자 하나가 산적에게 납치를 당하는 일이 일어났습니다. 산적은 재물을 훔치러 내려왔다가 값나가는 물건이 없자 안주인을 데리고 간 것입니다. 산적은 떠나면서 집주인에게 아내를 돌려받고 싶으면 100냥을 준비하라고 을렀습니다."

"이런……."

"약속했던 시일이 다가왔지만, 사내는 100냥을 준비하지 못했습니다. 하지만 어쩝니까? 아내를 구하기 위해 가까스로 마련한 50냥을 가지고 산적을 찾았습니다. 산적 두목은 사내가 가져온 돈을 당연히 못마땅하게 여겼습니다. 그래서……."

"그래서?"

이야기에 흥미가 생겼는지 입술을 감싸고 있는 둘레근이 느슨해지며 입이 살짝 벌어졌다.

"산적 두목이 기묘한 제안을 하나 하였습니다. 준비해 온 돈이 반이니, 그가 아내를 찾아가는 확률도 반이 되어야 하지 않겠느냐고 말이죠. 그래서 멀리 보이는 동편과 서편 두 개의 나무에 커다란 포대를 하나씩 매달았습니다. 하나는 아내가 담겨 있고, 다른 하나는 염소가 담겨 있다고 말이지요. 맞는 방향으로 걸으면 아내를 데리고 산을 내려가는 것이고, 아니라면 다시는 아내를 보지 못할 것이라고요."

"흐음……."

"사내는 좌우에 매달린 포대를 번갈아 바라보았습니다. 아내를 구할 수 있는 확률은 반반이 아니겠습니까?"

찰나, 그의 말에 귀를 기울이던 임금의 얼굴에 미묘한 변화가 일었다. 두 눈썹 사이가 일그러지고, 아래턱에 자리한 구각하체근이 입꼬리를 아래로 끌어내렸다. 슬픔과 실망이 뒤섞인 듯한 얼굴이었다. 이야기가 아직 끝나지 않았는데 슬퍼할 이유란 무엇일까? 양쪽 포대 모두에 사내의 아내가 없다는 것을 이미 알아버렸기 때문일 것이었다. 임금의 두 주먹 어디에도 엽전이 없는 것처럼. 사람은 제 방식으로 세상을 들여다보는 법이었다.

"그 사내는 어찌 되었나? 아내를 되찾았는가, 아니면 찾지 못하였는가?"

"그 사내의 선택은 중요하지 않사옵니다."

"뭐라? 중요하지 않다?"

"어느 쪽을 선택하더라도 아내를 되찾을 수는 없기 때문입니다.

지금 전하의 손 어느 곳에도 엽전이 없는 것과 같이 말이지요."

임금이 참았던 웃음을 터뜨렸다.

"호오, 지어낸 이야기로 현혹하여 내 표정을 간파하였다?"

"그저 잔재주일 뿐이옵니다, 전하!"

재겸이 고개를 깊숙이 숙였다.

"그렇다면 자네는 그 어떤 이라도 거짓을 말하는지 아닌지 알아낼 수 있다는 말이렷다?"

"예, 하지만 사람에 따라 각기 다르옵니다. 어떤 자들은 얼굴에 모든 감정이 고스란히 드러나기도 합니다만, 거짓말에 능숙한 자들은 감정을 감추는 데 능수능란하여 이들의 거짓을 잡아내기 위해서는 오랜 관찰이 필요하기도 합니다."

"관찰이라?"

"예, 평소의 습관이나 표정을 살펴 얼굴에 뒤집어쓴 거짓 표정을 걸러내는 것입니다. 이를 알아낸다면 얼굴에 나타나는 변화를 더욱 잘 잡아낼 수가 있사옵니다."

"그래, 흐음……."

임금은 길게 한숨을 내쉬었다. 무언가 골똘히 생각하는 듯한 모습이었다. 재겸은 고개를 숙인 채 임금의 심상(心想)이 그치기를 기다렸다.

이윽고 결심했다는 듯 임금이 입을 열었다.

"내 형조참의를 통해 자네를 시험한 건 다름이 아니라 어떤 이가 내게 거짓을 고하는지 알고 싶어서였다. 자네, 시와 벽에 대해서 아는가?"

"소인이 그런 것까지는……."

"지금 조정은 시파(時派)와 벽파(僻派)로 나뉘어 있네. 세간의 사람들은 시는 나를 따르고 벽은 나를 등지고 있다고들 하지. 하지만 실상은 그게 아니야. 나에게 힘을 실어줘야 할 시는 겁에 질린 쥐새끼처럼 꼬리를 말고 제 몸뚱이 하나 건사하겠다고 세태를 살필 뿐이지. 그러니 벽은 더욱 그 세를 키우며 득의양양하지 않겠나. 상참(常參)*에서 이들은 하나로 똘똘 뭉쳐 나의 뜻에 번번이 어깃장을 놓는데도 시파들은 목을 움츠리고 입을 봉하고 있지……."

재겸은 임금의 말을 이해하기 위해 머릿속으로 곱씹었다.

"내 어찌 겁에 질린 쥐새끼들을 믿을 수 있겠는가? 목소리를 높인 '벽' 치들은 화성으로 부호를 옮기는 일과 내가 주장하는 개혁에 계속하여 반대를 하고 있지. 이들은 나를 감시하기 위해 조정 대부분의 인물들을 차츰 포섭해가는 모양이야. 그러니 더욱 내 주위에 믿을 사람이 없어. 매번 한 발 앞으로 내딛기가 무섭게 뒤로 두 걸음 밀려나는 기분이라네. 나와 뜻을 같이하는 조정의 인물을 찾고자 노력해왔지만, 모두들 세태를 살피기만 할 뿐 시원스레 나의 뜻에 동조해주지 않아."

재겸은 임금의 살짝 떨리는 목소리에서 외로움이 묻어나는 걸

---

* 중신들이 매일 편전에서 임금에게 정사(政事)를 아뢰는 일.

느낄 수 있었다.

"그러는 와중에 벽파 내에서 방귀깨나 뀐다는 사헌부 대사헌 심환지의 연통이 은밀히 도착하였어."

어느새 임금의 손에는 여러 겹으로 접힌 서신이 하나 들려 있었다.

"이 서신에는 그가 나와 뜻을 함께하겠다고 적혀 있네. 고립된 나를 도와 개혁을 도모하고 싶다고 말이야. 하나……."

임금이 다시 긴 한숨을 내쉬었다.

"내 아비를 뒤주에 가두어 죽인 치들과 뿌리가 같은 자가 아닌가. 내 어찌 그의 말을 쉽게 믿을 수 있겠나. 그래서 그자가 거짓으로 나를 곤경에 빠뜨리려고 하는 건 아닌지 확인이 필요하단 말이야. 형조참의야 내가 의지하기는 하나 얼굴이 알려졌으니…… 그래서 몰래 얼굴을 살피기 위해 자네가 필요한 것일세."

재겸의 몸이 돌풍을 맞은 듯 휘청였다. 몸이 먼저 경고를 하듯 도망쳐야 한다고 알려왔다.

"자네가 그자가 믿어도 될 자인지 아닌지 살펴주길 바라네. 자네의 매와 같은 눈썰미로 그자를 살펴 거짓의 틈이 조금이라도 보이는지 말해주게나."

"전하…… 미천한 제가 그런 일을 하기에는……."

임금이 서안에 놓여 있는 두루마리 축장(軸裝)을 재겸을 향해 내던졌다. 그는 고개를 숙인 채 조심스럽게 축장을 가져와 펼쳐 보았다. 두루마리 안에서 한 사내의 얼굴이 나타났다. 축장을 쥔 재겸의 두 손이 바르르 떨렸다. 그 안에 그려진 얼굴은 바로 재겸이었다. 이윽고 임금의 차가운 음성이 들려왔다.

"어찌 자네처럼 재주가 뛰어난 자가 조선팔도를 떠돌고 있는지 의문이 들었네. 양반가의 자제라면 벼슬길에 올랐을 것이고, 장사 치라면 큰돈을 손에 쥐었을 것이니까. 그래, 도망 중인 노비가 아닌 가 하는 생각이 들었어. 관아에 신고된 자네와 비슷한 나이의 노비 를 모두 조사하라 명하였네. 그러다 개성상단에서 어린 나이에 서 기의 자리에 올랐다가 단주 내외를 살해하고 도망갔다는 젊은 노 비가 눈에 띄지 않았겠나. 그래서 이 방을 참의에게 보여주고 자네 를 찾아달라고 부탁했지."

"제, 제가 아니옵니다."

"이 얼굴이 자네가 아니라는 겐가?"

"그게 아니오라…… 제가 죽인 게 아닙니다."

"자네가 죽인 게 아니란 말이렷다."

"예, 전하."

"자네를 목격한 이들이 여럿일세. 그런데 어찌 자네가 아니라는 건가?"

"그 자리에는 저 말고도 대행수가 있었습니다. 그자의 소행이옵 니다."

"흐음……."

임금은 생각에 잠긴 듯 수염을 쓰다듬고는 입을 열었다.

"풀리지 않은 사건을 다시 들출 적엔, 내 보통 무얼 먼저 들여다보는지 아는가?"

"모르옵니다."

재겸이 고개를 천천히 저었다.

"사건의 동기일세. 자네의 사건도 그러하지. 단주 내외를 죽여 자네가 얻을 게 무어란 말인가. 게다가 더 의문인 것은 인삼의 수송을 맡았던 상단이 도적의 습격을 받아 몰살당했는데, 어찌 자네만 상단으로 돌아왔는가 하는 의문이 들었지. 그대로 도망쳤다면 죽은 줄 알고 뒤쫓지는 않았을 텐데, 굳이 상단으로 돌아와 단주 내외를 죽였다는 것이 도무지 납득되지 않는단 말이야."

재겸은 애써 눈물을 참으려고 눈을 껌뻑였다. 아무도 믿어주지 않던 재겸의 과거에 임금이 의문을 던지고 있다는 게 믿기지 않았다.

"그래서 내 자네의 사건을 다시 조사하라 명할 생각이네."

"정말이옵니까?"

재겸의 고개가 불쑥 솟구쳤다.

"내게 서신을 보내온 사헌부 대사헌 심환지라는 자가 진심인지 거짓인지 알아내게. 그자가 믿을 만한 자인지 확실히 밝혀낸다면, 내 형조참의를 통해 10년 전 개성상단의 단주 내외의 살인사건을 재조사하게 해주겠네."

"성은이 망극하옵니다."

재겸은 이마가 바닥에 부딪힐 정도로 깊숙이 고개를 숙였다.

6

집으로 찾아온 새를 좋아하는 것이 편지를 물고 왔는지 여부와
상관이 있겠는가? 경이 하는 일은 헐후(歇後)*하기가 갈수록 심
해진다고 하겠으니, 도리어 껄껄 웃을 일이다.

정조의 비밀 편지 中

"벼루를 내오거라."

임금이 명하자 어두운 벽의 일부처럼 서 있던 상선이 움직였다.
상선이 몸에 익은 동작으로 먹을 갈았다. 임금의 얼굴에 미묘한 미
소가 떠올랐다가 이내 차갑게 식었다. 어떤 생각이 용상을 스치고
지나간 듯하였으나 미처 살필 겨를이 없었다.

"내 서신을 써줄 터이니 대사헌 심환지를 찾아가보거라."

"예, 전하."

---

* 뒤 끝에 붙은 말을 줄인다는 뜻으로, 뒤처리가 완벽하지 못함을 의미함.

"당분간 자네가 이 비밀 편지를 전달하는 팽례(伻隷)의 일을 맡아 주어야겠다."

"예, 전하."

상선은 먹을 다 갈고 나서 벼루를 임금의 발치에 놓고 물러났다. 임금은 한 손으로 용포의 소맷자락을 붙들고, 다른 손으로는 붓을 들어 먹을 진득하게 찍었다. 그러고는 주저 없이 시전지에 장문의 글을 적었다. 임금의 붓은 위에서 아래로 흘러내리는 물처럼 쉼 없이 흘렀으며, 벌판을 내달리는 말처럼 거침없었다.

서신을 다 써 내려간 후, 임금은 시전지를 들어 입으로 가볍게 바람을 불어 말렸다. 그 움직임 하나하나가 차분하고 진중했다. 상선이 재빨리 밀랍초를 가져와 불을 붙였다. 임금의 지시 없이도 상선이 알아서 움직이는 것으로 보아 서신을 즐겨 쓰는 듯했다. 임금은 시전지를 봉투에 넣고 밀랍초를 들어 촛농을 두 방울 떨어뜨렸다. 이어 촛농이 조금 굳기를 기다렸다가 그 위에 인장을 꾹 눌러 서신을 봉했다.

임금은 봉인된 서신을 재겸을 향해 내밀며 낮고 묵직한 소리를 냈다. 인자하던 목소리는 온데간데없이 이리가 제 영역을 지키려 침입자를 경계하듯 재겸에게 주의를 주었다.

"자, 이제 이 서신을 가지고 대사헌을 찾아가보거라. 은밀히 건네주어야 하느니라."

"예, 전하."

"과인의 서신을 품에 품고서는 아무도 만나서는 아니 되고, 도중에 말을 멈춰 서도 아니 된다. 곧장 그에게 향해야 할 것이야."

"명심하겠나이다."

임금의 꼭 다문 입술 안에 날카로운 이빨이 돋친 듯한 느낌이었다. 재겸은 고개를 숙인 채 임금에게 다가가 서신을 건네받고는 그대로 물러났다.

재겸은 후들거리는 다리를 간신히 지탱하며 편전을 빠져나왔다. 비로소 등이 땀으로 흥건히 젖어 있다는 것을 깨달았다. 재겸을 데려왔던 금위군이 그에게 곧장 다가와 따라오라 속삭였다.

어둠 속에 몸을 숨긴 채 그들을 응시하고 있는 사내가 눈에 들어왔다. 당장이라도 칼을 빼어 들어 임금의 뜻을 거스르는 자라면 단숨에 목을 내리칠 듯한 뜨거운 눈빛을 가진 금위대장이었다. 재겸은 애써 그를 못 본 척하며 금위군의 뒤를 따랐다. 다시 수많은 문을 지나 궁을 나섰다. 궐을 벗어나자 참았던 숨이 그제야 트이는 듯했다.

돈화문에 이르자 이미 계획되어 있는 일인 양, 말이 한 마리 준비되어 있었다. 잠시도 머뭇거릴 새가 없었다. 금위군이 다가와 재겸의 귀에 어디로 가야 하는지 속삭여주었다. 그리고 말에 오른 그에게 품에서 뭔가를 꺼내 주었다. 야간 통행을 위한 통부(通符)와 궁궐을 드나들기 위한 표신(標信)이라 했다.

서둘러 돈화문을 벗어나 도성 서쪽으로 말을 몰았다. 쉼 없이 말을 달리자 고관대작들이 기거하는 삼청동의 높다란 언덕이 나타났다. 언덕을 오르느라 달리는 말의 속도가 늦춰지자 몸이 막대저울처럼 좌우로 크게 흔들렸다. 말고삐를 꽉 움켜쥐었다. 당장이라도 말을 돌려 서조를 데리고 도성을 빠져나가고 싶은 마음과 임금의 일을 돕고 누명을 벗고자 하는 욕망이 번갈아 일었다.

재겸은 고개를 들어 눈앞의 언덕을 살폈다. 달빛에 젖은 삼청동은 그 자태마저 매혹적이었다. 가히 도성에서 달빛에 가장 가까운 곳이라고 할 수 있었다. 풀벌레 소리가 요란하여 말발굽 소리를 은신하기에 적합했다. 이윽고 그는 목적지인 심환지 대감 댁에 당도했다. 금위군이 말해준 대로 행랑채 옆으로 난 솟을문으로 향했다. 말에서 내려 주먹으로 문을 세 번 두드리자, 이내 담장 안에서 조심스러운 발소리가 들렸다. 발소리가 멈추고 문이 열렸지만 아무도 모습을 드러내지 않았다. 귀신이 문을 연 것일까, 하고 의심이 들 정도였다.

잠시 기다렸으나 아무도 나타나지 않자, 재겸은 열린 문으로 들어섰다. 검은 옷을 입고 허리에 칼을 찬 사내가 어둠의 일부처럼 서 있었다. 호위무사로 보이는 사내는 재겸에게 일언도 없이 따라오라는 듯 앞서 걸었다. 안개 속을 걷는 듯 재겸의 내딛는 발이 자꾸만 어긋났다. 사랑채에 당도하자 호위무사가 안을 향해 낮은 소리를 냈다.

"대감마님, 팽례가 도착했습니다."

"그래, 들라 하게나."

사랑채 안에는 두 남자가 있었다. 서책을 펼쳐 든 나이가 지긋한 노인이 심환지 대감인 것 같았다. 종심(從心)*에 이른 얼굴에는 깊게 파인 세월의 흔적이 확연했다. 눈 위아래에 각기 위치한 전택과 와잠 주위로 주름이 파여 한 덩어리마냥 둥글게 자리를 잡았고, 커다란 콧방울과 뭉툭하게 도드라진 입술이 고집스러운 인상을 주었다. 그 모습이 영락없이 제 고집을 꺾지 않고 사람이 다녀야 할 대로 한복판에 버티고 선 늙은 황소의 모습이었다.

처마 밑 고드름처럼 어지럽게 뻗은 하얀 수염 위에 가려질 듯 말 듯 하게 자리를 잡은 초승달 모양의 입술은 기묘한 분위기를 풍겼다. 아무리 보아도 표정이 없는 얼굴이 분명하건만 무언가 음험한 웃음을 짓고 있다는 느낌이 들었다.

그의 옆에 앉아 있는 사내 또한 눈에 띄는 얼굴이었다. 삐쭉삐쭉 사방으로 돋아난 수염은 그가 호방하고 화끈한 성격임을 알려주었다. 긴 턱에 비해 목이 짧아, 혹여 참형에 처하려면 군졸 하나가 목을 잡아 빼고 있어야겠다는 생각이 들 정도였다. 왼쪽 광대에 자리한 손가락 두 마디 길이의 칼자국도 눈에 띄었다. 오른쪽 눈에 비해 왼쪽 눈을 크게 뜨지 못하는 것으로 보아 칼을 맞을 때 눈도 함께 다친 듯했다. 슬쩍 감긴 그의 왼쪽 눈이 뱀처럼 재겸을 훑어보았다. 결코 호의적이지 않은 눈빛이었다.

"그래, 건네주시게나."

* 일흔 살을 달리 이르는 말.

대감은 재겸에게는 관심이 없다는 듯, 손을 뻗어 서신을 어서 내놓으라 재촉했다. 이미 서신을 누가 보냈는지 훤히 알고 있는 것인지, 아니면 누가 보냈는지 전혀 중요하지 않은 것인지 도통 의중을 얼굴에 내비치지 않았다. 다만, 대감의 목소리는 한겨울 동굴에서 불어오는 칼바람처럼 서늘했다.

"은밀히 건네라 하시었습니다."

재겸은 사랑채에 있는 또 다른 사내를 흘끔 바라보았다. 하지만 대감은 재겸을 향해 내뻗은 팔을 거두지 않았다. 여전히 냉랭한 표정으로 입술만 움직여 말했다.

"괜찮네. 주시게나."

어이하여 괜찮다는 걸까? 임금은 절대 다른 이가 이 서신의 정체를 알게 해서는 아니 된다 단단히 일렀다. 사내의 정체가 무엇인지 더욱 궁금해졌다. 하지만 이렇게 마냥 지체할 수는 없는 노릇. 재겸은 우물쭈물하다 품에서 서신을 꺼내 심 대감에게 내밀었다. 대감은 서신을 거리낌 없이 읽어 내려갔다.

"흐음……."

재겸은 서신을 읽는 심 대감의 얼굴을 살폈다. 얼굴에는 한 점의 변화도 드러나지 않았다. 등잔불 아래에서 서신을 읽던 심 대감이 살며시 고개를 들어 재겸을 노려보았다.

"내 얼굴에 뭐라도 묻었는가?"

"아닙니다."

대감을 엿보던 재겸은 화들짝 놀라 고개를 숙였다. 임금 앞에서는 국본이라는 위압감에 고개를 들 수 없었다면, 심 대감에게는 또 다른 압박감이 느껴졌다. 종심에 이른 노인이라고 생각하기 어려운 기세였다.

"자네의 손을 보니……."

재겸은 재빨리 제 양손을 맞잡아 손을 감췄다.

"말고삐를 쥐던 자의 손이 아니란 말이지. 하면…… 말을 타는 데서툰 자를 팽례로 보내셨다?"

재겸이 다시 고개를 드니 대감이 두꺼비 같은 눈으로 그를 바라보고 있었다. 작은 체구에 비해 뿜어져 나오는 기운은 실로 거대한 느낌이었다. 대감의 눈동자에 수많은 생각들이 차오르는 듯했다. 그것이 임금을 따르려는 충의인지, 그에 반하는 역의인지 알 수가 없을 뿐.

"아니면 옆에 둔 군사들마저도 믿지 않으신다는 말인가? 주상의 처지가 어찌하다가……."

대감의 입꼬리가 실룩 움직였지만 기쁨인지 슬픔인지 알 수가 없었다. 표정마저도 철저히 감추는 듯했다.

"설호, 자네는 이만 돌아가보게나."

"네, 대감."

심 대감의 한마디에 방 한 켠에 앉아 있던 사내가 몸을 일으켰다. 하지만 사내의 시선은 아직도 재겸에게 머물러 있었다. 설호란 자는 경계의 눈빛으로 그를 곁눈질하며 문을 열고 밖으로 나갔다.

사내가 사라지자 재겸은 고개를 돌려 심 대감에게 물었다.

"대감마님, 궁금한 게 하나 있사온데……."

"무언가?"

"방금 저 사내를 믿어도 되는 것인지요?"

심 대감의 얼굴이 한층 냉랭해졌다. 한겨울 꽁꽁 얼어붙은 강 위에 맨발로 선 기분이었다. 발밑으로 얼음이 어는 소리가 귓전에 쩡쩡 울리는 듯했다. 대감의 차디찬 시선이 뾰족한 고드름처럼 재겸의 심장을 꿰뚫었다.

"허어, 팽례 주제에 감히. 답간을 쓸 터이니 잠시 거기 앉아 기다리거라."

"네, 대감."

재겸은 방금 전까지 설호란 자가 앉았던 곳에 자리 잡고는 심 대감의 얼굴을 관찰했다. 눈 위의 전택이 넓어 눈썹이 허공에 떠 있는 듯했고, 가늘게 찢어진 눈은 속내를 감추려는 듯 보였다. 그리고 커다란 콧망울은 재물과 권력을 탐하는 자의 얼굴에 가까웠다. 대감이 임금과 뜻을 같이한다면 임금에게 큰 힘이 될 것이지만, 그게 아니라면 극히 위험한 자라는 생각이 들었다.

심 대감은 간필(簡筆)*을 들어 붓이 먹물을 과하게 머금지 않도록 살짝만 찍어 글을 써 내려갔다. 시전지에 먹물 한 방울도 흘리지 않으려는 세심한 손길이었다.

* 중간 크기의 붓.

서신을 쓰고 있는 대감의 얼굴을 조심스레 살폈다. 말을 하는 것과 마찬가지로 글을 쓸 때에도 사람의 얼굴엔 감정이 드러나기 마련이었다. 대개 글의 내용에 골몰하기 때문에 상대방에게 자기의 표정을 감출 생각을 미처 하지 못하니, 말을 할 때보다 더욱 마음과 생각이 고스란히 드러나는 법.

얼마 지나지 않아 대감의 얼굴에 드러난 변화 하나가 재겸의 눈에 띄었다. 눈 아래와 입술을 잇는 상순거근이 수축되며 왼쪽 윗입술이 올라섰고, 반대로 오른쪽 얼굴은 입술과 아래턱을 잇는 구각하체근이 당겨지며 입꼬리가 아래로 내려갔다. 보통 사람의 눈에는 부자연스러운 표정으로 비칠지 모르겠으나, 재겸의 눈에는 안면의 좌우가 뒤틀린 것이 확연히 보였다. 겉과 속이 다른 표리부동, 즉 써 내려가는 말과 제 속에 품은 마음이 다른 것이 분명했다.

이윽고 심 대감이 붓을 내려놓았다. 밀납초로 봉투를 봉인한 뒤 말없이 재겸에게 내밀었다.

사랑채를 나서자 호위무사가 기다리고 있었다. 그를 따라 솟을 문을 나서자 밖에 그가 타고 온 말이 덩그러니 매어져 있었다. 말에 오르니 밤바람이 제법 찼다. 시간은 이미 축시(丑時) 반각에 이르렀다. 기분 탓일까. 어둠 속에 무언가가 도사리고 있다는 느낌이 들었다. 재겸은 돈화문 방향으로 서둘러 말을 몰았다.

말을 달리는 내내 설호와 심 대감의 얼굴이 머릿속을 맴돌았다. 대체 그들이 무엇을 마음에 품고 있는지 궁금했다. 하룻밤 새에 이상한 일에 깊게 관여되고 말았다는 생각이 들었다.

까닥까닥 말의 흔들림에 몸을 맡긴 채 생각에 깊이 빠진 사이, 등 뒤로 인기척이 들려왔다. 재겸은 몸을 돌려 어둠을 노려보았다. 재겸의 날카로운 시선이 도성의 어두운 거리를 훑었다. 무언가가 밤 그림자 속으로 제 모습을 감췄다. 분명 잘못 본 게 아니었다.

문득 설호의 얼굴이 떠올랐다. 심환지 대감이 그를 시켜 자신을 뒤쫓는 게 아닌가 하는 생각이 들었다. 심 대감의 좌안과 우안이 뒤틀린 모습과 설호가 그를 경계하는 모습이 천천히 겹쳐졌다. 대감이 임금에게 서신을 보낸 것은 가히 좋지 않은 의도를 숨기고 있을 터였다.

재겸은 서둘러 말을 몰았다. 발을 굴려 힘껏 말의 배를 걷어찼다. 뒤에서 뒤쫓아 달리는 말발굽 소리가 선명하게 들렸다. 재빨리 말 머리를 돌려 시전으로 향했다. 말달리기라면 도저히 자신이 없으니, 앞뒤가 뻥 뚫린 대로에서는 뒤를 쫓는 자에게 머지않아 붙들리고 말 것이었다.

재겸은 구불구불한 시전 길에 들어서기 무섭게 말에서 뛰어내렸다. 곧장 좁고 어두운 골목으로 말을 잡아 이끌었다. 겁에 질린 말은 제 머리를 거세게 휘저으며 어두운 골목 안으로 들어서지 않으려 네 다리로 버텼다. 재겸은 말의 콧잔등을 쓰다듬으며 달랬다.

"목숨 줄이 달린 일이다. 제발 내 말 좀 듣거라."

재겸의 간절한 눈빛을 알아본 것인지 말이 어쩔 수 없다는 듯 골목으로 한 걸음씩 들어섰다. 어둠 속에 말을 숨기고는 뒤쫓는 자가 없는지 귀를 기울였다. 그가 달려온 방향은 발소리 하나 없이 고요했다. 요란하게 날뛰는 심장 소리를 착각한 탓일까. 아니, 그럴 리 없었다.

재겸은 말고삐를 움켜진 채 담벼락에 바짝 붙어 섰다. 담장의 서늘한 기운에 흥건했던 땀이 차갑게 식었다. 혹여 누군가 임금에게 향하는 서신을 빼앗으려는 것일까? 아찔한 생각이 들었다. 서신을 빼앗겼다간 되돌릴 수 없는 수렁에 빠지고 말 터였다.

어둠 속에 몸을 숨긴 채 일다경이 지났다. 방망이질 치던 심장 소리가 가라앉자, 덜컥 어둠이 두려워졌다. 용상에 앉아서 범처럼 그를 바라보던 임금의 용안이 떠올랐다.

―아무도 만나서는 아니 되고, 도중에 말을 멈춰 서도 아니 된다.

임금의 지엄한 명이 생각나자 재겸은 재빨리 말에 올랐다. 정신을 차렸을 때는 이미 돈화문 앞에 도착해 있었다. 성문을 지키던 관군들이 창을 빼어 들고 그를 둘러쌌다.

"무슨 일이냐고 물었다!"

재겸은 그제야 번쩍 정신이 들었다. 황급히 품을 더듬어 표신을 꺼냈다.

"여…… 여기 표신이 있습니다."

표신을 꼼꼼히 확인한 후에야 관군들은 창을 거뒀다. 재겸은 말에서 내려 편전을 향해 서둘러 발을 옮겼다. 편전에 도착하고서야 사방으로 날뛰던 가슴이 가까스로 진정되었다. 임금이 답간을 기다리고 있었는지 편전에는 불이 켜져 있었다. 환관이 팽례가 왔음을 알리자 안에서 낮은 목소리가 들려왔다.

"그래, 들어오거라."

재겸은 발소리가 나지 않게 안으로 들어서서 임금을 향해 절을 올렸다.

"그래, 답간은 받아 왔느냐?"

"예."

재겸은 임금 앞으로 다가가 두 손으로 서신을 건넸다. 임금이 서신을 받아 들자 재겸은 천천히 물러났다.

"무슨 일인가?"

"예?"

뒤로 물러나던 재겸의 발이 늪에라도 빠진 양 멈춰 섰다.

"무슨 일이기에 그리 땀을 흘리냔 말이야. 쫓기는 자의 모습이 아닌가?"

쫓기는 자? 임금의 말에 재겸의 몸이 균형을 잃고 기우뚱 흔들렸다.

"아닙니다. 오랜만에 말을 타니 힘이 들어 그러하옵니다."

"쯧쯧, 앞으로 팽례 일을 하려면 말 타는 솜씨가 필요할 터이니 이참에 시시때때로 말과 시간을 보내는 게 좋을 것이네."

"명심하겠나이다."

임금은 고개를 한번 가로젓고는 서신을 열어 보았다. 고요한 얼굴로 서신을 읽어 내려가던 임금이 재겸을 향해 물었다.

"그래, 이 서신을 쓰던 심 대감을 잘 살펴보았느냐?"

"예, 전하."

"본 것이 있더냐?"

"확연하게 눈에 띄는 게 하나 있었사옵니다."

"뭔가?"

"마음에 품은 것과 말하는 것이 다르면 사람의 얼굴에는 표리부동이 나타나기 마련인데……."

"표리부동이라……."

"예, 좌면의 입술과 우면의 입술의 움직임이 확연히 달랐습니다. 이는 제 속마음을 감추고 거짓을 고하는 자의 얼굴이 분명하옵니다."

"그 말인즉슨, 대감이 서신에 거짓을 고하였을 수 있단 말인가?"

"거짓된 자의 얼굴은 여러 다양한 모습을 고려해서 판별하여야 하나……."

"거짓말을 고하는 자의 얼굴이었다 그 말이로구나."

임금의 목소리가 차가웠다. 한겨울 삭풍이 들이친 듯 싸늘한 느낌이 들었다.

"예, 전하. 서신의 말미쯤에 거짓을 고하는 모습이 또렷하였사옵니다."

그 순간 임금의 얼굴이 달라졌다. 단단한 얼굴 뒤에서 무언가가 꿈틀거렸다. 인자한 모습은 온데간데없고 당장이라도 칼을 빼어 들 듯 날카로웠다. 임금은 읽어 내려가던 심 대감의 서신을 거칠게 내려놓았다.

　"그래, 오늘은 이만 물러가거라. 내일 답간을 쓸 터이니, 유시(酉時) 반각 이후에는 돈화문에 들어와 있거라."

7

오전에 도승지에게 내린 비지(批旨)*의 '아마도 충분하리라 생각한다(意想已愜)' 네 글자와 그 아래의 '작은 일을 조심하라(謹微)' 두 글자는 과연 얼마나 두려운 말인가?

정조의 비밀 편지 中

"형님, 내가 방금 난전 상인에게 무슨 소식을 들었는지 알아?"

요란한 소리와 함께 서조가 방문을 열고 들어섰다. 방에 누워 생각에 잠겨 있던 재겸이 몸을 일으켜 동생 서조를 바라보았다.

"뭔데 이 난리냐?"

"상주의 투전판에서 우리가 찾던 행수를 보았다잖아."

"그게 확실해?"

재겸의 얼굴에 기쁨이 어렸다. 하지만 이내 입가에 돋아난 웃

---

* 상소에 대하여 임금이 내리는 하답.

음이 사라졌다. 행수를 닮았다는 사람을 찾아 조선팔도를 떠돈 게 10년이었다. 기대에 차서 찾은 곳에서 행수와 비슷하게 생긴 사람을 만나면 그나마 다행이었다. 대개는 완전히 딴판으로 생긴 사람을 발견하거나, 이미 그 지역을 뜬 경우가 허다했다.

"우리가 행수를 찾기 위해 허비한 시간이 10년이다. 이 정도면 행수가 살아 있다 장담할 수 있을까?"

"형님, 어찌 그래? 사람의 얼굴만 보아도 그자가 거짓을 고하는지 척척 알아내는 형님 아냐. 어서 누명을 벗고 장사치가 되면 곳간에 재물을 채우는 것은 금방이라니까. 형님 덕에 나도 좀 떵떵거리고 살아보자."

"하아……."

재겸이 긴 한숨을 내쉬었다. 헛된 짓이었다. 억울한 누명을 벗고자 서조를 데리고 조선팔도를 헤매지 않았던가. 함경에서는 설산을 넘다 얼어 죽을 뻔했고, 경주에서는 관군을 피해 산으로 도망갔다가 호랑이를 만나 혼비백산 되어 달아났다. 사나흘을 굶는 것은 예사였다. 그러한 와중에 서조의 다리를 제대로 치료하지 못해 절름발이가 되게 했다는 죄책감도 있었다.

"아니다. 이제는 확실한 길을 가야 하지 않겠냐? 언제까지 살아 있는지 아닌지 모를 행수를 찾아 떠돌겠니. 너에게도 못할 짓이다."

"형님, 내가 이제껏 한 번이라도 형님한테 불평한 적 있어? 고생한 날보다 앞으로 형님 누명 벗고 잘 살아갈 날을 생각해야지."

서조가 기우뚱 기울어지듯 방바닥에 앉더니 자신의 절름발을 내려다보며 서운한 듯 말했다.

"불타는 상단 별채에 갇힌 형님을 구하러 말을 타고 뛰어들 때부터 난 형님과 평생을 같이하기로 작정한 사람이라고. 그때, 정신을 잃은 형님을 말에 태우고 사흘 밤낮을 쉬지 않고 달렸어. 끈질기게 뒤쫓는 상단의 사울아비들을 떼어놓으려고 말이야. 형님을 버리고 혼자 도망가겠다는 생각은 추호도 하지 않았다고."

재겸은 물끄러미 동생을 바라보았다. 이제껏 불평 한번 없이 그를 따랐던 동생이니 더욱더 고생길로 이끌고 싶지 않았다.

"10년이 지났어도 나는 아직도 그날의 일이 생생해. 한쪽 다리에 대행수가 쏜 애기살을 맞고도 형님이 말에서 떨어지지 않게 꽉 붙들고 정신없이 말을 몰았지. 평안도 끝자락에 이르러 국경을 넘을 적엔 거의 비몽사몽이 되었고…….. 정신을 차렸을 땐 나는 말에서 떨어져 있었고, 놀라서 달아난 말 발자국을 뒤쫓아 겨우 형님을 다시 만났지."

재겸이 말없이 고개를 끄덕였다. 몽롱한 의식 속에서 그가 다시 정신을 차렸을 때, 서조가 말에 거꾸로 매달려 있는 그를 끌어 내리며 눈물을 쏟아내던 기억이 또렷하게 떠올랐다.

"그때 형님을 영영 잃은 것은 아닐까 얼마나 맘을 졸였는데…….. 그러니까 형님, 우리 이제 다시……."

"미안하다."

"내가 형님한테 미안하단 소리를 듣자고 이래? 이제껏 누구 하나 우리를 사람대접 해주거나 진심으로 대해주던 사람이 있었어?

우리 일은 우리가 해결해왔지."

서조의 말이 십분 이해가 갔다. 하지만 그렇게 허비한 세월이 10년이었다. 사방팔방으로 날뛰어봤자 결국 제자리이지 않은가. 역시 스스로의 힘으로 누명을 벗는다는 건 가당치 않은 일이었다. 혹여 임금의 일을 해결한다면?

"형님, 형님이 어젯밤 관복을 입은 이들에게 끌려간 뒤에 내가 얼마나 마음을 졸였는지 알아? 산중에서 호랑이를 만났을 때도 그렇게 두렵지 않았어. 호랑이야 깊은 계곡물에 뛰어들어 피할 수 있지만, 궁의 일에 연관되면 벗어날 방도가 없잖아."

"서조야."

"형님이 돌아오기를 기다리며 간밤에 꾼 꿈에서 형님이 죽는 모습이 계속 생각나지 않겠어? 차라리 찬 바람을 맞아가며 나뭇잎을 이불 삼아 자던 때가 더 나았던 것 같아."

"서조야……."

말을 쏟아내던 서조가 그제야 고개를 들어 그를 바라보았다.

"너, 두 해 전에 만났던 옹기장이 이가를 기억하니?"

서조가 고개를 끄덕였다.

"이가가 한양에 제가 만든 옹기를 팔고 돌아오는 길에 산에서 보화가 든 상자를 발견하였다고 했지. 하지만 그걸 가지고 산을 내려왔다간 보화의 주인이 나타날까 봐 몰래 묻었다고 하였어. 그렇게 보름이 지난 뒤에 그 보물상자를 찾는 사람이 없다는 걸 확인하고서 다시 그 상자를 찾기 위해 산에 올랐잖아."

"형님 그건……."

"그런데 이가가 그 상자를 찾았니? 제 생업도 팽개치고 보물상자를 찾느라 가정도 파탄이 나지 않았어? 그렇게 산을 떠돌다가 절벽에서 발을 헛디뎌 절명하고 말았잖아."

"하지만 형님하고는 다르지. 그자가 쫓던 보화가 든 상자는 그저 한낮 꿈에서 보았던 것일 뿐이잖아. 실제로 존재하지 않는 것을 좇은 자의 결말인 것이고……."

"서조야, 요즘은 내가 그 이가와 같다는 생각이 자꾸만 드는구나."

"형님……."

"10년이야. 우리가 그동안 행수의 옷자락이라도 붙잡은 적이 있었니?"

"하지만 형님이 결백하다는 건 천지신명이 다 알고 있잖아."

"그 천지신명이 관에 나타나 증언이라도 해준다던?"

서조가 다시 입을 꾹 다물었다.

"사람에게 일어나는 일은 말이야, 기회로 보이기도 위협으로 보이기도 해. 이번 일이 내 결백을 증명할 기회가 될지, 아니면 나를 사지로 모는 위협이 될지는 아직 모르지. 하지만……."

재겸은 고민하던 일에 대해 마침내 결정을 내릴 수 있었다.

"한쪽 발만 담가서는 이를 어찌 알 수가 있겠니."

8

경은 과연 십분 조심하고 만분 입을 다물며, 이면에 관계된 일
이라면 자벽(子壁)*을 귀신도 엿보지 못하도록 할 수 있겠는가?

정조의 비밀 편지 中

다음 날, 재겸이 편전에 들었을 적에 임금은 서신을 손에 쥐고 있
었다. 종이 한쪽이 잔뜩 구겨진 것으로 보아 그의 심기를 짐작할 수
있었다. 재겸이 절을 하자 임금이 한숨을 내쉬었다. 이유는 모르나
계획했던 일이 어그러진 것인지 실망에 찬 긴 숨이었다.

갑자기 주위가 환해져 고개를 드니 임금의 손에 쥔 서신에 촛불
의 불이 옮겨붙었다. 임금은 타 들어가는 서신을 화로에 툭 던져 넣
었다. 일렁이는 불길이 임금의 한쪽 얼굴을 환히 비췄다. 불길의 흔
들림에 따라 그늘진 임금의 콧잔등이 일그러졌다. 분노가 분명했

* 진법(陣法)에서 내외로 나누어 진을 칠 때 중앙에 배치된 대오를 이르는 말.

다. 재겸은 화가 난 사람들을 수없이 보아왔다. 지금 임금의 얼굴에 드러난 분노는 태산을 집어삼킬 듯한 산불과 같았다. 무언가를 태워 없애기 전에는 사그라지지 않을 그런 불길이었다.

"내가 무얼 태웠는지 궁금하느냐?"

재겸은 고개를 바짝 수그렸다. 궁금하더라도 마음 밖으로 꺼내서는 아니 될 터.

"내가 방금 태운 건 하룻밤의 허망한 꿈이었느니라. 나에게 한 걸음 다가오겠다던 신하가 보내온 서신이지……."

임금이 태운 건 심환지 대감이 보낸 서신이리라. 임금은 이내 상심한 표정으로 재겸을 바라봤다.

"자네가 혹여 그의 얼굴을 잘못 보진 않았을까?"

재겸이 고개를 들어 마주한 건 의심하는 눈빛이었다.

"제 두 눈으로 똑똑히 보았습니다. 좌안과 우안이 뒤틀리는 건 명백한 거짓의 증좌이옵니다."

"그 대답에 자네의 목숨을 걸 수 있는가?"

목숨이라는 말에 재겸은 눈앞이 아득해지며 어지럼을 느꼈다.

"예. 무…… 물론입니다."

"자네, 방금 대답을 망설이지 않았나? 그 망설임이 확신으로 바뀌었을 때, 그때 그 대답을 들은 걸로 하겠네. 대사헌 심환지에게 서신을 하나 더 써줄 테니 이를 전하도록 하거라. 만일 그가 내게 거짓으로 접근하려 하였다면 그 이유가 있을 터. 내가 뭘 알고자 하는지 잘 알겠지?"

"예, 전하. 숨겨진 복심을 들춰내겠나이다."

상선이 말없이 임금 앞에 문방사우를 펼쳐놓았다. 임금은 붓을 들어 천천히 서신을 써 내려갔다. 이전과는 아주 다른 모습이었다. 펼쳐진 시전지를 철천지원수라도 되는 양 노려보았다. 시전지를 봉하고 그 끝에 밀랍 촛농을 두 방울 떨어뜨렸다.

서신을 내어주는 임금의 눈이 먹잇감을 바라보는 이리의 눈처럼 매서웠다. 심환지 대감이 임금에게 서신을 보내 접근하려는 연유를 기필코 알아야겠다는 눈빛이었다.

"말하지 않아도 알게야. 이 서신의 무게를 말이지. 절대 아무에게도 들켜서는 아니 된다."

재겸은 서신을 품고 빠른 걸음으로 궁을 빠져나왔다. 성문을 나서자마자 말에 올라타 서둘러 달렸다. 심환지 대감이 무슨 꿍꿍이로 임금에게 접근한 것인지 모르겠으나, 임금은 이를 쉬이 넘어가지 않을 작정인 듯했다. 재겸은 빠르게 말을 몰며 제 목을 한껏 움츠렸다. 자신의 꼴이 고래 싸움에 등을 잔뜩 움츠린 새우와 다를 바가 없었다.

대감의 집에 당도하여 문을 두드리자, 호위무사가 도둑처럼 발소리도 없이 문을 열어주었다. 사랑채에 드니 심환지 대감은 지난밤과 같이 돌부처처럼 앉아 있었다. 어제와 다른 것이 있다면 설호라는 자가 보이지 않았다. 대신 얼굴이 말갛고 눈썹이 얇고 진하며 입술이 유난히 붉은 사내가 뭔가가 가득 적힌 시전지를 반으로 접

고 있었다. 사내는 재겸을 발견하고서 시전지를 품에 감추고는 대
감을 바라보았다.

"그래, 넌 이만 물러가거라."

대감의 말에 사내의 시선이 재겸을 거쳐 다시 대감에게로 향했
다. 무언가 묻고 싶은 걸 참는 얼굴이었다.

"임금의 서신을 전하는 팽례이니 신경 쓰지 말고 어서 잠자리에
들거라."

"네, 아버님."

사내가 예의 바르게 허리를 굽히고 물러갔다. 재겸은 임금의 서
신을 손에 쥐고 당혹감에 휩싸였다. 대감이 임금의 비밀 편지를 전
하는 그의 정체를 저녁 찬을 알리듯 아무렇지 않게 말했기 때문이
기도 했지만, 그 당혹감을 넘어서는 것이 하나 더 있었다.

"걱정 말거라. 내 아들 능종이다. 입이 무거운 아이니 말이 밖으
로 샐 일은 없다."

대감이 그를 안심시켰지만, 재겸이 신경 쓰이는 건 그게 아니었
다. 대감이 아들에게 말할 적에 얼굴에 순간 나타났던 변화가 재겸
의 머릿속에 거듭 반복되었다. 눈썹을 위로 당기는 눈썹주름근의
좌우 움직임이 달라, 눈썹의 모양이 서로 어긋났다. 왼쪽 눈썹과 오
른쪽 눈썹이 소싸움을 하는 황소처럼 서로 들이받을 듯이 달려들
어 위아래로 엇갈렸다.

대감의 말 어디에도 한 치 거짓은 없었다. 한데 왜 투전꾼마냥 거
짓을 꾸며내는 모양을 하였을까. 절대 잘못 본 게 아니었다. 게다가

이제껏 얼굴의 좌우가 따로 노는 자들치고 진실을 말하는 자는 없었다.

"뭐 하는 게냐? 서신을 어서 내놓지 않고?"

재겸은 화들짝 놀라 품에서 임금의 서신을 꺼내어 내밀었다. 대감은 차가운 표정으로 임금의 서신을 열어 조용히 읽어 내려갔다. 재겸은 그의 얼굴을 들여다보았다. 분명 좌안과 우안이 뒤틀렸었다. 그것도 명백한 진실을 말하는 중에. 재겸의 눈빛이 불안하게 흔들렸다. 돋아난 의문 하나에 오랫동안 쌓아 올린 신념의 벽이 무너진 듯한 기분이었다. 그럼, 어젯밤에도 대감이 진실을 말한 것일까. 아니다, 그럴 리가 없다. 이제껏 틀린 적은 단 한 번도 없었다.

대감이 고개를 들어 재겸을 흘긋 바라보았다. 매서운 눈빛에 재겸의 무릎이 풀썩 꺾였다. 또다시 대감의 좌안과 우안이 뒤틀렸다.

"봄이 오는 듯하더니 다시 추위가 기승이로구나."

분명 거짓을 고하는 얼굴이어야 하거늘 대감의 입에서 흘러나온 건 거짓이 아니었다. 재겸의 눈에 더 이상 심환지 대감이 보이지 않았다. 재겸의 마음속에서 돋아난 의문이 빽빽하게 자라나 눈앞을 가로막았다.

"뭐 하는 게냐? 오늘은 그만 돌아가보래도."

"네?"

재겸은 번쩍 정신이 들었다. 아차, 대감의 얼굴을 읽어냈어야 하거늘 이를 놓치고 말았다. 생각에 빠져 반드시 해야 할 일을 망각했다. 이를 임금이 안다면 어찌하실지 눈앞이 깜깜했다.

재겸은 사랑채를 빠져나오며 새까만 하늘을 올려다보며 한숨을 내쉬었다.

"무슨 한숨 소리가 그리 크십니까?"

그에게 문을 열어줬던 호위무사였다.

재겸은 문으로 향하던 발걸음을 멈칫 멈췄다. 문득 오래전 함흥에서 보았던 대장장이가 떠올랐다. 대장장이도 말을 할 적마다 얼굴이 기이하게 뭉개졌었다. 말을 하는 중에도 끊임없이 왼쪽 눈꼬리는 아래로 처지고, 오른쪽 윗입술은 위로 솟구쳐 까맣게 썩은 어금니가 훤히 드러났다. 찬 바닥에 누워 자다가 안면에 냉기가 들어찼기 때문이다.

그에 비해 대감의 얼굴은 멀쩡했지만, 혹여 그와 비슷한 일이 있었다면 불가한 것도 아니었다. 재겸은 무사를 향해 몸을 돌려 혓바닥 위에 맴돌던 궁금증을 내뱉었다.

"혹시 말입니다."

"네?"

무사의 당황한 표정이 어둠 속에서 또렷하게 보였다.

"예전에 대감께서 안면에 마비가 오거나 심하게 풍을 앓은 적이 있습니까?"

재겸의 질문에 무사는 또 한 번 놀란 표정을 지었다.

"어, 어찌 아셨습니까? 한 서너 해 전으로 기억합니다. 추운 겨울밤에 늦게 돌아오신 뒤로 한쪽 얼굴이 마비되는 증세가 있으셨습니다. 하지만 다행히도 의원의 치료를 받고 다 나으셨습니다."

"어느 쪽 얼굴입니까?"

"글쎄, 그건 저도……."

순간 무사의 얼굴이 딱딱하게 굳었다. 무언가 깊게 파고드는 것을 경계하는 듯했다. 일단, 의문은 풀렸다. 대감은 임금에게 서신을 쓰는 동안 거짓을 고한 것이 아닐 수도 있었다. 일전에 마비되었던 얼굴근육이 완전히 풀리지 않아, 그 근육이 제대로 움직이지 않았다는 가능성을 무시할 수 없었다.

의문은 풀렸건만 머릿속에 인 회오리바람은 좀체 가라앉지 않았다. 임금께 심환지 대감이 거짓을 궁리하였다고 이미 고하였다. 그것에 목숨도 걸 수 있다 하였다. 한 입으로 두말을 내뱉을 수는 없는 법. 이를 임금께서 아는 날에는 정말로 그의 목을 치려고 들지도 모르는 일이었다.

삼청동을 나서 정신없이 말을 달리는데, 적선방에서 순시를 돌던 관군이 그의 말을 멈춰 세웠다. 관군이 통부를 보여줄 것을 요구하여, 재겸이 품을 더듬어 그것을 보여주자 그제야 길을 터주었다. 하지만 재겸은 어디로 가야 할지 눈앞이 깜깜하여 가만히 서 있었다. 어쩌다 임금의 서신을 전하는 일을 맡게 되어 이런 궁지에 몰린 것인지 머리가 지끈거렸다.

내일 당장 임금을 뵈어야 하는데 어찌 고해야 할지 머릿속이 새하얘지는 것 같았다. 더욱이 대감의 얼굴을 잘못 읽었다고 자책하다 그의 표정을 제대로 관찰하지 못했다. 목숨을 부지하겠다고

10년을 조선팔도를 떠돌다가 결국 이렇게 끝을 보고 만다는 생각에 허무했다.

재겸은 말고삐를 쥐고 천천히 방향을 틀었다. 어두운 도성의 밤거리가 재겸의 주위를 옥죄며 뱅글뱅글 도는 듯했다. 어디로 가야 할까? 어디로 가야 살아남을 수 있을까? 솔직히 고한다면 임금께서 용서해주실까? 그 순간, 칼자루를 손에 쥐고 단단한 벽처럼 편전을 지키고 있던 금위대장의 모습이 문득 떠올랐다. 결코 목숨을 보전하지 못할 것이었다.

구름이 달빛을 삼킨 듯, 어둠이 삽시간에 재겸의 주위를 감싸더니 오래전 그날의 일이 생생하게 떠올랐다. 사방을 휘감은 넘실거리는 불길이 온몸을 죄어오던 감각이 되살아났다. 숨을 쉬기 어려울 정도의 열기가 또다시 느껴지는 듯했다. 길평의 간계에 넘어가 살인 누명을 뒤집어쓰고 오로지 살아남기 위해 살아왔다. 그래, 하늘이 무너져도 살아날 방도는 있는 법.

그의 눈에 육조거리로 이어지는 대로가 들어왔다. 곧장 달리면 육조거리의 끄트머리에 자리한 형조에 닿을 것이다. 정약용 대감의 얼굴이 떠올랐다. 대감은 임금의 뜻에 가장 가까이 있으니 임금을 가장 잘 알 것이라는 생각이 들었다.

재겸은 곧장 형조를 향해 말을 달렸다. 집무실에 들자, 정약용 대감이 놀란 표정을 지으며 그를 반겼다.

"이렇게 늦은 시각에 어인 일인가? 설마 투전판에서 잡혀 온 건 아니겠지?"

"투전은 한성부의 일이 아닙니까?"

"그렇기야 하지."

대감은 웃으며 서안에 어지럽게 펼쳐진 문서를 한쪽으로 밀쳤다.

"그렇다면 어인 일인가? 형조의 관원들도 모두 퇴청한 시각인데?"

"대감이 형조에 가장 먼저 드시고 제일 늦게 퇴청하신다는 사실을 도성에 모르는 자가 있습니까?"

"그러한가? 그래, 얼굴에 근심이 있어 보이는데 대체 무슨 일인가?"

"대감, 대감도 아시다시피 제가 금상의 일을 하고 있지 않습니까?"

"그렇지. 그런데 왜?"

"그런데……."

"뭔데 이렇게 꼬리가 길단 말인가? 속 시원하게 말해보시게."

"금상은 어떠한 임금이옵니까?"

"흐음…… 참 간단하면서도 어려운 질문일세. 무얼 묻기 위한 것인지 알면 정확히 대답해줄 수 있겠네만."

"임금께 저를 추천한 게 대감이 아닙니까?"

대감은 제 수염을 한번 손으로 매만진 뒤 입을 열었다.

"그렇네만……."

"왜 저를 추천하셨는지요?"

"그 이유라. 우선 앉으시게나."

재겸이 자리에 앉자 대감이 그제야 입을 다시 열었다.

"금세의 조정 상황에 대해 아는가?"

"벽과 시가 나뉘어 있다고 들었습니다. 그중에 임금의 뜻에 반하는 벽의 세가 거세어 믿을 자가 없다고 하셨습니다. 하지만 임금의 힘이란……."

"임금의 힘이란?"

"이 조선 땅에서 가장 힘이 있는 사람은 임금님이 아닙니까? 어찌하여 중신들에게 흔들린단 말입니까?"

"자네, 뒤주에 갇혔던 사도세자에 대해 아는가?"

재겸은 말없이 고개를 끄덕였다. 조선팔도에 그 사건을 모를 자는 없었다. 임오년(壬午年)에 선왕이 왕위를 이을 사도세자를 폐서인*하고 뒤주에 가두어 굶겨 죽인 사건이었다.

"그때 이후 모든 게 달라진 걸세. 시와 벽은 그 당시 사도세자의 죽음을 부추기거나 침묵한 이들이라네. 그렇게 아비를 죽음에 이르게 하였으니, 그 자식이 왕위에 올라서는 안 될 일이었지. 수많은 협잡과 공모가 있었네. 하나, 그 모든 이들을 단칼에 잘라내려다 역풍을 맞을 수도 있는 일. 금상은 용상에 오른 뒤 마음속의 원통한 마음을 감추시고, 단 몇 명의 죄만 묻고 끝내셨네. 하지만 아비를 죽인 자들이니 누구 죄가 크고 누구 죄가 작겠나? 그냥 묻고 넘어

* 벼슬이나 신분적 특권을 빼앗아 서민이 되게 함.

98

가겠다 하셨으나 속마음은 그러지 않으실 터.”

재겸은 대감의 이야기를 들으며 두 눈을 천천히 껌뻑였다. 임금의 불안한 처지가 새삼 이해가 되었다.

“그러기에 임금은 아무도 믿지 않으셨다네. 자네는 아비를 죽인 자들이 손을 내민다고 기꺼이 그 손을 붙잡을 수 있을 텐가.”

재겸이 고개를 저었다.

“그래서 새로운 그릇에 새로운 술을 담으려고 하셨지. 규장각을 세워 인재를 등용하고, 개혁을 통해 이 조선을 변화시키려 하였네. 하나⋯⋯.”

대감이 뜸을 들이자 재겸은 문득 불안한 생각이 들었다.

“실학에 심취한 우리에게는 약점이 하나 있어. 그게 바로 원하든 원치 않든 천주와 연관되고 말았다는 걸세. 조선의 개혁을 위해 외부의 문물을 습득하다 보니 천주를 접하게 된 자들이 많았고, 친족이 천주에 빠지는 경우가 허다하였네. 이 유교의 나라에서 천주를 믿는 것은 죄가 아주 크다네. 그래서 우리는 임금의 힘이 될 수가 없는 걸세.”

이내 대감의 눈매가 처지며 슬픈 눈이 되었다.

“그 와중에 벽파에서 빠르게 제 세를 만들어가던 심환지 대감이 임금에게 서신을 보내온 걸세. 벽파의 한가운데에서 저들을 조종하여 임금의 품은 뜻을 이루게 하겠다고 말일세. 이건 기회이기도 하지만 아주 위험한 상황이기도 하네. 벽파는 임금이 하고자 하는 모든 일에 번번이 반대하던 자들이 아닌가. 임금이 자신의 뜻에 어깃장을 놓는 이들의 한복판에 있는 자와 서신으로 내통하려고 하였다? 이 일이 세간에 알려지면 어찌 될까?"

"그거야……."

"치명적일 걸세. 심환지 대감에게도 그리고 주상에게도 말일세. 심 대감이야 이루었던 위치를 잃는 것으로 끝이 나겠지만, 임금은 정도를 벗어났다고 세간의 손가락질을 받을 것이란 말일세. 자칫하면 임금이 앉은 자리가 위태로워질 수도 있는 일이네. 이제까지 개혁을 위해 쌓아 올린 노력이 한순간에 허무하게 무너질지도 모르는 일이지."

"그런 위험한 일을 어이하여?"

"실패할 시에 잃을 것이 크기도 하거니와, 일이 잘 풀린다면 얻을 것이 크기도 하기 때문이라네. 그동안 저들의 어깃장으로 번번이 좌절되었던 일들이 몇인지 셀 수가 없네. 주상은 떳떳하지 못한 방법으로라도 조선의 앞날을 위해서 움직여야만 세상이 변한다고 생각하시는 게야."

"그렇다면 임금님께서 심 대감이 진심인 것을 알게 되신다면……."

대감이 재겸의 얼굴을 바라보며 부드러운 미소를 지었다.

"그 누구보다 기뻐하시지 않겠나. 용상에 앉은 이후에 가장 큰 기쁨이 되실 게야."

"네……. 고마운 말씀을 들었습니다, 대감."

재겸은 복잡했던 생각들이 정리되는 기분이었다. 그는 고개를 숙여 대감에게 감사를 표했다.

9

내가 보건대 근래의 세태는 마치 종기가 안에서는 곪았지만 밖으로는 아직 터지지 않은 것과 같다. 터지기 전에는 보약을 쓰기 어렵겠지만, 만약 안의 기운이 충실하다면 터진 뒤라고 해서 굳이 보약을 쓸 필요가 있겠는가?

정조의 비밀 편지 中

재겸은 어둠이 깔리기를 기다려 쏟아지는 빗줄기를 뚫고 궁에 들었다. 정약용 대감을 만나고 난 후에 불안했던 마음은 가라앉았으나, 편전을 향해 내딛는 발걸음은 여전히 주저앉고 싶을 만큼 무거웠다. 편전에 이르자 그 앞을 지키는 금위대장이 팔을 뻗어 재겸을 막아섰다. 편전에 누가 든 모양이었다.

일다경이 지난 후에 편전에서 누군가 걸어 나왔다. 방문객이 사라지고 나서야 금위대장이 길을 터주었고, 재겸을 발견한 환관은 재겸이 왔음을 아뢰었다. 임금이 예의 차분한 음색으로 들라 했다.

편전에 드니 임금이 방금 뭔가를 써낸 듯 문방사우가 펼쳐져 있었다.

"비가 와 날이 많이 차가워졌구나."

"예, 전하."

"어제는 대사헌 심환지의 답간이 없었던 것이냐? 내 한참을 기다렸다가 늦게 침소에 들었다."

"송구하옵니다, 전하."

재겸은 제 이마를 바닥에 바짝 붙였다.

"네가 송구할 일이 무언가? 답간이 없어서 그런 것이거늘. 그래, 답간을 받기 위해서는 또 한 번 서신을 띄워야겠구나. 조금만 기다리거라. 내 서신을 하나 더 써줄 터이니."

"죽여주십시오, 전하."

재겸이 간절한 목소리로 말했다. 이 상황이 의아한 듯 임금의 눈썹이 움찔 움직였다.

"왜 죽여달라는 것이냐? 대감이 답간을 쓰지 않은 연유가 네 잘못이기라도 하단 말이냐?"

"그게 아니오라."

"그게 아니면?"

임금은 눈을 가늘게 뜨고 재겸을 응시했다.

"소인이 사실을 잘못 고하였사옵니다."

"사실을 잘못 고하였다? 그게 무슨 말이더냐?"

"심환지 대감은 서너 해 전 추운 겨울, 얼굴에 마비가 왔다고 하옵니다."

"그래서?"

"어제 제가 살핀 대감의 얼굴은 명백한 진실을 말하고 있는데도 좌안과 우안이 크게 뒤틀렸사옵니다."

"진실을 말하는데 좌우가 뒤틀린다. 그 말은 이전에 안면이 뒤틀릴 적에도 진실을 말했을 수도 있다, 이 말인가?"

"송구하옵니다, 전하."

임금의 인중에 자리한 수염이 실룩이더니 입꼬리와 광대를 연결하는 두 근육이 서로 뒤엉키듯 들썩였다. 상대를 위협하기 위해 송곳니를 드러낸 이리의 모습이었다. 임금이 서안을 세게 내리쳤다. 재겸은 천둥소리라도 들은 듯 어깨를 움츠렸다.

"송구하다는 말을 듣자는 게 아니야. 일전에 대감의 얼굴에서 보았던 게 진실일 수도 있다, 이걸 묻지 않느냐?"

"예, 제가 잘못 보았을 수도 있습니다. 마비가 왔던 안면이 완연히 풀리지 않아 좌안과 우안이 뒤틀린 것으로 사료되옵니다."

"그래?"

그러나 호통이 떨어질 줄 알았던 임금의 목소리는 누그러져 있었다.

"그렇다면 얼굴을 살펴 거짓을 고하는지 다시 밝혀낼 수 있겠느냐?"

입가에 미소라도 머금은 것일까. 기쁜 마음을 애써 감추려는 듯 목소리가 거문고의 현처럼 가늘게 떨렸다.

"예, 좌안과 우안이 뒤틀리는 것은 가장 쉽게 거짓을 판별하는 수단일 뿐, 다른 방법으로 밝혀낼 수 있사옵니다. 게다가……."

"게다가?"

"마비가 온 것이 좌안인지 우안인지를 알아낸다면, 숨은 표정을 드러내는 쪽을 찾아내어 한쪽의 움직임만으로도 거짓을 가려낼 수 있습니다."

재겸은 다시 머리를 바짝 수그렸다. 재겸은 마음속으로 거듭 되뇌었다. 얼굴의 한쪽 면으로도 거짓을 잡아낼 수 있다. 반드시 그래야만 한다.

"얼굴의 한쪽을 살핀다? 하면 마비가 온 쪽은 거짓을, 온전한 쪽은 진실을 고한다 이 말이지?"

"예, 전하."

"좋다. 그렇다면 서신을 다시 써서 내어줄 테니 대감의 얼굴을 잘 살피거라. 그리고 어느 쪽이 숨겨진 마음을 드러내는지 기필코 알아내거라. 할 수 있겠느냐?"

"예, 기필코 대감의 얼굴을 간파해내겠습니다."

"좋다. 그러면 되었다. 내 서신을 써줄 것이니 잠시 기다리거라."

임금은 처음 알현했을 때처럼 붓에 먹물을 흠뻑 찍어 시전지 위에 일필휘지했다. 다른 점이 하나 있다면, 임금의 입가에 맺힌 뜻 모를 미소뿐이었다.

임금은 재겸에게 단단히 봉인된 서신을 건넸다. 그리고 금위군에게 우장(雨裝)을 준비하라고 하였으니 꼭 쓰고 가라고 당부했다.

도성은 쏟아지는 비의 장막에 가려진 듯 캄캄했다. 새까만 하늘에 번뜩이는 번개가 야수의 눈처럼 어둠 속에서 날카롭게 빛났다. 재겸은 비가 품 안으로 들이치지 않도록 몸을 한껏 웅크린 채 말을 더욱 빨리 달렸다.

삼청동에 이르렀다. 대감 댁의 솟을문 앞에는 말이 석 필 매어져 있었다. 비가 오는 이 야심한 시각에 어떤 객이 들었는지 의문이었다. 번개가 번쩍이자 말 등에 매어놓은 커다란 봇짐들이 눈에 선명했다. 비에 젖지 않게 짚단을 엮어 꼼꼼히 덮어놓았다. 말이 헐떡이지 않고 평온한 것을 보아 도착한 지 꽤 지난 듯했다. 재겸이 솟을문을 세 번 두드리자 조용한 발소리와 함께 문이 열렸다.

호위무사는 재겸을 사랑채가 아닌 비를 피할 수 있는 처마 밑으로 이끌었다. 왜 곧바로 사랑채로 안내하지 않는지 의문이 들어 그에게 물었다.

"지금은 사랑채에 손님이 계십니다."

"손님 말입니까? 이렇게 비가 오는 야심한 밤에 물건을 싣고 온 것이면 아주 급한 일인가 봅니다."

"그건 저도 잘……."

무사의 눈동자가 흠칫 흔들렸다. 번개가 번뜩이자 그의 한쪽 얼굴이 고스란히 드러났다. 재겸의 시선을 피하는 게 분명했다. 시선을 피하는 자는 반드시 숨기는 게 있는 법. 대감이 입을 놀리지 못하게 단속시킨 것일 터였다. 비 오는 야심한 밤에 들른 방문객에 대한 궁금증이 부풀었다.

사랑채를 나서는 발소리가 어지러웠다. 재겸은 처마 아래에 서서 사랑채를 떠나는 자들을 살폈다. 우장을 두르고 갓모를 깊게 눌러쓴 세 사내가 바삐 솟을문으로 향했다. 다시 번개가 주위를 환하게 밝혔고, 느긋한 걸음으로 앞장서서 걸어가는 자의 허리춤에서 달랑거리는 것이 재겸의 눈에 또렷하게 보였다. 그가 10년 전에 몸담았던 개성상단의 호송 책임자를 나타내는 옥으로 된 호랑이 문양이었다.

얼마간 정신이 팔렸을까. 옆에 선 무사가 그의 어깨를 슬쩍 두드렸다.

"무슨 생각을 이리 깊게 하시는 겁니까? 자, 이제 드시지요."

그가 먼저 사랑채를 향해 발걸음을 옮겼다. 하지만 재겸은 사랑채가 아닌 반대 방향으로 움직였다.

"이보시오. 이쪽이외다."

"제가 깜빡한 게 있어서 그러니 잠시 후에 들겠습니다."

재겸은 서둘러 솟을문을 나섰다. 바닥을 살펴 발자국을 찾았지만 빗물에 지워져 자취를 감췄다. 실망하려는 찰나 번개가 번쩍 일었고, 빗줄기에 희미하게 뭉개져가는 말발굽 자국이 드러났다. 짐이 무거워 땅이 깊이 파인 덕분이었다.

재겸은 허리를 펴고 말발굽이 난 방향을 바라보았다. 백탑으로 향하는 모양이었다. 지축을 흔드는 천둥소리가 재겸의 머리 위에서 울렸다. 떠난 지 얼마 지나지 않았으니 서두른다면 따라잡을 수 있을 터였다.

숨 가쁘게 말을 몰아 사내들을 다시 발견한 건 광통교였다. 다리를 건너는 자들을 발견하고, 빗소리에 말발굽 소리를 숨겼다. 세 사내의 움직임은 수상쩍었다. 상인이라면 물건이 젖거나 상하지 않도록 이런 날은 피하는 것이 응당한데, 비가 그치기 전에 일을 끝마쳐야 한다는 듯 바삐 도성을 누볐다.

이윽고 비를 뚫고 상인들이 한 커다란 기와집의 솟을문 앞에 조용히 멈춰 섰다. 재겸은 담장 그늘에 몸을 숨기고 말 등에서 봇짐을 내리는 이들을 지켜보았다. 셋 모두 열린 솟을문 안으로 사라졌다. 개성상단이 비가 오는 어둠을 틈타 도성의 고관대작들을 만나는 이유가 무엇일지 궁금했다. 그리고 이러한 행보는 개성상단의 단주인 길평과도 연관되어 있을 터였다.

끓어오르는 의구심에 그는 담장을 넘었다. 쏟아지는 빗줄기에 몸을 숨긴 채 조용히 움직였다. 세 남자가 대궐 같은 사랑채 안으로 들어서는 게 어슴푸레 보였다. 칼을 찬 호위무사들이 그 주위를 지키고 있었다. 그 안에서 비밀스러운 만남이 이뤄지고 있는 게 분명했다.

재겸이 담장의 그늘을 따라 조심스레 몸을 옮겨 사랑채 뒤로 다가갔다. 사랑채 안에서 들리는 대화 소리가 빗소리에 뭉개져 또렷하지가 않았다. 개성상단이 도성을 누비는 이유를 알고 싶었다. 비가 오는 밤늦은 시각에 움직이는 데다가 그 간악한 단주 길평의 뜻이라면 예삿일이 아닌 게 분명했다. 그들이 나누는 대화를 듣기 위해 창을 향해 바짝 다가섰다. 그러자 집주인으로 보이는 나이가 지긋한 노인의 목소리가 흘러나왔다.

"심 대감이 그리하라고 이르셨다, 그 말이렷다."

예상치 못한 이름을 듣자 재겸의 눈이 커졌다. 개성상단의 이 비밀스러운 움직임에 심 대감이 연관된 모양이었다. 더 자세히 듣기 위해 한 걸음 다가가던 찰나 등 뒤에서 번쩍 번개가 일었다. 그러자 그의 그림자가 창에 또렷하게 비쳤다.

"게, 밖에 누구냐?"

안에서 노인의 호통 소리가 들려왔다. 재겸의 발이 먼저 빠르게 움직였다. 젖 먹던 힘을 다해 담장 너머로 몸을 던졌다. 빗물 웅덩이에 발이 미끄러지며 단단한 돌부리에 허리를 부딪혔다. 신음을 뱉을 여유도 없이 몸을 일으켜 달아났다.

담장을 향해 요란스레 달려오는 무사들을 피해 말을 매어둔 골목으로 곧바로 뛰었다. 말고삐를 바짝 움켜쥐고 담장 아래 몸을 숨겼다. 칼을 찬 무사들이 사방을 헤집고 다니는 소리가 들렸다. 하지만 다행히 재겸을 찾지 못하고 그냥 돌아갔다.

소동이 있은 지 한 식경*이 지난 후에 세 상인이 다시 길을 나섰다. 그때까지 어둠 속에 몸을 숨기고 있던 재겸은 거리를 두고 그들

* 밥을 먹는 동안이라는 뜻으로, 잠깐 동안을 이르는 말.

을 뒤쫓았다. 그사이 빗줄기가 거세져 열 걸음 앞도 잘 보이지 않았다. 재겸은 말의 배를 걷어차 속도를 높였다. 이대로 놓칠 수는 없었다. 빗줄기 사이로 희미하게 보이는 형체를 따라 빠르게 말을 몰았다.

그때, 번쩍 번개가 쳤다. 불빛에 놀란 말이 요란하게 울며 갑자기 멈춰 섰다. 그러나 앞에 선 자들의 말은 두 뿐이었다. 한 사내는 어디로 사라졌을까? 땅으로 꺼진 듯 감촉같이 자취를 감췄다. 멈춰 선 두 사내가 재겸을 향해 말머리를 돌렸다. 들키고 말았다.

재겸은 말의 고삐를 바짝 움켜쥐고 사방을 살폈다. 쏟아지는 비가 자욱한 연무(煙霧)마냥 희뿌옜다. 재겸의 귀에 철벅이는 말발굽 소리가 들려왔다. 좌측으로 난 좁은 골목 안이었다. 숨었던 자가 말을 몰아 천천히 다가왔다. 천둥이 치듯 재겸의 심장이 거세게 쿵쾅거렸다. 어느새 말발굽 소리가 지척에서 들렸다.

"거 취미래 아주 독특하오."

우장을 두르고 갓모를 눌러쓴 사내가 재겸의 발치에 말을 멈췄다. 뒤쫓던 걸 들킨 것보다 더 놀라운 건 사내의 목소리였다. 10년이 지나도록 절대 잊히지 않은 목소리. 밤마다 재겸의 잠자리를 어지럽게 헤집어놓던 그 목소리를 다시 듣자 온몸이 부르르 떨려왔다. 개성상단의 단주 길평이었다.

"광통교 부근부터 우릴 따라온 거 같은데……. 이기 우연이라 하기엔 좀 길티?"

"사…… 사람을 잘못 보았습니다."

당황한 재겸이 말머리를 돌려 도망치려 했다. 하지만 어느새 다른 두 명의 사내가 말을 몰아 삽시간에 주위를 에워쌌다.

"그건 내가 판단할 일이디. 기래 내를 따라온 이유가 무엇이오? 길쿠, 어디서부터 따라온 기네? 또……."

재겸에게 다가온 사내 하나가 재겸의 말고삐를 움켜쥐었다. 도망치지 못하게 하려는 수작이었다. 찰나에 세 명의 사내에게 앞과 좌우가 막혔다.

"무얼 들은 거이니?"

"그냥 술을 깨려고 말을 타고 거닐었습니다."

"기래? 이렇게 비가 억수같이 쏟아지는 날에 말이디?"

번개가 치자 대로가 창백한 푸른 빛으로 물들었다. 그러자 갓모 아래로 10년 전 재겸이 기억하던 그 얼굴이 고스란히 드러났다. 도깨비와 같은 눈을 한 개성상단의 대행수 길평이었다. 10년이 지나 그 얼굴에 새겨진 간교한 눈매는 더욱 짙어졌다. 단주 내외가 죽자, 상단의 단주 자리를 꿰찼다고 들었다. 재겸은 좌우를 둘러싼 이들을 살폈다. 어떻게 도망칠까 궁리했다. 이대로 정체를 들켰다간 길평은 수단과 방법을 가리지 않고 재겸을 죽이려 할 것이 자명했다.

"다 오해일 뿐이니 그저 내 갈 길을 터주는 게 어떻습니까?"

"긴데 말이디. 네놈의 목소리가 영 거슬려서 말이야. 네놈의 낯짝을 한번 확인해봐야겠다 이 말이디."

길평의 말이 철벅이며 다가와 재겸의 앞을 막아섰다. 상단을 이끄는 눈썰미가 좋은 자였다. 세월이 지나 변했다고는 하나 재겸의 얼굴을 기억해내지 못하지는 않을 터. 도망치는 게 상책이었다.

재겸은 재빨리 자신의 말꼬삐를 쥔 사내가 타고 있는 말의 배를 걷어찼다. 말이 요란스러운 소리를 내며 앞발을 높이 들어 올렸다. 기울어진 말 등을 따라 사내가 미끄러져 바닥을 굴렀고, 놀란 말을 피해 다른 말들이 팽이처럼 제자리를 돌았다. 말 등에서 떨어진 봇짐에서 쏟아져 나온 것은 은자와 패물들이었다. 아마도 양반들에게 줄 뇌물인 듯했다.

재겸은 말의 고삐를 바짝 쥐고 말의 배를 힘껏 걷어찼다. 뒤를 쫓는 자들의 소리가 우레마냥 요란했다. 그는 번쩍이는 번개를 피해 어두운 길을 향해 전력으로 내달렸다.

10

이 편지를 보고 나면 즉시 찢어버리든지 세초(洗草)*하든지 하라. 늘 한 가지 염려가 떠나지 않는 것은 집 안에서라도 혹시 조심하지 않을까 해서이다. 이러한 서찰은 경이 스스로 세초하는가 아니면 경의 아들을 시켜 세초하는가? 처리하는 방법을 듣고 싶으니, 나중의 편지에 반드시 한번 알려주어 이 의심을 풀어주기 바란다.

정조의 비밀 편지 中

비를 뚫고 심 대감 댁에 다다르자 호위무사가 여전히 그를 기다리고 있었다. 재겸은 사방으로 날뛰는 심장을 간신히 잠재우고는 사랑채에 들어 임금의 서신을 건넸다. 다행히 서신은 젖지 않고 무사했다.

---

* 나중에 문제가 생김을 막고자 물에 씻어 새 종이로 만드는 것.

역시나 반갑지 않은 자가 앉아 있었다. 첫날 보았던 설호였다. 그자는 재겸을 피하듯이 대감에게 고개를 숙이고 물러났다. 설호와 재겸의 눈이 마주쳤다. 여전히 제 얼굴에 떠오른 경계의 빛을 조금도 감추지 않았다. 도리어 보란 듯이 승냥이와 같은 이빨을 드러냈다.

대감은 임금의 서신을 무표정한 얼굴로 읽어 내려갔다. 서신을 다 읽고 난 뒤 그는 시전지를 꺼내어 펼치고는 문진으로 꾹 눌러 고정시켰다. 그러더니 말없이 빈 시전지를 물끄러미 바라보다가 마침내 입을 열었다.

"금상에게 무슨 일이라도 있었던 것이냐?"

"그건 무슨 말씀이온지?"

"이전의 서신과 어조가 많이 달라지셨으니 의문이 들어 묻는 말이다."

"글쎄, 저는 그저 서신을 전하는 일을 할 뿐인지라."

"그래?"

대감이 고개를 들어 재겸을 쏘아보았다. 냉랭한 두 눈빛이 재겸의 얼굴을 훑었다. 그에게서 임금의 의중을 보려는 게다. 재겸은 입을 꾹 닫았다. 대감은 뭔가 불만스러운 듯 한쪽 눈을 일그러뜨리더니 붓에 머금은 먹을 덜어냈다. 과하지도 않고 부족하지도 않게 먹물이 남자 그제야 글을 써 내려갔다.

재겸은 서신을 써 내려가는 대감의 얼굴을 골똘히 살폈다. 마비가 왔던 쪽을 알아낼 수 있다면 그 반대쪽 얼굴에서는 진실을 명확히 밝혀낼 수 있을 것이었다. 재겸은 대감의 좌안과 우안을 번갈아 노려보며 입을 뗐다.

"대감, 궁금한 게 있사온데."

"무언가?"

대감은 시전지에 시선을 고정한 채 답했다.

"제가 들기 전에 어떤 이들이 방문하지 않았습니까?"

그제야 대감은 고개를 들어 재겸을 똑바로 쳐다보았다. 재겸은 표정이 변하는 순간을 잡아내기 위해 대감의 얼굴에서 한순간도 눈을 떼지 않았다.

"감히, 무얼 물으려는 게냐?"

하지만 재겸은 한 치도 물러서지 않았다. 지금 고개를 숙였다간 얼굴을 읽을 절호의 기회를 잃을지도 몰랐다.

"임금님께서는 서신을 전하는 일을 아무도 모르게 하라 하셨습니다. 그들이 저를 보았으니……."

"흠, 걱정할 거 없다. 내 먼 친족으로, 상을 당한 집에 들르던 차에 인사를 하러 온 것이다."

대감의 얼굴에는 뚜렷한 표정의 변화는 없었다.

"친족이라면?"

"어허."

대감이 다시 눈을 치켜뜨고는 재겸을 노려보았다. 눈 주위의 근육이 경직되자 왼쪽 눈 밑의 와잠이 움찔 흔들렸다.

"그건 자네가 알 바가 아니지 않나?"

대감의 호통 소리가 재겸의 귓전에 울렸다. 대감이 눈 밑의 떨림을 잠재우기 위해 손으로 아래 눈꺼풀을 누르자 눈꼬리가 주저앉았다. 동시에 반대편 오른쪽 입꼬리도 아래로 처졌다. 얼굴 양쪽에 분노와 슬픔이 공존하는 것 같았다. 둘 중에 하나는 가짜고 하나는 진짜다. 대감이 현재 내비친 것이 분노일까, 아니면 슬픔일까? 그것을 확인하기 위해서는 대감을 더욱 자극해야만 했다.

재겸은 입술을 꾹 다물고 고민에 빠졌다. 어찌하면 대감의 진짜 얼굴을 끄집어낼 수 있을까? 비 오는 늦은 시각 대감 댁을 빠져나가던 수상쩍은 무리는 봇짐에 뇌물로 쓸 귀한 물건들을 나르고 있었다.

"벽파의 집에는 밤늦도록 세간의 시선을 피해 뇌물을 가지고 잠통하는 자들이 끊이지 않는다는 소문이 파다합니다."

대감의 코와 이어진 비근이 뒤틀리며 잔뜩 주름이 졌다. 얼굴의 우면과 좌면 어느 한쪽에서든 불쾌한 표정이 나타난다면, 바로 그곳이 대감의 진실을 파헤칠 수 있는 창이었다. 하지만 부르르 떨리던 입술은 이내 잠잠해졌다. 여전히 눈동자는 찻잔 속의 잎사귀처럼 쉴 새 없이 흔들렸지만, 이를 앙다물고 솟구치는 화를 무표정한 얼굴 뒤에 감췄다. 대감은 천천히 붓을 내려놓고는 재겸에게 말했다.

"오늘은 내가 좀 피곤하니 내일 들르시게나. 답간은 내일 내어주도록 하겠네."

등 뒤에서 사랑채 문이 열렸다. 재겸은 사랑채를 빠져나오며 생각에 잠겼다. 대감의 얼굴은 끓어오르는 어떤 감정으로 폭발하기 직전이었다. 어떻게 하면 대감을 자극하여 그 속에 감춘 것을 여실히 들여다볼 수 있을까.

다음 날 편전에 들자 임금은 기다렸다는 듯 참지 못하고 질문을 던졌다.

"그래, 지난밤에 대사헌의 얼굴을 살펴보니 어떻더냐? 얼굴을 읽어낼 수 있겠느냐?"

"예, 읽어낼 수 있을 듯합니다. 하나 얼굴에 나타나는 표정을 감추기 위해 감정을 다스리는 능력이 예사가 아닌지라……."

"감정을 다스린다. 흐음……."

임금은 골똘히 생각하는 듯 사방탁자를 물끄러미 바라보더니 말을 이었다.

"그럼, 어떻게 하면 좋겠는가?"

"서신으로는 대감이 어느 대목을 읽고 있는지 간파하기 어려운지라……."

"전언으로 전하는 게 좋을까?"

"예, 그러는 게 좋을 듯하옵니다."

"그래, 전언이라……."

임금은 다시 생각에 잠기더니 이내 교의에서 몸을 고쳐 앉았다.

"좋다. 내 대사헌에게 다섯 가지의 질문에 답하도록 할 터이니, 하나하나 물어 대감의 얼굴에 드러나는 표정을 소상히 살펴보도록 하라. 우선 첫째로 최근 들어 벽파 무리의 모임이 잦은데 만나 무얼 작당하는지 묻도록 하거라."

"예……."

재겸은 임금의 질문을 머릿속으로 여러 번 곱씹었다. 절대 토씨 하나 다르지 않게 전해야 할 것이었다.

"둘째, 서신을 보낼 적마다 세초하거나 찢어 없애라고 명하였는데 이를 잘 지키고 있는지 묻거라. 그리고 셋째, 요즘 시파의 움직임이 심상치 않은바, 시파의 행동거지에 대해 아는 것이 있거든 아뢰라고 하여라. 넷째, 요즘 벽파 내에 서용보란 자가 시끄럽게 분란을 일으키는데 그 졸렬한 자를 조용히 시킬 방도를 묻거라. 마지막으로 다섯째, 내가 전해 듣기로 대사헌이 할마마마가 있는 수정전에 자주 발길을 둔다고 하였는데, 그게 맞는지 그리고 그 연유가 무엇인지 묻거라. 다 기억할 수 있겠느냐?"

"예, 바위에 정으로 글귀를 새겨 넣듯 머릿속에 또렷하게 기억하였사옵니다."

"그래? 눈썰미만 좋은 줄 알았더니 기억력 또한 출중하구나. 그럼 어서 삼청동에 들어 내 말을 전하고 대사헌의 얼굴을 살펴라. 그리고 반드시 그의 얼굴에서 틈을 밝혀내거라."

"예, 전하."

재겸은 고개를 숙여 절을 하고는 편전에서 물러났다. 눈앞에서 문이 닫히고 나서야 재겸은 허리를 꼿꼿이 세우고 긴 숨을 내뱉었다. 그러자 복도 한편에서 나타난 금위대장의 낮고 위협적인 목소리가 재겸의 귀에 삽시간에 들어찼다.

"무얼 안도하는 것이냐? 그 세 치 혀로 임금을 속이려는 게냐?"

"아닙니다."

재겸은 놀라 손을 내저었다. 금위대장이 그를 향해 바짝 다가섰다. 금위대장의 뜨거운 콧김이 재겸의 얼굴로 뿜어졌다.

"내가 너와 같은 치들을 한두 번 본 것 같으냐. 사람의 얼굴을 읽는다고? 그게 그저 운일 뿐이었다면 언젠간 그 바닥이 드러날 터. 내 지켜보고 있을 것이다. 이 도성에 일어나는 모든 일은 내 귀에 들어오기 마련이니. 어찌하여 주상이 이제껏 곁을 지켜왔던 금위군을 뒤로하고 출신도 모르는 네놈에게 매달리는 처지가 되었단 말이냐."

칼집을 쥔 금위대장의 주먹이 부르르 떨렸다. 재겸은 그 자리를 모면하듯 궁을 빠져나왔다. 말에 올라 삼청동에 이르는 길에 옷깃을 바짝 여몄다. 비가 온 뒤라 한층 밤바람이 차가웠다. 다가오던 봄기운은 하룻밤에 사라지고 살을 에는 듯한 추위가 기승이었다.

사랑채에 드니 웬일로 심환지 대감 혼자였다. 재겸이 들자 그는 자세를 고쳐 앉고는 서신을 달라 손을 내밀었다. 재겸이 서신을 내놓지 않자 고개를 들어 물끄러미 그를 응시했다. 대감의 눈 가장자리가 얼핏 일그러졌다. 재겸이 품고 온 것이 서신이 아님을 직감한 눈빛이었다.

"뭔가?"

"오늘은 임금께서 서신이 아닌 전언을 주셨습니다."

"전언이라? 어이하여?"

재겸은 할 말을 찾지 못해 입술을 꾹 다물었지만 이내 대감이 그 이유를 묻는 게 아님을 깨달았다. 대감은 말없이 시전지를 펼쳐 문진으로 한 귀퉁이를 눌렀다. 그러고는 간필을 들어 먹물을 찍고는 다시 재겸을 올려다보았다. 대감의 눈썹이 꿈틀거렸다. 재겸은 제 얼굴에서 자신의 속내가 드러나지 않을까 걱정되어 거짓 웃음을 지었다. 하지만 대감은 무심한 얼굴로 간필이 머금은 먹물을 천천히 덜어냈다.

"말하게나."

"첫째, 최근에 벽파 무리의 모임이 잦다고 하는데, 서로 만나 무얼 작당하는지 대답을 받아 오라 하셨습니다."

"작당이라?"

대감의 양 눈썹이 쌓인 눈의 무게를 버티지 못하고 주저앉는 초가지붕마냥 풀썩 내려앉았다. 지금의 상황을 의아하다고 여기는 모양이었다.

하나 대감은 재빨리 감정을 감추고 차분하게 답간을 써 내려갔다. 왼쪽과 오른쪽의 눈꼬리와 입꼬리가 각기 다른 방향으로 슬쩍 움직였다. 재겸은 고개를 저었다. 저 정도로는 어느 쪽이 진실을 말하는 것인지 분별해낼 수 없었다. 더 확고한 증거를 찾아야 했다. 그가 생각에 빠진 사이 대감은 다시 붓에 먹물을 흠뻑 찍었다.

"그래? 두 번째 질문은 무엇이더냐?"

재겸은 침을 꿀꺽 삼키고는 입을 열었다.

"둘째, 서신을 보낼 적마다 보내는 서신을 세초하거나 찢어 없애라고 명하였는데 이를 잘 지키고 있는지 물으라 하셨습니다."

대감의 왼쪽 광대 아래 자리한 근육들이 긴장하자 윗입술이 살며시 벌어졌다. 하지만 오른쪽은 고요했다. 경멸을 나타내는 것과 불쾌감을 나타내는 것에는 명백한 차이가 있었다. 타인을 경멸할 때에는 큰광대근이 수축하며 한쪽 입술이 들리고 저도 모르게 턱을 치켜들고 상대를 내려다보게 된다. 하지만 불쾌감을 드러낼 때는 대개 코를 감싼 비근에 의해 코에 주름이 잡히고 그 아래 위치한 상순거근이 함께 당겨지며 양쪽의 윗입술이 들썩이는 법이다.

한쪽 입술만 올라선 거라면 임금을 경멸하는 표정이 맞을 것이었다. 하나, 양쪽 윗입술이 모두 올라선 것이라면 자신을 의심했다는 것에 불쾌감을 나타내는 것이리라. 재겸은 미간을 찡그렸다. 좌안과 우안 어느 것을 읽어야 할지 몰라 갑갑했다. 좌안에 마비가 왔었다면 서신을 세초하거나 찢어 없앴다는 말일 테고, 우안에 마비가 왔었다면 그러지 않다는 말일 터.

"그다음은?"

벌써 세 번째 질문이었다.

"그…… 그것이……."

"기억하지 못하는 것이냐?"

대감의 콧잔등이 잔뜩 일그러졌다.

"세…… 셋째, 요즘 시파의 움직임이 심상치 않으니, 그들의 동향에 대해 아는 것이 있으면 아뢰라고 하셨습니다."

대감의 얼굴은 한없이 고요했다. 얼굴 표정 하나 드러내지 않고 막힘없이 답간을 써 내려갔다. 이래서는 안 되었다. 대감을 흔들어야 그 표정을 들여다볼 수 있는 법이었다.

"넷째는 뭔가?"

"네…… 넷째는 요즘 벽파에 서용보라는 작자가 분란을 일으키는데 그자를 조용히 시킬 방도를 물으라 하셨습니다."

이번에도 드러나는 표정이 없었다. 잠시 얼굴에 일었던 파문은 가라앉아 사라지고 없었다. 이러다간 아무것도 알아내지 못하고 편전으로 돌아가야 할 터. 재겸은 제 입술을 질끈 깨물었다.

"다섯째는?"

"네?"

"다섯째는 뭐란 말이냐?"

"네. 다섯째는 대감이 대왕대비마마가 계시는 수정전에 발길을 둔다고 들었는데, 그게 맞는지 또한 그 연유가 무엇인지 대답을 달라 하셨습니다."

드디어 대감의 이마에 변화가 있었다. 깊게 눌러쓴 정자관 아래 이마에서 눈썹으로 이어지는 전두근이 꿈틀거렸다. 재겸은 눈을 크게 뜨고 대감을 살폈다. 무언가 감정이 드러난다면 왼쪽인지 오른쪽인지 구별할 수 있을 것이었다.

"흐음……."

대감이 긴 숨을 내쉬며 붓이 머금은 먹을 덜어냈다. 수면까지 드러났던 그 무엇이 삽시간에 모습을 감췄다. 역시 얼굴에 드러나는 감정을 감추는 것에 능수능란했다. 임금이 던져준 다섯 개의 질문이 아무 소득 없이 사라지고 말았다. 재겸의 눈빛이 불안하게 흔들렸다.

"또?"

"네?"

"또 질문이 있더냐? 아니면 이게 전부인가?"

재겸이 마른침을 삼켰다. 임금께 대감의 얼굴을 꿰뚫어 보겠노라 약조하였는데 이대로 편전에 돌아간다면 어떤 문초를 당할지 몰랐다. 문득 10년 동안 누명을 쓰고 조선팔도를 헤매게 만든 길평에 대한 증오가 끓어올랐다. 죽을 때 죽더라도 그가 도성을 휘젓고 다니는 꿍꿍이가 무엇인지 밝히고 말겠다는 오기가 생겼다. 그는 임금이 말해준 전언에 거짓 하나를 더 보탰다.

"개성상단이 집에 들락거리는 이유가 무엇이냐 물으라 하였습니다."

"뭣이?"

대감의 미간이 삽시간에 일그러졌다. 큰 바람에 벽이 기우뚱 흔들리는 느낌이었다. 숨긴 표정을 드러내기 위해서는 한 발 더 앞으로 나아가 흔들리는 벽을 힘껏 밀어 넘어뜨려야 했다.

"어찌 상단의 돈이 필요한 것인지 물으라 하셨습니다. 자고로 돈은 무언가를 움직이기 위해서 쓰이는 법. 무슨 꿍꿍이를 벌이려는 것인지 여쭈라 하셨습니다."

결국 눈꺼풀과 연결된 추미근이 바짝 당겨지며 대감의 왼쪽 눈썹과 눈이 위로 올라섰다. 오른쪽 눈썹과 눈도 올라섰지만 왼쪽에 비해 그 변화가 작아 좌면과 우면이 완연히 어긋났다. 미처 예기치 못한 질문에 놀라는 얼굴이었다. 뒤에 선 아군에게 등을 찔리는 일격을 당한 장수의 얼굴과 같았다.

좌면의 움직임에 비해 우면의 움직임이 굼뜬 것이 확실했다. 그렇다면 우면에 마비가 왔을 터. 이제부터는 좌면을 살펴 대감의 거짓을 읽어내면 되었다. 그 진실을 읽어내어 간악한 길평이 도성에서 무슨 짓을 벌이고 있는지 밝혀내리라.

"개성상단의 단주가 대감에게 은자와 패물을 직접 건넨 건 인삼의 유통으로 만족하지 못하고 다른 꿈을 꾸고 있기 때문이 아닙니까? 돈만을 좇던 자가 권력에 눈이 멀기라도 한 것입니까?"

대감의 벌어진 입술이 내려서며 양 입꼬리가 틀어지더니, 기울어진 초승달 모양이 되었다. 기울어진 입술에 걸린 웃음이 더욱 간교했다.

"이건 임금의 질문이 아니지 않느냐?"

재겸이 화들짝 놀라 대감의 눈을 들여다보았다. 대감은 손에 쥔 붓을 내려놓고 재겸을 노려보았다. 자신에 찬 얼굴이었다. 이번엔 대감이 재겸의 얼굴에서 거짓을 읽어내려는 듯, 눈을 가늘게 뜨고 그를 응시했다.

"바로 너였느냐?"

"네?"

"지난밤에 장대비 속에서 우장을 뒤집어쓰고 내 방문객의 뒤를 홀로 쫓은 자가 있었다고 들었다. 혼자였으니 관군은 아닐 것이고."

"무슨 소리를 하시는 겝니까?"

"자네의 그 당황한 얼굴을 보니 더욱 의문이 드는구먼. 임금이 자네에게 명한 것이 서신을 전하라는 게 전부가 아니로구나!"

대감이 가까스로 웃음을 참으려는 듯 입술이 슬며시 뒤틀렸다. 삽시간에 상황이 뒤바뀌었다. 도리어 대감이 재겸의 숨은 의도를 파헤치겠다는 듯이 날카로운 눈으로 노려보았다. 재겸이 놀라 고개를 숙이자 머릿속에서 찰랑거리던 생각들이 왈칵 쏟아졌다. 임금이 명한 것을 대감에게 들켜서는 안 된다. 그랬다간 모든 게 틀어지고 말 터.

"자, 받아 가거라."

재겸이 고개를 들자 어느새 대감은 봉인된 서신을 재겸에게 내밀었다. 서신을 건네받는 재겸의 손이 떨렸다. 대감의 왼쪽 입꼬리가 어금니를 드러낼 정도로 잔뜩 치솟았다. 불거진 광대뼈 위에 걸려 있는 두 눈이 그를 내려다보고 있었다. 저리 자신 있는 이유는 무엇일까. 저 시선이 팽례인 자신이 아닌 임금을 향한 것은 아닐까, 하는 의문이 들었다.

서신을 품에 갈무리하려는데, 문 앞에서 가쁜 숨을 참으며 대감마님, 하고 부르는 목소리가 들렸다. 대감이 들라고 하자 문이 열리며 들어선 것은 설호였다.

설호가 대감에게 가까이 다가가 대감의 귀에 뭔가를 속삭였다. 이를 듣는 대감의 얼굴에 놀람과 기쁨의 표정이 뒤섞였다. 재겸은 무슨 비밀스러운 말을 속삭이는지 대감의 표정을 읽으려고 했다. 하지만 이상하게도 대감의 얼굴에 돋아났던 표정이 흩어지는 연기처럼 온데간데없이 자취를 감췄다. 그저 연신 고개만 끄덕이던 대감이 이번엔 설호의 어깨를 당겨 그의 귀에 무언가를 속삭였다. 재겸은 대감이 속삭이는 말이 무엇인지 알고 싶었다.

대감이 이윽고 설호의 귀에서 입을 떼고 나지막이 말을 내뱉었다.

"자네는 내가 이른 대로 움직이면 될 것이야."

"네, 대감."

설호가 대감에게 인사를 올리고는 재겸의 앞을 스쳐 지나가며 슬쩍 미소를 지었다. 그의 미소가 이전과는 달랐다. 앓던 이가 빠진 듯 후련하다는 느낌이었다.

"자네⋯⋯."

재겸이 고개를 돌리자 대감의 시선이 그를 똑바로 향하고 있었다. 눈이 가늘어지고 눈동자의 움직임이 천천히 멎었다. 호기심이 일어 무언가를 관찰하는 모습이었다. 설호에게 무슨 말을 들었기에 자신을 살피는 것일까?

"사람의 표정이 보인다고 하였느냐?"

재겸은 터져 나오려는 신음을 삼켰다. 어찌하여 대감이 이를 안 것일까? 설호의 입술 끝에 걸려 있던 미소가 떠올랐다. 상대를 간파하였을 때 짓는 미소였다.

"투전판에 자네의 소문이 파다하더군."

"무⋯⋯ 무슨 소문 말입니까?"

"내 하늘에서 뚝 떨어지듯 나타난 자네가 궁금하여 그동안 설호를 통해 자네의 뒷조사를 하라 지시했지. 그래, 자네를 뒤쫓다가 자네의 동생이란 자가 투전판에 들락거리는 걸 발견하였네. 투전판에서 자네가 꽤 유명하더구먼. 투전꾼들의 패를 얼굴로 읽어낸다지? 높은 패를 쥐고서 기쁨을 감추는 것인지 낮은 패를 쥐고 허풍을 떠는 것인지."

"그…… 그건……."

"형조에 잡혀 갔다 온전히 풀려났다 들었네. 아마 형조참의를 도와 어떤 일을 하였을 테지. 그리하여 임금의 눈에도 든 것이고……."

대감의 눈이 빛났다. 대감은 설호를 시켜 재겸의 뒤를 캐고 있었던 것이다. 게다가 그의 얼굴에 드러난 것을 도리어 읽으려 했다. 고개가 꺾인 듯 재겸의 시선이 바닥으로 향했다. 대감에게 자신의 얼굴을 읽혀 임금이 시킨 일을 절대 들켜서는 아니 된다.

"자네가 뒤쫓았던 개성상단의 단주 말일세."

무너지던 고개가 다시 솟구쳤다. 대감이 내뱉은 말에 재겸의 머릿속이 새하얘졌다.

"아주 재미있는 말을 전하더라 이 말이야."

"무, 무슨……."

재겸은 입을 꾹 닫았다. 차라리 입을 꾹 닫고 있는 게 흔들리는 마음을 들키지 않을 터.

"10년 전에 개성의 단주 내외를 죽이고 달아난 노비가 있었다."

재겸은 정수리를 육모방망이에 얻어맞은 듯 아찔했다. 결국 길평에게 들킨 것인가.

"그 노비라는 자의 눈썰미가 상당했다 하더란 말이야. 살인을 저지르지 않았다면 사람의 마음을 들었다 놨다 하는 거상이 되었을 거라더군."

"왜 그런 말씀을 저에게 하시는지……."

재겸이 겨우 입을 열어 물었다. 대감이 입술 끝을 당겨 여유로운 웃음을 지었다. 자신이 판을 손에 쥐었음을 확신하는 모습이었다.

"길평이 지금 도성에 들어와 머무르고 있다네. 지난밤에 자신을 뒤쫓던 자가 살인을 저지르고 도망간 그 노비가 아닌가 의심이 든다 하더군. 길평은 그자를 반드시 잡아 죽이겠다고 단단히 벼르고 있다네."

재겸은 흔들리는 무릎을 손으로 단단히 움켜쥐었다. 들켜서는 아니 된다. 백번이고 부인해야 했다.

"자네가 입을 다물면, 나도 입을 다물겠네. 어떤가?"

"대체 무슨 말씀이온지?"

대감의 뜻을 이해했건만 재차 물을 수밖에 없었다.

"임금이 나의 얼굴을 살피라고 자네를 보낸 것이 아닌가? 아마도 내가 임금의 뜻을 제대로 따를 것인지 시험하고자 하시는 거겠지. 자네는 이대로 편전으로 돌아가 내가 금상의 뜻을 한 치의 망설임도 없이 따를 자라고 전하면 되네. 그러면 나도 자네가 이렇게 홀로 늦은 밤길을 오가고 있다는 걸 길평이란 자에게 말하지 않을 테니."

재겸은 풍랑에 흔들리는 뱃전에 선 것마냥 몸의 균형이 어긋나는 것을 느꼈다. 허리를 꼿꼿이 세워 몸을 바로잡으려 버둥거렸다. 하지만 이미 기울어버린 세태는 되돌릴 수 없었다. 재겸은 꼼짝없이 대감의 손아귀로 떨어지고 말았다.

11

아침에 서료(서용보)의 편지를 받아보니, 경의 이번 여행은 전혀 긴요하지 않은 일이라면서 심지어 장차 사설(辭說)이 많아질 것이라고 하였다. 내면이 충실하다면 외면을 어찌 따지겠는가? 이 사람은 그저 염량세태만 볼 뿐이다. 참으로 호로자식이라 하겠으니, 답답한 노릇이다.

정조의 비밀 편지 中

"얼굴을 꿰뚫었다고 하였느냐?"

임금의 얼굴이 꽤 사납다고 느껴졌다. 상대방의 약점을 찾아내어 물어뜯으려는 짐승의 얼굴이랄까? 투전판에서 이런 얼굴을 가진 자를 만난 적이 있었다. 그럴 때마다 누구 하나는 피를 봐야 끝이 나는 경우가 허다했다.

"예, 전하. 대감의 얼굴 좌안에서 감정이 드러나는 것을 밝혀냈습니다. 따라서……."

"진실을 말하는 좌안을 살펴 그의 거짓말을 밝혀낼 수가 있다?"

"예, 그렇사옵니다. 전하."

"듣던 중 아주 반가운 소리다. 좋다. 내 당장 서신을 하나 써서 내어줄 것이니 대사헌에게 전하거라. 근래 거슬리는 언행을 일삼는 한심한 족속들이 벽과 시에 각기 눈에 띈다. 내가 이자들에게 손을 뻗었다간 도리어 반발을 받아 궁지에 몰릴지도 모르는 일. 그러니 대사헌이 과인의 칼이 되어 그자들을 기꺼이 쳐낼 수 있는지 보아야겠다. 이런 곤란한 일을 시킨다면 무엇이라도 얼굴에 드러내게 될 테지. 거짓으로 나를 따르는 척하는 것인지 아닌지 말이야. 실수 없이 그의 얼굴을 읽어낼 수 있겠지?"

"예, 전하. 심환지 대감의 가려진 마음을 들추어보겠나이다."

임금이 입가에 영문 모를 미소를 머금고는 붓을 들어 크게 먹을 찍었다. 기대에 찬 눈빛으로 시전지를 가만히 들여다보더니 이내 거침없이 글을 써 내려갔다. 재겸은 임금의 서신을 전하는 일도 머지않아 끝날 거라는 생각이 들었다. 그래야만 했다. 빨리 이 일을 마무리하고 도성에서 도망치고 싶은 마음뿐이었다.

임금의 서신을 품고 도착한 대감의 사랑채엔 여전히 설호란 자가 앉아 있었다. 설호는 재겸이 들자 대감을 향해 허리를 숙이고 물러났다. 물러가는 설호의 입꼬리가 수상쩍었다. 분명 뭔가를 감추고 있는 게 분명했다. 생각에 빠져 멍하니 서 있자 심환지 대감이 큰 소리로 꾸짖었다.

"뭐 하는 겐가? 서신을 내어주지 않고서?"

재겸은 그제야 서둘러 품속에서 서신을 꺼내어 건넸다. 대감이 그의 눈을 깊이 들여다보았다.

"임금에게는 말한 대로 고하였겠지?"

"네, 대감."

재겸은 고개를 수그렸다. 대감은 말없이 서신을 읽더니, 서안 위에 가지런히 포개어 내려놓았다.

"내 오른팔과 같은 벽파의 한 사람과 시파의 두 인물을 쳐내라는 상소문을 올려라……."

대감이 재겸을 올려다보았다. 눈빛이 자못 날카로워 뼛속까지 냉기가 일었다.

"이번에도 주상께 어찌 고해야 하는지 잘 알고 있겠지?"

대감이 재겸을 겁박하듯이 눈빛을 번뜩였다. 재겸은 그리하겠다는 뜻으로 고개를 숙였다.

"임금의 처지가 눈에 훤하군……."

그 말에 궁금증이 든 재겸은 대감을 올려다보았다. 그의 눈빛에서 호기심을 본 대감이 슬쩍 웃음을 지었다. 재미있는 무언가가 생각난 모양이었다. 역시나 간교한 자의 눈빛이 확실했다.

"넌 그저 서신을 전하는 팽례일 뿐이라 이거지. 그래, 내 오른팔을 잘라내는 것이야 큰마음을 먹으면 끝인 일이지. 하지만 칼을 휘둘러 반대편에 선 시파의 인물을 쳐내는 것은 다른 일이야. 허어, 내가 주상의 칼이 될 수 있는지 시험하는 것일 터……. 그렇다면 한

번 칼춤을 쳐드려야지."

"네? 칼춤이라뇨?"

"궁금한가? 그래, 소경이 한번 눈을 뜨고 나면 절대 다시 감지 못하는 법이지. 주상은 이번에 내게 상소문을 올려 시파의 정호인과 성덕우가 사도장헌세자의 죽음과 연루된 노론의 외척들과 가깝다는 내용의 상소를 올리게 하려는 게야."

"저는……."

"시파가 임금을 따른다는 명목은 하나일세. 바로 사도세자의 죽음을 슬퍼하며 사도세자에게 죄를 뒤집어씌운 무리를 처벌해야 한다고 주장했기 때문에 임금의 편이라고 말할 수 있는 게지. 그런데 그런 자들이 뒤로는 몰래 사도세자를 죽음으로 내몬 장본인들과 아주 가까이 지낸다면?"

재겸은 이마를 찌푸렸다. 말도 안 되는 일이었다. 까마귀와 가까이하는 이들이 어찌 스스로를 백로라 말할 수 있겠는가.

"이제야 좀 알아들은 듯하군. 자네, 살고 싶지?"

재겸은 날카로운 대감의 질문에 고개를 들어 그를 바라보았다. 이번에는 무슨 의도를 숨기고 있는지 알아내야 했다. 하지만 대감의 얼굴에서는 티끌만큼의 변화도 감지되지 않았다. 재겸이 얼굴을 읽을 수 있다는 걸 아는 이상 철저히 감추는 것이리라.

"살려면 자네가 딛고 선 판이 어떤 것인지 알아야 하지 않겠나?"

"네? 그게 무슨 말씀이신지……."

"자네가 어떤 처지인지 잘 아느냐 물었네."

"저는 그저……."

"임금의 부름에 따라 일을 하는 것이다? 그런 순진한 생각을 하는 겐가. 자네 같은 이들이 도성에 몇이나 될 것 같은가?"

"저 같은 사람이라뇨?"

재겸은 머릿속이 혼란스러웠다. 대감이 무얼 말하려고 하는지 도통 알아들을 수가 없었다. 자기와 같은 일을 하는 사람들이라니.

"늦은 밤에 편전과 각료 사이를 오가는 이가 자네뿐이라고 생각하는 건 아니겠지?"

재겸의 머릿속에 일전에 편전을 나서던 자의 용모가 떠올랐다. 사내는 커다란 주걱턱을 가진 자로 돌출한 하관 때문에 불만에 가득 찬 듯한 인상을 주었다. 절대 사대부의 차림새가 아니었다. 도포의 옆단을 잘라내고 바짓단을 단단히 맨 걸 보니 말을 타고 내릴 때 거추장스럽지 않게 하기 위함이었다. 게다가 그자가 나선 뒤에 들어선 편전에는 문방사우가 어지러웠다. 그자 또한 팽례였던 걸까?

그렇다면 밤늦은 시각 그가 품은 서신은 누구에게 향했을까? 재겸은 천천히 대감의 얼굴을 마주 보았다. 힘이 실린 듯한 대감의 입술이 다시 움직였다.

"내가 왜 임금께 먼저 서신을 띄웠을 것 같나? 이미 임금의 많은 비밀 편지가 야밤을 틈타 도성을 오가고 있기 때문이야. 어찌 임금이 떳떳하지 못하게 비밀 편지로 조정의 각료들을 조정하는가 이 말이야? 내 그래서 먼저 서신을 띄워 임금에게 가까워지려고 하였지. 그리하면 임금이 비밀 편지를 통해 조정에서 무슨 일을 꾸미고 있는지 알 수 있을 테니.”

대감의 손끝이 화살처럼 재겸을 향했다. 재겸의 머릿속에 아찔한 돌개바람이 일었다.

“자네는 그저 수많은 팽례 중 하나일 뿐이야. 야심한 시각에 움직여야 하는 일이라면 무엇이겠나? 자네가 하는 일이 그러한 것이지. 떳떳하지 못한 일. 감춰야 하는 일. 정도를 벗어나 어그러진 일.”

머릿속이 복잡했다. 대감이 엄중한 얼굴을 하고는 호통치듯 말했다.

“눈을 크게 뜨시게! 주상의 비밀 편지가 나한테만 전해질 거라 생각하는 겐가? 일전에도 어깨를 잔뜩 움츠리고 있던 시파가 적절한 때에 벽을 공격하기 위해 일제히 상소문을 올린 적이 있네. 지금 나의 상황을 보면 그 일의 배후가 누구였겠나?”

대감의 답간을 받아 정신없이 말을 달렸다. 성문을 지키는 군사에게 표신을 보여주고 궁 안으로 들자 편전 방향에서 걸어오는 자가 눈에 띄었다. 일전에도 이렇게 궁과 어울리지 않는 옷차림을 종종 보았다. 다만 눈을 두지 않았을 뿐. 재겸은 옆을 스쳐 지나가는 사내를 흘긋 살폈다. 벼슬에 오른 자의 옷차림은 절대 아니었다. 이 자도 팽례일까? 대감의 말대로 임금은 몰래 서신을 보내 탕평을 어지르며 정도를 어긋난 것일까?

복잡한 생각에 잠겨 편전에 이르자, 문을 지키던 환관이 낮은 목소리로 임금께 아뢰었다.

"전하, 팽례이옵니다."

또다시 의문이 일었다. 이자는 하루에 몇 번이나 이 말을 내뱉는 것일까? 모두 쓸데없는 생각이었다. 재겸은 고개를 저었다.

"들라 하게."

문이 열리자 재겸은 임금을 향해 걸어가서 절을 올렸다. 그리고 품에서 대감의 서신을 꺼내어 임금에게 내밀었다.

임금의 옆 사방탁자에 펼쳐진 문방사우를 보니 문진 아래 눌려 있어야 할 시전지가 온데간데없었다. 임금은 저것으로 어떤 서신을 얼마나 보내셨을까 의심이 일었다.

"뭘 그리 골똘히 생각하느냐?"

재겸이 고개를 드니 임금이 재겸의 얼굴을 들여다보고 있었다.

"아무것도 아니옵니다."

"근심이 있는 게야?"

"그런 게 아니오라."

임금은 말이 없었다. 의심하는 그의 모습을 눈치챈 것일까. 침묵 끝에 날 선 목소리가 들려왔다.

"무릇, 근심은 마음의 주름이요, 욕심은 마음의 기름이라 하였어. 더욱이 의심은 마음의 고름인 것이지. 이 세 가지는 몸을 상하게 할 뿐이니 마음을 잘 다스려야 할 것이야."

재겸을 바라보는 임금의 눈매가 사뭇 날카로웠다. 속마음을 알 수 없는 저 눈빛이 낯설지가 않았다. 오래전 거짓 약속을 하던 길평의 얼굴이 문득 떠올랐다. 노비문서를 불태워준다 하여 천금같이 믿었건만 그를 사지로 내몰았던 눈이었다.

임금은 그에게 누명을 벗겨준다 약조했다. 하지만 이처럼 그를 현혹했던 자들이 이제껏 한둘이었던가. 모두들 제 힘을 과시하며 무슨 일이건 해주겠다며 그에게 약조를 했지만 단 한 번도 지켜진 적은 없었다. 오히려 자신에게 살인 누명을 씌우고 사지로 몰아넣었을 뿐이았다. 게다가 그는 임금의 유일한 팽례가 아닐지도 모른다. 그저 쓰고 버리는 하나의 패일 뿐이라면······.

임금의 눈동자 안에서 불꽃이 일어나는 듯했다. 아비의 죽음에 대한 분노를 땔감 삼아 일어난 불이었다. 불꽃은 점점 커져 삼각산을 삼킬 듯이 타올랐다. 저 불에 타 죽을 자는 분명했다. 재겸이 몸을 부르르 떨었다.

궁을 나와 집에 도착하자마자 재겸은 방에 누워 있는 서조를 깨워 투전판으로 향했다. 기쁜 얼굴로 그를 뒤따르던 서조가 참지 못하고 물었다.

"형님, 근데 갑자기 생각을 달리한 이유는 뭐야? 아니지······. 잘생각한 거야. 우리가 이제껏 남의 손을 빌려서 해결한 일이 있었나? 다 우리 손으로 해결했지."

"그 난전 상인이 한 말이 확실하지?"

"그렇다니까. 보름 동안 도성에 머무른다고 했으니 아직 떠나지 않았다면 지금쯤 투전판에서 밤을 새우고 있겠지."

"그래, 되었다. 내가 너 말고 다른 누구를 믿겠니?"

"그렇지. 이 조선팔도에 형님이 믿을 사람은 나 하나뿐이지."

서조가 기분 좋은 듯이 어깨를 으스댔다.

인시(寅時)가 다 되도록 투전판을 밝히는 등불은 꺼질 줄을 몰랐다. 재겸이 투전판에 들어서니 돈을 잃은 한 사내가 인상을 구기며 일어섰다. 재겸은 난 자리에 앉아 좌중을 둘러보았다. 투전에 눈이 벌개진 투전꾼들은 그에게 관심조차 두지 않았다. 재겸이 소매에서 엽전 꾸러미를 꺼내자 다시 패가 돌았다. 받은 패를 눈높이까지 들어 올리고는 투전꾼들의 얼굴을 살폈다. 언뜻 둘러보아도 서조가 말한 난전 상인의 모습은 보이지 않았다.

술띠를 두른 자의 왼쪽 광대뼈가 움찔거리더니 큰광대근이 당겨져 왼쪽 윗입술이 실룩 올라섰다. 또한 저도 모르게 고개가 뒤로 거만하게 기울며 턱이 성큼 치솟았다. 좋은 패를 쥔 모양이었다. 그에 반해 얼굴에 주름이 가득한 자는 아래턱과 연결된 구각하체근이 양 입꼬리를 당겨 갈매기의 날개마냥 아래로 늘어뜨렸다. 나쁜 패를 쥔 모양이었다. 재겸은 눈을 질끈 감았다 떴다. 얼굴을 살피는 일은 본래 이처럼 쉬운 일이거늘, 어찌하여 이번 일은 이다지도 혼란스러운 것인지 알 수가 없었다.

"그 난전 상인이 보이지 않아. 그와 친분이 있던 자에게 물으니 어제 도성을 떠났대."

투전판을 둘러보러 갔던 서조가 재겸에게 다가와 속삭였다. 재겸은 새어 나오는 한숨을 참았다. 하루만, 단 하루만 빨리 생각을 고쳐먹었다면……. 기회는 곧바로 잡지 않으면 항시 손을 떠나기 마련이었다.

"갈 거요, 말 거요?"

재겸이 고개를 드니 모든 이의 시선이 재겸에게 모여들었다. 재겸은 패를 내려놓으며 말했다.

"첫판은 본래 판세를 읽는 법이니, 그냥 구경만 하겠소이다."

투전꾼들은 그에게 개의치 않고 멍석 위로 돈을 던져 넣기 바빴다. 그렇게 패가 다시 돌자 판이 갑작스레 커졌다. 재겸의 눈에는 판이 커진 연유가 또렷하게 보였다. 낮은 패를 쥔 주름이 가득한 자는 판돈을 높여 상대를 겁박하려 하고, 높은 패를 쥔 술띠를 두른 자는 쉬이 물러서지 않았다.

주름이 가득한 자가 멍석 안으로 서른 냥을 던져 넣었다. 이에 술띠를 두른 자의 안색이 창백해졌다. 좋은 패를 쥐었으나 도합 쉰 냥을 걸 만큼 배포가 크지는 않았다. 눈동자가 좌우로 흔들리며 갈등하는 속마음이 드러났다.

술띠를 두른 자가 주름이 가득한 자를 노려보더니 이내 제 패를 바닥에 내동댕이쳤다. 1과 8의 가보였다. 재겸은 눈살을 찌푸렸다. 저렇게 좋은 패를 들고서도 판에서 지고 말다니 사내의 옹졸한 배포가 안타까울 뿐이었다. 술띠를 두른 자가 주름이 가득한 자를 향해 목소리를 높였다.

"대체 무슨 패를 들고 쉰 냥을 지른 것인지 한번 확인해봅시다."

"어허, 패를 보려면 패를 보는 값을 내셔야지."

주름이 가득한 자가 탐욕스레 수북이 쌓인 엽전을 양손으로 제 앞으로 끌어당겼다. 술띠를 두른 자가 자리를 박차고 일어나서 상대의 패를 확인하려 손을 뻗었다. 순식간에 아수라장이 되었다. 패를 보려는 자와 감추려는 자가 멍석 한가운데에서 서로 뒤엉켜 드잡이가 시작되었다. 도박패는 싸움을 말리려 했지만, 투전판에 가득한 자들은 심심하던 차에 좋은 구경이라도 난 양 소리치며 싸움을 보챌 뿐이었다.

"이 사기꾼 새끼!"

술띠를 두른 자가 주먹을 휘둘렀다. 주름이 가득한 자가 제 이마로 상대의 안면을 들이받았다. 순식간에 멍석 위로 새빨간 피가 후드득 떨어졌다. 재겸의 머릿속에 10년 전 불타던 상단에 흩뿌려진 핏자국이 또렷하게 떠올랐다. 불타는 상단의 사랑채에서 도망을 칠 것인지 당당히 관아에 가서 제 무죄를 주장할 것인지 고민했다. 그때 상황을 제대로 읽지 못하고 관아로 향했다면 이미 목숨을 잃고 말았을 터.

"직접 두 눈으로 확인하지도 않고 어찌 그리 속단하오?"

바닥에 쓰러진 주름이 가득한 사내가 소리쳤다. 재겸이 잠에서 깬 듯 벌떡 몸을 일으켰다.

"형님, 이대로 돌아가게?"

서조가 재겸을 따라 몸을 일으키며 물었다. 심환지 대감의 혓바닥에 놀아난 것일 수도 있다. 처한 상황을 자기의 눈으로 들여다보아야 할 것이었다. 재겸이 결심한 듯 말했다.

"내 직접 확인도 하지 않고 어찌 속단할 수 있겠니?"

12

나는 요사이 놈들이 한 짓에 화가 나서 밤에 이 편지를 쓰느라 거의 오경(五更)이 지났다. 나의 성품도 별나다고 하겠으니 껄껄 웃을 일이다. 보고 난 뒤에는 남들 눈에 띄지 않도록 하는 것이 어떠한가?

정조의 비밀 편지 中

재겸은 날이 밝는 대로 의금부를 찾았다. 심환지 대감이 간밤에 던진 의문을 확인해야 했다. 그래서 제 처지가 어떠한지 명확히 아는 게 중요했다. 임금이 비밀 편지로 탕평을 어지르고 있는지, 그 얼굴의 뒤편에 감춰진 게 길평의 얼굴인지. 그리고 자신이 그저 수많은 팽례 중에 하나일 뿐인지. 아직은 어느 하나 단언할 수 없었다.

재겸은 의금부를 향해 거침없이 발을 옮겼다. 그리고 한 사내를 발견하고 반갑게 손을 치켜들었다. 하지만 상대는 재겸의 방문이 달갑지 않은 모양이었다. 황망한 얼굴을 하고는 재겸의 팔을 잡아

채어 황급히 의금부 밖으로 이끌었다. 의금부를 나와 좁은 골목으로 들어서자, 사내는 누가 뒤따라오지는 않는지 연신 고개를 빼고 살핀 뒤 재겸에게 따지듯 물었다.

"자네, 여기가 어디라고 함부로 찾아오는가? 내 빚은 차차 갚는다고 하지 않았나?"

사내는 노군영이라는 자로 투전에 빠져 재겸에게 100냥 빚을 진 자였다. 또한 그는 종구품으로 의금부의 말단 금부도사이기도 했다. 재겸은 노군영에게 진정하라는 듯이 손을 내저었다.

"빚을 받으러 온 게 아닐세."

"그럼, 뭐란 말인가? 어찌하여 의금부까지 찾아온 겐가?"

"내 부탁을 하나 하고 싶어 이리 찾아왔다네."

"부탁?"

"말을 잘 달리는 사람들을 좀 소개해주게나. 뒤쫓을 자들이 있네."

"뒤쫓다니 그건 또 무슨 소린가?"

"궁을 드나드는 자들의 뒤를 밟을 생각이야."

노군영의 표정이 딱딱하게 굳었다. 눈썹 사이가 산처럼 치솟고 입이 턱 벌어졌다. 당장이라도 아니 된다, 라고 말할 것 같았다. 그에게 거절할 틈을 주지 않기 위해 재겸은 몰아붙이듯 말했다.

"자네가 진 빚 100냥은 이번 일로 없도록 함세!"

벌어졌던 그의 입술이 꾹 다물어졌다. 100냥이면 1년 치 급료에 상당하는 금액이었다. 그동안 노름빚에 고민이 많았던 듯, 단번에 그의 얼굴에 화색이 돌았다.

"몇이나 필요한가?"

"돈화문과 금호문, 경추문, 단봉문, 요금문에 각기 세 사람 정도 필요하네."

"대체 누굴 뒤쫓는지 말해줄 수는 없는 겐가?"

재겸은 설레설레 고개를 저었다. 임금의 뜻을 거스르는 일이니 아무도 알게 해서는 안 되었다.

"알았네. 내 당장 사람들을 구해볼 터이니 약속은 꼭 지키시게나!"

노군영이 약속을 받아내듯 재겸의 두 손을 꼭 붙잡았다. 그러곤 허둥대며 서둘러 의금부로 돌아갔다.

이튿날 술시(戌時) 반각, 재겸은 돈화문을 관찰할 수 있는 담벼락 아래의 어둠 속에 몸을 숨기고 있었다. 그의 곁에는 노군영이 보내준 장정 셋이 말고삐를 쥐고 나란히 늘어서 있었다. 창덕궁의 다른 네 개의 문에도 각기 세 명씩, 재겸이 이르는 대로 어둠 속에 제 모습을 감추고 있을 터. 모두에게 궁을 홀로 나서는 이들 중 어둠에 몸을 숨기기 좋은 복색을 하고 빠르게 말을 달리는 자를 몰래 뒤따르라 지시했다. 그리고 그들의 목적지를 알아 오도록 했다.

재겸은 대체 왜 이런 짓을 벌이게 되었는지 곱씹어 생각했다. 심환지 대감이 머릿속을 헤집어놓은 까닭이었다. 그렇지만 그보다는 대감의 말이 사실이 아니기를 바라는 마음이 더 컸다. 태평성대를 이룬 어진 임금이 어찌…….

하지만 심 대감의 말이 맞다면? 문득문득 보았던 임금의 잔혹한 얼굴이 떠올랐다. 재겸은 고개를 세차게 휘저었다. 그래서는 아니 되는 일이었다. 디디고 선 그늘이 유난히 새까맸다. 이 모든 게 심 대감이 원하던 일일지도 몰랐다. 그렇다면 명백히 대감의 계략에 걸려든 꼴이었다. 어둠을 타고 재차 과거의 일이 떠올랐다. 상단의 안채에 넘실거리던 불길이 눈앞에서 일렁이는 듯했다. 재겸은 눈앞의 불을 끄려는 듯 눈을 질끈 감았다.

그때, 돈화문을 나서는 자 하나가 말에 올라탔다. 그는 고삐를 바짝 당기고는 곧장 남쪽으로 말을 몰았다. 아마도 정선방 쪽으로 향하는 듯했다. 재겸은 고개를 돌려 뒤에 선 한 사내에게 고개를 끄덕였다. 이에 사내는 즉시 말에 올라 조심스레 그 뒤를 쫓았다. 반 시진 후에 또 다른 자가 돈화문을 나섰고, 재겸은 다른 사내를 보냈다. 그렇게 사내들을 다 보내자 인시(寅時)에 이르렀다. 이제 임금님도 침소에 드셨을 시간이었다.

팽례를 뒤쫓기로 한 자들과 회합할 장소로 향하려 몸을 일으켰다. 그런데 궁을 나서는 사내가 또 하나 눈에 띄었다. 검은 복색의 사내는 마상재꾼*처럼 짧은 도포에 고개를 바짝 수그려도 시야를 확보할 수 있도록 갓을 머리 뒤로 기울여 쓰고 있었다. 더 이상 뒤

* 조선 시대에 달리는 말 위에서 여러 가지 무예를 부리는 마상재(馬上才)를 하던 군졸.

따를 자가 없었다. 이렇게 많은 자들이 늦은 밤에 궁을 드나든다는 생각을 미처 하지 못한 제 불찰이었다. 재겸은 재빨리 말에 올라 사내를 뒤쫓았다.

그가 눈치채지 못하도록 최대한 거리를 두고 뒤를 밟는데, 정선방을 지나 파자교로 말을 달리던 사내가 갑작스레 연화방으로 방향을 틀었다. 들킨 것일까. 잠깐의 시간을 두고 뒤따라 그 길로 들어섰다. 하지만 앞서 말을 달리고 있어야 할 자는 사라지고 없었다. 어둠이 깔린 대로엔 혼자뿐이었다. 말을 멈춰 세우고 주위를 둘러보았다. 더 바짝 뒤쫓을 것을 이제 와 후회해봤자 소용없었다.

때마침 재겸의 귀에 선명한 말발굽 소리가 들렸다. 절구통을 내려치는 방망이처럼 규칙적이고 느린 박자의 소리. 아주 천천히 그리고 차분하게 말발굽이 지면을 내디뎠다. 하나, 이상하게도 말발굽 소리가 점차 가까워졌다. 재겸은 허리를 곧추세워 새까만 어둠을 노려보았다. 어찌하여 저자는 말을 돌려 자신을 뒤쫓는 자에게 다가오는 걸까. 팽례가 아닌 걸까. 재겸은 어찌해야 할지 몰라 우두커니 멈춰 서 있었다.

숨을 곳을 찾을 수가 없었고, 그러기엔 너무 늦었다. 말고삐를 쥔 손에 단단히 힘을 주었다. 여차하면 도망쳐야 할 터. 한데 어둠 속에서 모습을 드러낸 건 빈 말 한 마리뿐이었다. 말은 이교 방향에서 재겸을 향해 천천히 걸어왔다.

늦은 시각에 주인 없는 말이 도성을 떠돈다는 건 누군가 말을 잃었다는 것인데, 말의 주인에게 무슨 일이 일어난 건지 의문이 들었다. 술에 취한 주인이 말을 잃어버린 걸까? 하지만 통금이 떨어진 지 두 시진도 더 지났으니 술에 취해 도성을 거닐던 자들은 이미 포도청에서 추포를 하였을 텐데…….

지척에 이르자 말이 혼자가 아니란 걸 알 수 있었다. 말 등에 축 늘어진 사람 하나가 얹혀 있었다. 재겸은 재빨리 다가가 말의 고삐를 잡아 멈춰 세웠다. 그러자 사내가 바닥으로 무너지듯 흘러내렸다. 사내의 코 위에 난 유난히 큰 점이 달빛에 드러났다.

재겸의 미간이 뒤틀렸다. 세 번째로 궁을 나서던 자를 쫓으라고 보냈던 사내였다. 그의 배에는 커다란 검상이 나 있었다. 사내의 도포는 흘러내린 피로 새까맸다. 다음 차례는 자신이 될지도 모른다는 아찔한 생각이 들었다.

방향을 가늠할 새도 없이 무작정 말을 달렸다. 미친 듯이 말의 배를 걷어찼다. 내달리는 말의 헐떡거림과 재겸의 가쁜 숨이 뒤엉켰다. 대체 내가 무슨 짓을 저지른 것인가. 내 무덤을 스스로 파고 말았구나. 둥근 달이 그를 내려다보는 임금의 부릅뜬 눈처럼 느껴졌다.

완전히 따돌렸을까. 하지만 상대는 말을 모는 솜씨가 출중한 이를 단숨에 칼로 벤 자였다. 말을 타고서는 도저히 도망칠 방도가 없었다. 재겸은 곧장 말에서 뛰어내려 담장을 넘었다. 주인을 잃은 말은 제자리에서 한참을 맴돌더니 제 머리가 향한 방향으로 점점 멀어졌다. 말이 사라지자 쿵쾅대는 심장 소리만 귀에 울렸다.

그 순간 말발굽 소리가 재겸이 몸을 숨긴 담장 쪽으로 가까워졌다. 말발굽 소리가 지척에 이르자 담장 위로 전립을 쓴 듯한 그림자가 나타났다. 하지만 그림자만으로는 그자의 정체가 누구인지 알아낼 수가 없었다. 재겸은 그림자의 주인이 자신이 어디에 숨어 있는지 알고 있을 것 같아 차가운 담장에 등을 바짝 붙였다. 누가 자신의 뒤를 쫓는 것일까. 모든 것이 발각되고 만 것일까. 이내 멀리서 말의 울음소리가 들려왔다. 멀찍이 달아난 재겸의 말이 분명했다. 다행히도 사내는 소리가 나는 쪽을 향해 다시 말에 박차를 가했다.

재겸이 다시 노군영을 찾자, 그는 도끼 날처럼 눈을 날카롭게 뜨고 호통쳤다.

"대체 자네 무슨 짓을 저지른 것인가?"

재겸은 입을 꾹 닫았다.

"대체 누구를 추격하라 이른 것이야? 자네의 일을 하러 갔던 이들이 모조리 간밤에 소리 소문도 없이 사라졌네!"

노군영이 보내준 사내 열다섯은 간밤에 창덕궁을 나서는 자들을 뒤쫓았고, 그중 재겸과 노군영이 각자 발견한 검상을 입어 죽은 사내들을 제외하고 도합 열 셋이 감쪽같이 사라졌다. 노군영은 용서할 수 없다는 표정으로 재겸의 멱살을 단단히 움켜쥐었다.

"내가 보내준 자들이 누구에게 죽어 나간 것인지 알기나 하는 겐가?"

재겸도 그것이 의문이었다. 사람이 어찌 흔적 없이 사라질 수 있단 말인가. 대체 팽례들을 뒤쫓던 사내들에게 무슨 일이 일어난 것인지 혼란스러웠다.

"자네는 누구인지 안다는 겐가?"

노군영이 답답한지 긴 숨을 내쉬었다.

"내 사방팔방으로 알아보았으나 사라진 열셋은 도무지 찾을 길이 없네. 밤새 그들이 도성을 나간 기록이 없는 걸 보면 도성 안에 있어야 할 것인데 아무 소식이 없으니. 아무래도 쥐도 새도 모르게 죽은 게지."

재겸이 눈을 질끈 감았다 떴다. 눈앞이 아득해졌다. 자신이 벌인 일이니 모든 짐은 스스로 져야 할 터.

"그래서 이 모든 게 누구의 짓인지 자네는 알고 있다는 건가?"

노군영이 입술을 앙다물고 재겸을 노려보았다.

"자네는 들추어서는 안 될 걸 들여다보려 한 게야."

노군영이 재겸의 멱살을 놓고 돌아섰다. 이번엔 재겸이 노군영의 소매를 붙들고 늘어졌다.

"대체 누구의 짓인가? 나는 꼭 알아야겠네."

"그냥 모르는 게 나을 걸세. 목숨을 부지한 것을 다행으로 알게."

"아니, 난 꼭 알아야겠어."

재겸이 붙잡은 소매를 놓지 않았다. 노군영이 흔들리는 눈빛으로 재겸을 바라보았다. 미간이 좁아지고 입을 꾹 다물었다. 무언가 감추고 싶어 하는 얼굴이다. 이내 할 수 없다는 듯 입을 열었다.

"내가 보낸 자들은 하나같이 모두 말을 꽤나 잘 타는 자들일세. 그만큼 무예도 익힌 자들이지. 그런 이들이 간밤에 모조리 습격을 받아 사라졌네. 겨우 하나만 도망쳐 왔지. 이교에서 뛰어내려 온몸이 홀딱 젖은 채로 도망쳐 온 자는 피를 많이 흘려 결국 내 앞에서 절명하였네."

재겸은 입술을 질끈 깨물었다. 제 호기심 때문에 일이 크게 틀어지고 말았다. 죄책감에 고개를 들 수가 없었다.

"자네가 발견했다는 자의 복부에 난 자상이 십자가 분명하였지?"

재겸이 고개를 끄덕였다. 달빛에 드러난 사내의 복부가 떠올랐다. 벌어진 앞섶 사이로 보이는 가슴이 펼친 가위 모양으로 깔끔하게 베어져 있었다.

"아주 익숙한 자상이네. 십자의 상처를 남기는 검법. 오른쪽 하복부에서 왼쪽 가슴으로 이어지는 짧은 상처와 왼쪽 하복부에서 오른쪽 가슴으로 길게 이어지는 상처. 나는 아주 오래전에 이러한 검법을 본 적이 있지."

"어디서 말인가?"

"장용영이네."

세찬 바람이 이는 듯 재겸의 몸이 갈대처럼 흔들렸다. 장용영은 임금이 훈련도감의 무예가 빼어난 이들을 뽑아 직접 창설한 친위 부대였다. 그 무예가 혀를 내두를 정도로 뛰어나다는 소문이 파다할 뿐 그들과 칼을 겨뤄본 이는 드물었다.

노군영이 두 손을 모아 칼을 쥔 자세를 취해 보였다.

"바로 이거라네. 보통의 검술에서는 위에서 아래로 내려치거나 찌르는 동작에 대비해서 이렇게 앞으로 칼을 비스듬히 쥐는 법이지. 장용영에는 이런 기본 방어 자세의 허를 찔러 신속하게 공격하기 위한 검법이 존재한다네. 속전속결을 위한 책략이지."

노군영이 허리에서 칼을 빼어 들고, 아래로 힘 있게 뻗었다.

"먼저 상대를 향해 강하게 발을 내디디며 발끝에서 상대의 가슴 위까지 휘둘러 상대의 칼을 쳐내는 것이지."

노군영이 칼을 하늘 위로 치켜들었다.

"그러면 상대의 손에 쥔 칼이 튕겨져 나가며, 가슴께의 방어가 완전하게 비게 된다네. 하면, 칼을 머리 위에서 크게 원을 그린 후에……."

노군영이 공중에서 칼을 휘둘렀다. 칼은 그의 머리 위를 한 바퀴 크게 돌아, 이번에는 다른 궤적을 그리며 바닥에서 하늘 위로 치솟았다. 칼이 허공을 가르자 서늘하고 날카로운 바람이 재겸의 얼굴로 날아들었다. 실로 눈 깜짝할 사이에 두 번의 공격이 들어갔다.

"앞의 공격이 얇고 짧은 상처를 남긴다면 두 번째 공격은 치명상을 입혀 큰 상처를 남기게 된다네. 나의 친족 하나가 장용영에 몸담은 적이 있어 그 검술을 직접 목도하였지."

"그…… 그렇다면, 어제 내가 발견한 자도……."

"그렇네. 장용영의 검술에 당한 것이네."

"이런……."

재겸은 황망한 표정이 되었다. 뒤쫓았던 게 팽례들이 맞다면, 그 팽례들을 장용영의 군사들이 감시하고 있다는 말이 된다. 팽례 일을 할 때마다 그의 뒤를 밟던 그 께름칙한 기분이 무엇인지 이제야 알 것 같았다.

"이게 도움이 될지 모르겠으나 이교에서 몸을 던져 도망쳐 온 자가 숨을 거두기 전에 나에게 남긴 말이 있네. 어느 집에 당도한 뒤 곧바로 공격을 받았다고 하더군."

"그게 어디라고 하던가?"

"안국방의 대문이 제일 커다란 집이라고 하였네."

"안국방의 대문이 가장 커다란 집이라면?"

"아마도 시파의 정점에 있는 좌의정 채제공 대감 댁이겠지."

편전을 나선 자가 좌의정 댁으로 향했다면 아마도 팽례일 가능성이 컸다. 늦은 시각에 달리 무슨 볼일이 있겠는가. 주상은 이미 벽파의 심환지 대감을 통해 국정을 조정하려 했다. 그 와중에 시파를 대표하는 채제공 대감에게 밤늦은 시각에 어찌 서편을 보낸 걸까? 또 서신의 내용은 무엇일까? 귓가에 심 대감의 호통 소리가 울려 퍼지는 듯했다.

─눈을 크게 뜨시게! 주상의 비밀 편지가 나한테만 전해질 거라 생각하는 겐가?

모든 것이 명확해졌다. 궁을 나서던 그 많은 자들, 그들은 팽례가 분명했다. 임금은 비밀 편지를 지키기 위해 장용영으로 하여금 감시하도록 한 것이었다.

성의 각기 다른 방향으로 사라진 팽례들을 가늠하면 임금은 수많은 신하들에게 비밀리에 서신을 보내고 있는 것이었다. 임금은 그들에게 명을 내리고 자신의 뜻에 따라 움직이게 하려는 것이다.

신하들이 서로를 불신하고 서로 물고뜯어 당쟁을 일삼도록 이간질을 시키고 있을지도 몰랐다. 재겸은 고개를 내저었다.

이게 무슨 말도 안 되는 일인가.

13 /

허반의 일은 훗날 차대(次對)*에서 금위대장과 상의하여 우의
정에게 말하고, 그로 하여금 처치하게 하는 것이 좋겠다. 금위
대장의 조카가 여기에 있어 이렇게 말해둔다.

정조의 비밀 편지 中

"그래, 무언가를 본 모양이로구나."

임금의 서신을 품고 찾아가니 심환지 대감이 날카로운 눈으로
재겸의 얼굴에 나타난 변화를 잡아냈다. 하나, 재겸은 입을 꾹 다물
고 어떤 말도 꺼내지 않았다. 재겸이 내뱉는 한마디 한마디로 대감
은 재겸이 보고 들은 것을 유추해낼 것이었다.

대감은 임금의 서신을 말없이 읽어 내려갔다. 재겸은 자신의 처
지를 헤아려보았다. 임금은 심 대감이 접근한 것이 불순한 의도인

---

* 매달 여섯 차례씩 의정, 대간, 옥당들이 임금 앞에 나아가 정무를 보고하던 일.

지 밝혀내라 하였건만, 이미 도성의 많은 신하에게 떳떳하지 못한 의도로 서신을 보내고 있었다. 누가 옳고 그른지 판단이 서지 않았다. 아니, 옳고 그름은 중요하지 않았다. 어떻게 하면 이 판에서 살아남을지가 중요했다. 누구의 편에 서야 살 수 있을까.

"왜? 임금의 숨겨진 면을 들여다보니 네가 발을 디딘 곳이 어떠한 곳인지 알겠느냐?"

대감은 능구렁이와 같았다. 또다시 능란한 말로 자신을 현혹하려는 것일 터.

"임금이 비밀 편지를 보낸다는 걸 어떻게 알았는지 궁금한가?"

재겸 역시 그것이 궁금했다. 이렇게 몰래 도성을 오가는 팽례를 어찌 알아내고 임금에게 접근하였는지, 또한 그 의도는 무엇인지.

"나는 벽파의 큰 기둥인 김종수 대감의 도움으로 기반을 잡을 수 있었다. 김 대감의 집에는 늦은 밤마다 끊임없이 들락거리는 자가 하나 있었지."

재겸의 미간이 일그러졌다. 늦은 밤에 들락거리는 자라…… 팽례를 말하는 것이었다.

"나는 그자가 누구인가 궁금하였지. 머지않아 그 정체를 알게 되었어. 노한 임금의 명으로 김종수 대감이 위리안치 된 날이었지. 한 사내가 날 찾아왔네. 제 형을 살려달라 하더군. 나를 찾아왔던 게 누구인지 알겠나?"

재겸은 대감의 눈을 똑바로 들여다보았다. 대감은 끊임없이 질문을 던졌다. 재겸에게 의심하게 하여 종국에는 임금을 배신하고 그를 선택하도록 종용하려는 게다. 결코 쉽게 넘어가서는 안 된다. 임금과 대감 사이에서 치우치지 않으며 살 길을 찾아야 한다.

"그자가 바로 설호라네."

재겸의 한쪽 눈썹이 와르르 무너졌다. 생각지 못한 말에 무릎이 흔들리는 듯했다. 의구심이 들었다. 왜 김종수 대감의 집에 드나들던 팽례의 이야기를 하다 설호의 이야기로 넘어간 것일까, 혹여?

"설호가 나에게 말하였네. 자신의 형이 임금의 명으로 김종수 대감에게 비밀 편지를 날랐다고 말이야. 그런데 그 서신을 받은 김 대감이 위리안치를 당해 꼼짝없이 갇히게 되었으니, 대감에게 서신을 전하던 팽례를 임금은 어찌했을까? 이젠 그 서신의 존재를 아는 증인이 되지 않았겠나."

재겸은 말없이 입을 꾹 다물었다. 결코 한마디도 하지 않을 작정이었다. 생각 또한 하지 않을 작정이었다.

"그날, 설호의 형은 도성에서 흔적도 없이 사라졌네. 백방으로 찾아보았지만 소용없었네. 설호의 형은 훈련도감 출신이었어. 무예가 뛰어난 자가 소리 소문도 없이 하룻밤에 사라진 게지."

재겸의 머릿속에 팽례의 뒤를 쫓다가 사라진 이들이 떠올랐다. 설마, 그럴 리가. 지난밤 담장 뒤에 숨어 숨을 죽이던 때가 떠올랐다.

장용영이다. 임금의 뜻이었다. 재겸의 머릿속에서 생각들이 서로 부딪치고 분쇄되어 메아리처럼 떠돌았다. 재겸이 휘청거리며 손으로 무릎을 집었다. 재겸을 물끄러미 바라보던 대감은 말없이 그에게 봉인된 서신을 건넸다. 대감의 부릅뜬 두 눈이 재겸에게 끊임없이 속삭였다. 자네, 아직도 임금을 믿을 생각인가? 내가 내쳐지면 자네의 목숨은 어찌 될 것 같은가?

궁에 도착하여 편전에 들기 전 복잡한 머릿속을 정리하려 잠시 숨을 골랐다. 생각에 빠져 있는 사이, 누군가 가까이 다가왔다. 흠 칫 놀라 고개를 드니 수염으로 가려진 금위대장의 입술이 그를 비웃고 있었다.

"어젯밤에 말이야. 자네는 어디에 있었나?"

"제 동생 놈을 보내 알려드렸듯이 몸이 쑤시고 어지러워 집에 있었습니다."

"흐음……. 간밤에 도성이 소란스러웠는데 그걸 구경하지 못하였겠군. 아주 재미난 볼거리가 있었는데 말이야."

"글쎄, 저는 집에만 있었던지라."

금위대장이 가늘게 뜬 눈으로 재겸의 얼굴을 천천히 살폈다. 무언가 말을 이으려다 그만두는 듯 쩍 벌어졌던 입술을 다시 닫았다. 하지만 여전히 그의 입술에는 야릇한 웃음이 걸려 있었다.

금위대장이 길을 터주며 뒤로 물러났다. 편전에 든 재겸은 바늘방석에 앉은 기분이 들었다. 심환지 대감의 말이 맞다면 금상은 어진 임금이라는 가면을 쓴 폭군임에 틀림없었다. 그리고 그런 임금이 한 약속은 지켜질 리가 없었다. 문득 임금의 얼굴을 제대로 들여다본 적이 없다는 생각이 들었다.

지난밤에 재겸이 벌인 일을 금위대장을 통해 임금도 전해 들었다면 재겸을 의심할지도 몰랐다. 그는 품에서 대감의 답간을 꺼내어 임금에게 전했다. 눈에 띌 정도로 서신을 전하는 손끝이 떨렸다.

"무언가?"

"네? 무슨 말씀이온지?"

"자네의 얼굴이 아주 이상하지 않은가? 도깨비라도 본 모양이니, 내 어찌 묻지 않을 수 있나? 대사헌의 얼굴에서 무언가 발견한 것인가?"

재겸이 고개를 드니 임금의 일그러진 얼굴이 또렷했다. 평소와 달리 코를 둘러싼 비근이 단단히 뭉치며 콧등에 주름이 졌다. 살짝 들어 올려진 코끝을 따라 윗입술이 올라서고 턱에는 호두 껍질 같은 주름이 잡혔다. 지난밤에 있었던 일로 역시 나를 의심하는 것일까? 재겸은 재빨리 이마를 바닥에 바짝 붙였다.

"고개를 들어."

재겸은 고개를 간신히 들었지만, 임금과 눈이 마주치지 않도록 시선을 아래로 향했다.

"대체 대사헌에게 무슨 소리를 들은 게야?"

"소인은 그저 아무것도……."

임금이 서안을 손바닥으로 사납게 내리쳤다. 재겸은 천둥 소리라도 들은 양 어깨를 움츠렸다.

"내 너처럼 얼굴에 나타나는 미세한 변화를 보고 알아차릴 수는 없으나, 이 자리에 있으며 보아온 신하의 얼굴이 허다하지. 네 얼굴에 떠오른 건 의심이 아니더냐? 대체 무슨 꿍꿍이를 감추는 게야?"

"그, 그게……."

"내가 무얼 해야 입을 열 테야? 장이라도 맞아야 말을 할 것이냐."

임금이 어젯밤 일에 대해서 재겸을 의심하는 것인지 아닌지부터 알아내야 했다. 임금의 목소리의 높낮이가 변하였으니, 그 안에 담긴 것은 분노였다. 그를 의심하는 게 확실했다. 그렇다면 이 위기를 어떻게 벗어나야 할까.

재겸이 머리를 조아리며 간절한 목소리로 말했다.

"대사헌 대감이 제게 던진 말 때문에 혼란스러워 그랬사옵니다."

"혼란스러웠다? 대체 무슨 말이었기에?"

"대감은 임금님이 명한 상소문에 대해서 말해주었사옵니다. 벽파에 있는 대감에게 시를 공격하라고 하였다면, 그 반대도……."

"내가 다른 관료들과도 내통을 하였다고 하더냐?"

"내통이라고 하지는 않았으나……."

재겸은 어디까지 말을 하고 어디까지 감추어야 할지 생각하고 또 생각했다. 심환지 대감과 임금의 사이가 어그러져서는 안 된다. 대감의 쓸모가 없어지면 재겸 또한 그 쓸모가 다하는 것이니까. 설호의 형처럼 무참히 죽임을 당할 순 없었다.

"그자가 그리 말했다? 그래, 그렇다면 내 그리 말한 의도를 알아야겠구나. 이젠 내가 너를 불러 그자의 얼굴을 살피게 한 진짜 목적을 말해야겠어."

재겸은 임금의 말을 되새김질하듯 곱씹었다. 진짜 목적이라. 드디어 임금이 숨겨진 본심을 드러내려는 모양이었다. 이제껏 대감에게 비밀 편지를 보낸 임금의 진짜 의도는 뭘까? 대감을 통해 무얼 이루려는 걸까?

"사도장헌세자의 현륭원을 능으로 승격하여 과인의 아비를 임금의 자리로 신원(伸冤)하려 한다. 하지만 벽파의 반대가 거세어 이루지 못하고 있지. 네 말대로 대사헌이 내 뜻을 망설임 없이 따르겠다고 한다면, 그 의지를 나에게 보여주어야 하지 않겠나? 어떠냐? 벽파의 한가운데에 있는 대사헌이 벽파의 고집스러운 원리 원칙에 반할 수 있을까? 네가 대사헌에게 그러한 상소문을 받아 올 수 있겠느냔 말이야. 그렇게만 된다면 내 당장 10년 전 사건을 형조참의를 통해 재조사하도록 하겠다."

바닥을 딛고 있는 양팔에 힘이 풀렸다. 목구멍에 돌이라도 걸린 것처럼 숨을 쉬기가 어려웠다.

"왜, 그러지 못하겠느냐? 너는 대사헌의 얼굴을 간파했다고 했다. 그는 아무 망설임 없이 나의 뜻을 따를 사람이라고 말이지. 그게 아니었던 게냐?"

"아니옵니다, 전하. 심환지 대감에게 상소문을 올리라고 전하겠나이다."

"그래, 당장 대사헌을 찾아가 나의 뜻을 전하거라."

"예, 전하."

재겸은 임금을 향해 절을 했다. 문득 임금의 얼굴이 궁금했다. 응당 사람에게는 두 개의 얼굴이 있는 법이었다. 임금의 어진 얼굴 뒤에 감춰진 것이 길평과 같이 잔혹한 얼굴일까. 이루고자 하는 바를 위해 그 어떤 이의 희생도 불사할 그런 위인일까. 하지만 재겸은 차마 고개를 들지 못했다.

말의 움직임에 몸을 맡긴 채 달리다 보니 어느새 삼청동에 이르렀다. 임금의 전언을 전해 들은 대감의 표정은 처음 재겸이 서신을 품고 왔을 때와 다르지 않았다. 오히려 바짝 치켜든 턱에 자신감이 넘쳤다. 대감은 임금의 말을 다 들은 후 깊은 생각에 잠겼다. 하지만 붓을 들지는 않았다.

재겸의 입이 바짝 말랐다. 대감의 협박을 이기지 못하고 임금께 심환지 대감은 아무 망설임 없이 임금의 뜻을 따를 것이라고 전했다. 하나 지금 대감의 얼굴에는 붓을 들지 않으려는 의지가 굳건했다. 주군을 위해 칼을 뽑지 않는 장수처럼, 임금을 위해 붓을 들지 않는 신하를 임금께 뭐라 여쭌단 말인가. 어떡하든 대감이 붓을 들게 해야 했다.

"저는 대감이 원했던 대로 대감은 한 치의 망설임도 없이 임금님의 말을 따를 것이라고 고하였습니다."

"그래서?"

"네?"

"그래서 뭘 말하고자 하는가? 자네가 날 도왔으니 이번에는 나더러 자넬 도와달라는 건가?"

"임금의 뜻을 따르는 척하고자 하셨던 게 아닙니까? 그러면 그리하셔야지요."

"이봐."

대감이 웃음기가 바짝 마른 눈으로 재겸을 들여다보았다. 그 눈매가 날카로워 칼에 베이는 듯했다.

"내 임금에게 서신을 띄우고 가까이 다가간 건 임금의 동태를 살피기 위함이야."

"더 가까이 다가가야 더 깊이 살필 것 아닙니까? 그러기 위해선 임금의 뜻을 따르는 흉내를 내야 할 것 아닙니까?"

"흉내라? 내 임금의 눈에 들기 위해 이제껏 내가 쌓아온 강상의 도리를 내던지고 백정마냥 칼춤이라도 추어야 한다, 이 말이냐?"

대감의 얼굴은 단호했다. 절대 임금이 원하는 대로 글을 올리지 않을 작정인 듯했다. 재겸은 눈앞이 캄캄해졌다. 대감이 이렇게 버틴다면 임금의 날벼락은 대체 누구에게 날아갈 것인가. 두말할 나위가 없었다.

"하지만……."

"하지만, 뭔가? 나는 선대임금이 내린 명을 뒤집고 사도세자를 신원하는 일을 절대 돕지 않을 것이다. 이건 신념에 대한 일이야."

높은 벽들이 사방을 켜켜이 둘러싼 느낌이었다.

"임금이 물으시거든 내 아파 몸져누워 붓을 들 수 없다고 전하거라."

대감은 서책을 펼치더니 이제 한마디도 하지 않겠다는 듯이 입을 꾹 다물었다.

재겸은 심 대감 댁을 나온 뒤 빠르게 말을 달렸다. 복잡한 머리를 정리하고자 했으나 고뿔에라도 걸린 듯 머리가 뜨거웠다. 궁으로 향하던 말머리를 돌렸다. 임금의 의지대로 대감이 움직이지 않는 다면 방법은 하나뿐이었다. 살기 위해서는 서조를 데리고 도성을 빠져나가야 했다.

건평방 초입에 이르렀을 때 말의 고삐를 바짝 당겨 달리는 말을 멈춰 세웠다. 복면으로 얼굴을 가린 두 사내가 말을 타고 대로를 가로막고 있었다. 그들을 수상하게 여긴 재겸이 뒤를 돌아보았다. 그러자 자신의 뒤를 쫓고 있던 두 사내가 황급히 말을 멈췄다. 생각에 잠겨 뒤를 밟히는 걸 눈치채지 못했다.

심환지 대감이 길평이라는 빠져나올 수 없는 구렁텅이에 재겸을 밀어 넣은 것일까. 앞과 뒤에 선 자들이 칼을 빼어 들었다. 달빛에 비쳐 푸른빛으로 물든 칼이 번뜩였다. 사방을 둘러싼 복면을 쓴 자들에 꼼짝없이 갇히고 말았다. 이들은 훈련을 받은 듯 대형을 갖추고 그를 압박하고 있었다.

어둠 속에서 말발굽 소리가 들려왔다. 재겸이 소리가 난 곳으로 말머리를 돌리자 전립을 쓴 자가 가까이 다가왔다. 금위군 복색을 하고 있었다. 임금이 보낸 것일까? 이내 재겸의 지척에 다다른 사내가 눌러쓴 전립을 치켜들었다. 코가 크고 광대가 삼각산마냥 뾰족한 얼굴이 또렷이 드러났다. 금위대장이었다.

금위대장이 칼집에서 칼을 천천히 꺼내어 쥐었다. 그러자 복면을 쓴 사내들이 재겸을 말에서 끌어내어 바닥에 꿇어앉혔다. 심환지 대감에게 들었던 설호의 형 이야기가 떠올랐다. 심환지 대감이 뜻을 따르지 않으니 내 쓰임이 다하였다고 생각하는 걸까.

달빛에 번뜩이는 칼날이 재겸의 뒷목에 살포시 내려앉았다. 뒷목이 섬뜩했다. 망나니의 칼끝에서 참수되어 바닥을 구르는 죄인의 머리가 선명하게 떠올랐다. 그럴 수는 없다. 그동안 살고자 얼마나 필사적으로 버텨왔는데.

"궁으로 향하지 않고 어디로 가는 것이냐?"

재겸은 차마 그의 질문에 답할 수가 없었다.

"자네 숨기는 게 있지?"

"무슨 말씀이십니까?"

재겸이 놀란 눈을 들어 금위대장을 올려다보았다. 달빛을 등진 금위대장의 얼굴에 달무리가 져서 표정을 읽을 수가 없었다. 그 속내를 알아낼 수 없으니 꼼짝없이 당할 수밖에 없을 터였다.

"네놈의 세 치 혀로 임금님을 속이려는 것이냐? 나는 네놈처럼 길바닥에서 사는 치들을 많이 보아왔어. 그럴듯한 말로 사람을 현혹하여 제 말을 믿게 하는 치들. 사람의 얼굴을 보면 진실과 거짓이 보인다? 웃긴 노릇이지. 사람을 판단하는 건 오로지 그자들이 어떻게 행동하느냐 그뿐이야."

"저는 대사헌 대감에게 임금님의 말씀을 전하였을 뿐입니다……."

"대감의 편에 붙은 것이냐?"

"그게 아니오라……."

말을 끝마치기도 전에 금위대장이 망나니마냥 칼을 높이 치켜들었다. 재겸은 눈을 질끈 감았다. 바람을 가르는 칼바람 소리가 매서웠다.

"제발 살려주십시오, 나리."

"살고 싶다, 이 말이지."

"네, 나리."

"이번에는 네놈의 목숨을 살려줄 것이나, 내 얼마나 더 참을 수 있을지 모르겠구나. 나는 네놈의 입에 발린 말을 믿지 않는다. 그러니 살고 싶거들랑 네놈의 말을 증명할 증좌를 가지고 오거라. 나는 내 눈으로 직접 보지 않은 건 절대 믿지 않는다. 네놈이 대사헌 대감과 붙어먹은 것인지 아닌지 어찌 알겠느냐."

"반드시 임금님이 원하시는 대감의 답간을 받아 오겠습니다."

재겸이 차디찬 땅바닥에 머리를 조아렸다. 이윽고 금위대장이 말에 오르는 소리가 들렸다. 말발굽 소리가 멀어진 후에야 재겸은 고개를 들었다. 이대로는 어깨 위에 놓인 목을 보존키는 어려울 터. 어떻게든 심환지 대감의 마음을 움직여야 했다.

14

근래 벽패가 퇴조한다는 소문을 경은 듣지 못하였다고 하는데, 경이 뒷방이 되었다는 소문도 듣지 못하였는가? 경이 모욕받는 까닭을 반성해야 할 것이다. 경보다 한 등급 낮은 자조차 경을 이렇게 대우하니, 이것이 내가 분하고 답답한 일이다.

정조의 비밀 편지 中

　재겸이 대청마루에 앉아 시름에 잠겨 있는데 대문이 열리며 반가운 얼굴이 들어섰다. 그는 재빨리 몸을 일으켜 정약용 대감에게 고개를 숙였다.

　"내 자네에게 묻고 싶은 게 하나 있는데, 같이 말을 타고 거닐겠나?"

　그렇지 않아도 임금과 심환지 대감의 일로 고민에 빠져 있던 참이었다. 재겸은 흔쾌히 따라나섰다. 대감이 먼저 찾지 않았다면 그가 형조를 찾아가 대감께 도움을 청했을 것이었다. 금위대장의 눈을 벗어나 서조를 데리고 도성에서 도망치는 것은 불가하니, 어떻게든 손 안의 문제를 해결해야 했다.

대감과 나란히 말을 타고 거니니 조금 숨이 트이는 것 같았다. 묵묵히 말을 몰던 대감이 이내 입을 열었다.

"금상을 돕는 일은 어떻게 되어가고 있나?"

재겸은 대답 대신 입을 꾹 닫았다. 이런 난감한 상황에 처한 게 모두 대감 때문이라는 원망이 불현듯 들었기 때문이다.

"그래, 나를 탓하고 있겠지. 나만 아니었다면 도성을 떠나 자유로운 몸으로 10년 전에 사라진 행수를 찾고 있었을 테지. 그러나 언젠가는 한곳에 정착해야 하지 않겠는가?"

재겸은 고개를 좌우로 흔들었다. 정착이라. 누명도 벗지 못하고 임금과 심 대감 사이에서 외줄을 타는 남사당패마냥 흔들리는 지금의 처지에서는 불가한 일이다.

"자네가 어떻게 살아왔을지 다 짐작하지는 못하겠지. 하나 이건 잘 안다네. 살다 보면 내가 미워하는 자도 생기고 나를 시기하는 자도 생기기 마련이야. 그럴 때마다 문제를 해결하지 않고 도망치듯 훌쩍 떠난다면 어떻게 되겠나. 하지만 그렇게 살아서는 손에 쥘 수 있는 것, 이룰 수 있는 것이 없다네. 자네는 조선팔도를 10년간 떠돌았으니 잘 알 걸세. 물론 행수를 찾아 헤맸다고는 하나 자네는 그 뛰어난 눈을 가지고 그동안 이루어놓은 게 무엇인가?"

이룬 것이라. 무엇을 이룬다는 생각은 미처 하지 못했다. 그저 누명을 벗자는 생각 하나에 몰두하였을 뿐.

"그래, 내 자네처럼 얼굴을 읽어내지는 못하지만 지금 자네의 표정은 잘 알겠네."

재겸이 고개를 돌리자 나란히 선 대감이 부드러운 표정으로 그의 얼굴을 들여다보고 있었다.

"사람들은 타인이 자기에 대해 이야기하면 그런 표정을 짓고는 하지. 당신이 무얼 아느냐, 하는 표정 말일세. 그래 좋네……. 그럼 내 이야기를 해줌세."

대감이 긴 한숨을 내뱉었다. 그 한숨의 길이만큼 과거로 거슬러 올라가는 듯, 그의 눈이 느리게 껌뻑였다.

"자네도 알다시피 나는 천주를 믿었다는 죄를 품고 살아간다네. 배교(背敎)를 하였다고는 하나 천주의 죄는 이마에 낙인을 찍은 것마냥 씻어낼 수 없어. 그래서 매번 시와 벽의 공격을 받는 일이 허다하지. 내 관직에 오른 것은 태평성대를 이룰 금상을 돕기 위해서였어. 하지만 요즘 들어 내가 더 이상 주상께 큰 도움이 되지 못한다는 생각뿐이라네."

대감은 슬픈 표정을 짓고는 입을 열었다.

"항상 바르게 살려고 하였네. 하지만 바르게 살려고 하면 바르지 못한 이들이 눈에 들어온다네. 그들과 맞서다 보면 제풀에 부러지거나 상대를 찌르고 마는 법이지. 그래서 그런 자들을 편전에 고하여 바로잡으려고 하였지. 그렇게 적이 하나둘 늘었네."

재겸이 아무 말이 없자, 대감은 말을 계속했다.

"하지만 나에겐 이루어놓은 게 있다네. 주상을 도와 조선을 개혁하기 위한 방안을 모색했고, 이 조선을 더 나은 곳으로 만들기 위해 기초가 될 여러 서책을 하나하나 정리 중이라네. 내가 자네처럼 조선팔도를 떠돌거나 초야에 묻혀서는 결코 이룰 수 없는 것들이지."

이룰 수 없는 것들이라. 문득 재겸은 자신이 무엇을 이루고 싶었는지 기억을 더듬었다. 그동안 마음에 품은 것은 그저 누명을 벗고자 하는 간절함뿐이었다. 다른 생각은 할 여유조차 없었다.

"이룰 수 있는 것 중에 마음을 터놓을 수 있는 사람도 포함되는 법이네……. 자네, 무슨 고민을 하는지 모르겠지만 내가 자네의 짐을 덜어주고 싶네만."

재겸의 입술이 들썩였다. 대감을 찾아 묻고자 하였건만 쉽게 입이 떼어지지 않았다.

"말하게나. 마음에 품은 것은 끊임없이 안에서부터 자신을 찔러대기 마련이네. 그게 어떻게 생겼는지 결코 모르지. 입을 벌려 뱉어내야만 그게 무엇인지 알 수 있는 법이지."

"그것이……."

"참 이상한 일이로구먼. 사람의 얼굴을 척척 읽어내는 자네의 얼굴이 이토록 의문에 가득 차 있다니 말이야. 철면을 둘러쓴 읽어내지 못할 얼굴이라도 마주한 겐가?"

읽어내지 못할 얼굴? 재겸의 뇌리에 심환지 대감과 임금의 얼굴이 번갈아 스쳐 갔다.

재겸은 마지막 목숨 줄을 잡는 심정으로 입을 열었다.

"사도장헌세자에 대해 궁금한 것이 있습니다."

"사도장헌세자라?"

대감의 눈썹이 널뛰기하듯 솟구쳤다.

"무엇에 대해 말인가?"

"임금님이 돌아가신 사도장헌세자를 마음에 품고 계신 게 엿보여서 그렇습니다."

"자네도 보았나? 아주 슬픈 일이었지. 한데 사도장헌세자의 무엇이 궁금한가?"

"왜 벽파는 사도장헌세자의 신원을 반대하는 것입니까?"

고요하던 대감의 이마에 얕은 지진이 일었다. 그는 주위를 둘러본 뒤 아무도 없음을 확인하고는 입을 뗐다.

"선대임금의 말 때문이지. 선대임금은 노론의 간교한 말에 휘둘리셨네. 무수리의 자식이라는 태생의 한계를 딛고 임금의 자리에 올랐기에 그럴 수밖에 없으셨지. 왕위에 오를 수 있게 만든 노론의 말을 거스를 수 없었을 테니. 그러다 아들인 사도세자가 노론의 눈밖에 났어. 노론은 간교한 말로 선대임금의 귀에 속삭였지. 이후 사도세자는 사방에서 날아드는 화살을 견디지 못하고 결국 마음의 끈을 놓고 마셨어. 그렇게 선대임금의 역정을 사 뒤주에 갇힌 지 여드레 만에 돌아가셨네."

정약용 대감이 말고삐를 쥐고 방향을 틀며 다시 말을 이었다.

"그렇게 세자가 죽었으니 모든 죄는 죽은 자가 지고 가야 하지 않겠나? 그래서 선대임금은 사도세자를 죄인으로 장례를 치르셨지. 또 사도세자를 죽음으로 몰고 간 노론도 그들이 한 일에 대한 정당성을 지키려 하는 거네."

"그래서……."

"현재 조정을 장악한 시파와 벽파의 뿌리가 무언가? 바로 노론 세력이지 않겠나. 그들이 어찌 쉽게 과오를 인정하겠는가?"

"그렇다면 사도세자의 신원은 힘들겠군요."

"그럴 게야. 시파는 또 모르겠으나 벽파는 결코 임금의 뜻을 따르지 않을 것이고, 시와 벽의 바깥에 있는 자라면 더더욱 힘이 없지."

"그러면 혹여 사도장헌세자를 따르던 이들은 어찌……?"

"흐음…… 사도세자가 폐서인이 되어 죄인으로 죽었는데 따르던 자들이 남았겠나? 세자의 죽음 이후에 선왕은 가까웠던 기생과 내감, 별감, 무녀들을 줄줄이 불러들여 사사(賜死)하셨네."

재겸이 고개를 들어 정약용 대감을 쳐다보았다. 어떻게든 솟아날 구멍을 찾으려는 얼굴이었다.

"혹여, 끝까지 충절을 지킨 이는 없었습니까? 벽파가 비록 사도장헌세자의 신원은 힘들겠으나, 사도장헌세자에게 충절을 지킨 사람을 기릴 수는 있을 것 아니겠습니까? 만약 그리한다면……."

"충절을 지킨 이라……."

"사도세자에 대한 충절을 지키며 죽었거나 사도세자를 구하기 위해 사방팔방으로 노력했던 이 중에 눈에 띄는 자가 없었는가 말입니다."

"현재 영의정 채제공 대감이 사도세자를 구하기 위해 애를 쓰긴 했지. 그렇지만 시파의 정점에 있는 영의정 대감을 내세운다면 벽파의 공격을 받을 게 불을 보듯 뻔할 것이고⋯⋯."

"이미 죽은 자가 좋을 듯합니다. 죽은 자를 기리는 것이 죽은 사도세자를 기리는 듯한 기분이 들지 않겠습니까?"

대감이 다시 생각에 잠겼다.

"그래, 떠오르는 사람이 하나 있네. 사도세자를 모셨던 승지 임위라는 자인데, 사도세자가 뒤주에 갇혀 죽은 후에 그도 곡기를 끊고 통곡을 하다가 열흘 만에 죽고 말았네. 이자의 죽음은 당시에 흡사 사도세자의 죽음을 연상시키기도 하였지."

재겸의 눈이 상대의 숨겨진 표정을 잡아낸 듯 반짝였다. 이 진퇴양난의 상황을 헤쳐 나갈 방도를 발견했기 때문이다.

15

"고(故) 승지 임위는 지난날 동궁의 관원으로서 사도세자가 온천에 행차할 때 예가(睿駕)*를 모시고 가는 승지가 되어 남다른 은총을 받았으니, 이에 대해서는 신이 이루 다 아뢸 수 없습니다. 그리고 2년 뒤에 홍주 목사로 부임하였는데, 5월 24일** 부터 음식을 먹지 않고 통곡하다가 열흘도 안 되어 죽고 말았습니다. 그 훌륭한 충성과 절개는 어두운 하늘의 별과 같다고 하겠습니다. 천 년이 지나도록 뜻 있는 선비들로 하여금 눈물을 흘리게 할 것이니, 융숭하게 보답하는 도리에 따라 증직(贈職)***하는 은전(恩典)을 베풀어야 합니다"라는 등의 말을 부연하여 글을 짓는 것이 좋겠다.

정조의 비밀 편지 中

---

* 왕자의 수레.
** 1762년 음력 5월 21일, 뒤주에 갇혔던 사도세자가 죽음.
*** 죽은 이의 벼슬을 올림.

"임위를 기리는 글을 쓰겠다고 고하라?"

심환지 대감의 눈빛이 매서웠다. 재겸의 의도를 알아야겠다는 듯 눈을 가늘게 뜨고 살폈다. 재겸은 허리를 꼿꼿이 세우고 목소리에 힘을 실어 말했다.

"대감은 임금의 곁에 다가가고 싶어 하지 않으셨습니까?"

긍정도 부정도 하지 않는다는 듯 대답이 없었다.

"주상도 사도세자의 추존(追尊)*이 어렵다는 건 알고 있으실 겝니다."

"그래서?"

"임금님이 원하는 건 다른 게 아닙니다. 자신의 뜻을 기꺼이 따르겠다면 얼마나 가까이 다가올 수 있는지 보여달라는 게 아니겠습니까?"

"그래서 나더러 스스로 곡기를 끊고 사도세자의 뒤를 따랐던 자를 기리는 글을 올리겠다고 하라는 것이냐?"

"다 대감을 위한 것입니다. 이제까지 임금을 위해 움직였던 모든 일들을 헛수고로 돌리실 겝니까?"

재겸을 노려보던 대감의 왼쪽 입술이 솟구치며 일그러졌다. 양 눈꼬리가 솟아오르자 비웃는 얼굴이 되었다.

"네놈이 살려고 수를 쓰는 게 아니고?"

재겸은 자신의 속셈을 들키지 않기 위해 입술을 단단히 깨물었다.

---

* 왕위에 오르지 못하고 죽은 이에게 임금의 칭호를 주던 일.

대감이 잠시 생각에 잠긴 듯하더니 껄껄 웃음을 내뱉었다.

"이렇게 간절한 것을 보니, 네놈의 목숨이 경각에 달한 모양이구나. 어째, 살고 싶으냐?"

재겸은 대답을 하지도, 고개를 끄덕이지도 않았다.

"내 너의 장단에 한번 놀아주겠다. 하지만 명심해라. 내가 너를 살렸으니 네놈이 나에게 쓸모가 있어야 할 게야."

쓸모라? 대감이 과연 어떤 그림을 그리고 있는지 상상이 되지 않았다. 하지만 이번 일로 대감에게 코가 꿰인 건 확실했다. 어쩌면 설호처럼 자신의 밑으로 들이려는 생각일지도 몰랐다. 대감은 임위를 기리는 글을 쓰겠으니 그 뜻을 편전에 전하라며 재겸을 향해 웃었다.

재겸은 빠르게 말을 달려 임금에게 이 소식을 전했다. 재겸의 말을 전해 들은 임금은 한동안 말이 없었다. 재겸은 무엇이 잘못되었나 하는 생각에 슬쩍 고개를 들었다. 임금은 참으로 기묘한 표정을 짓고 있었다. 입술은 기쁨에 웃는 듯 슬며시 솟아오르건만, 눈에는 타오르는 분노가 이글거리는 듯했다. 임금이 마침내 입을 뗐다.

"자네, 내가 왜 사람을 믿지 못하게 되었는지 아는가?"

사람을 믿지 못한다라. 추위를 타는 듯 어깨가 떨렸다. 사람을 믿지 못하게 된 지난 과거가 갑자기 떠올랐기 때문이다. 잔인한 웃음을 머금은 길평의 얼굴이 눈앞에 선명하게 그려졌다.

"자네도 알다시피 난 뒤주에 갇혀 죽은 사도세자의 아들이야."

임금이 긴 한숨을 내쉬었다.

"내 아비가 어찌 돌아가셨는지는 익히 들었겠지."

"예, 전하."

"다들 아바마마가 미쳤다고 하였지. 할바마마는 아바마마를 폐서인하고 나와 어마마마를 궁에서 내쫓았네. 할바마마는 아바마마를 뒤주에 가두고 직접 쇠망치를 들고 못질을 하였지. 그날 내가 본 것은 독어(督御)*하지 못한 할바마마의 광기에 번뜩이는 눈빛이었어. 그런 할바마마의 등 뒤엔 그들이 있었네. 간악한 미소를 숨기고 있던 자들이지. 아바마마를 뒤주에 가두어 죽게 만들고, 갇힌 아바마마를 조롱하던 자들. 그들 중에는 아바마마를 보호했어야 할 외척 세력도 있었지. 모두 개돼지처럼 염치없는 족속이지."

부릅뜬 임금의 눈에 번뜩이는 건 살기가 분명했다. 재겸은 재빨리 고개를 숙였다.

"자네는 어렸을 적에 팔려 와 가속이 없다 하였지?"

"예, 그렇사옵니다."

"내 차라리 가속이 없는 편이 더 나았을 거라는 생각도 들었네. 가장 가까워야 할 가속에게 목숨을 위협받던 시절이었어. 살기 위해 아바마마를 죽인 냉혹한 할바마마께 매일 안부를 여쭈었네. 또 학문에 정진하여 내 쓸모를 알려야 했지. 하루하루가 남사당패의 줄타기와 같았네. 그럴 수밖에 없었어. 그렇게 하는 것만이 사는 길

* 바로잡아 다스리다.

174

이었으니까. 이 넓은 궁에서도 내가 마음을 줄 사람은 하나도 없었지. 모두 눈을 크게 뜨고 내 흠을 찾아내려 혈안이었어. 내 아비를 죽게 한 자들이니, 내가 왕위에 올라서는 걸 원치 않을 테니까."

임금의 말이 뚝 끊겼다. 재겸은 고개를 들었다. 임금의 입꼬리가 아래로 길게 내려섰다. 눈꺼풀이 처지면서 광대 아래에 자리한 교근이 실룩였다. 이를 앙다문 것이었다. 끓어오르는 분노를 입 안에 머금기 어려운 모양이었다.

"그래서 내 아비를 기리는 일이 내겐 중요하지. 서른 해도 더 지난 일이지만 원통한 마음은 조금도 가라앉지 않아……. 그날의 아픔이 아직도 이곳에 체증마냥 꾹 막혀 있다네."

임금이 답답한 듯 가슴을 주먹으로 두드렸다.

"나는 이미 할바마마께 아비의 신원을 하지 않겠다고 약속하였네. 만일 그 약속을 깨려 한다면 시와 벽을 넘어 신하들이 벌떼같이 일어나 나를 공격할 테지. 할바마마와의 약속을 들먹이며 뻔뻔하게 목소리를 낼 테지. 그래서 내 입으로는 차마 이룰 수가 없어. 하지만 내 눈을 감기 전에 아비를 꼭 복위시키고 싶다는 생각뿐이야."

임금은 오랫동안 품어왔을 분노에 어깨를 들썩였다. 심 대감에 대해 임금에게 잘못 고한 것이 알려지게 되면 어찌 될까. 지금이라도 대사헌이 어떤 꿍꿍이를 가지고 있는 것 같다 말하면 살 수 있을까. 아니다. 이미 임금에게 여러 번 거짓을 고하지 않았던가. 끝까지 감춰야 한다.

"대사헌 심환지는 나와 뜻을 함께한다면서도 내 아비의 추존만은 하지 못하겠다는 말이로구나. 임위를 기리는 글을 써 올리겠다? 가히 나쁘지는 않으나 끝까지 제 안위가 먼저인 모양이로구나. 좋아, 내 서신을 하나 써줄 테니 대사헌에게 전해라.”

임금은 힘껏 움켜쥔 붓으로 서신을 써내어 그에게 내밀었다. 서신을 받아 들며 재겸은 다시 한번 스스로를 설득하듯 속으로 되뇌었다. 파국은 면하였으니 잘된 것이라고. 하지만 임금의 분노가 어디로 향할 것인지 불안했다. 재겸은 말을 달려 임금의 서신을 즉시 심환지 대감에게 전하였고, 대감은 임금이 이르는 대로 임위를 기리는 글을 써 올렸다. 그리고 며칠 후 심 대감은 이조판서*에 올랐다.

심환지 대감이 이조판서에 오른 보름 뒤, 임금의 서신을 말없이 읽어 내려가던 그가 입을 열었다.

“자네, 내 일을 하나 해주어야겠네.”

갑작스러운 대감의 말에 재겸은 보름달처럼 눈을 동그랗게 떴다. 대감의 일이라? 임금을 속이는 일일까?

“주상을 속이거나 해하는 일이 아니니 걱정 말게나. 내 갑작스레 이조판서의 자리에 오르니 주변에 사람들이 꼬이기 시작하였네. 한데 그중에 의심이 가는 자가 하나 있는데, 자네가 그자를 살펴봐 주지 않겠나?”

“얼굴을 읽어 거짓인지 밝혀달라 그 말씀이십니까?”

---

* 삼정승에 올라가기 위해 거쳐 가는 중요한 직책.

176

"그렇지. 그의 뜻을 묻는 서신을 써줄 테니, 그자의 얼굴에서 거짓이 드러나는지 살펴보기만 하면 되네."

"대체 어떤 자이기에……."

"시파의 판의금부사 민종현이라는 자야."

"시파 말입니까?"

어찌 시파에 몸담은 자가 벽파의 한복판에 선 심 대감에게 접근한단 말인가? 재겸은 선뜻 이해가 가지 않았다.

"자네도 방금 의문이 들지 않았는가? 시파에 몸담은 직책이 높은 자가 갑작스레 나와 뜻을 함께하겠노라 서신을 보내왔으니, 내 어찌 쉬이 믿을 수 있겠는가? 그래서 자네가 필요하네. 과연 그자가 어떤 의도로 나에게 접근하려는 것인지 알아야겠어."

대감은 미리 써놓은 듯, 서신을 하나 내어놓았다.

"설호가 길을 안내해줄 걸세. 설호를 따라가서 그자를 만나게. 그리고 얼굴에 감춰진 것을 읽어 내게 알려주면 되네."

차마 못하겠다고 말할 수가 없었다. 재겸은 곧장 말을 타고 설호를 뒤따랐다. 설호는 목적지로 향하는 내내 아무 말도 없었다. 그는 지척에 있는 민종현 대감 댁까지 안내하고는 왔던 길로 되돌아갔다.

재겸은 멀어져가는 설호의 등을 물끄러미 응시했다. 그가 파악한 설호는 제 얼굴에 떠오르는 감정을 감추기 어려운 자였다. 그런 설호의 얼굴에서 경계의 빛이 완전히 사라진 것이 마음에 걸렸다. 더 이상 경계하지 않는 걸까. 아니면 재겸을 경계할 겨를이 없을 정도의 다른 일이 생긴 걸까.

그는 머릿속 가득한 생각을 떨쳐내려 애쓰며 문을 두드렸다. 으리으리한 기와집이 집주인의 권세를 알려주는 듯했다. 재겸은 사랑채에 들어 민종현 대감에게 인사를 했다.

"이조판서 대감의 서신을 가지고 왔사옵니다."

"그래? 어서 건네주시게."

고개를 드니 민 대감의 얼굴이 고스란히 눈에 들어왔다. 이순에 접어든 민 대감은 곰과 같은 사내였다. 입매가 단단하여 말하는 게 서슴없으나, 눈매가 날카롭지 않은 것이 스스로의 뜻으로 움직이기보다는 대세를 따라 발을 놀릴 사람이었다. 시류에 편승한다는 시파의 인물이 틀림없었다. 재겸은 대감에게 가까이 다가가 서신을 건넸다. 그리고 자리로 물러나 그의 얼굴을 찬찬히 살폈다.

민 대감이 대체 뭘 노리는지 의문이었다. 시파가 벽파와 뜻을 같이하고자 한다? 웃음도 나오지 않는 일이었다. 투전판에서 들은바, 시와 벽은 같이 자리도 하지 않고, 부득이 한자리에 모일 적에는 사이에 벽을 두거나 발을 친다고 했다.

민 대감이 서신을 천천히 읽어 내려갔다. 아마 얼굴을 살피기 좋게 민 대감을 자극할 만한 글귀를 써놓았을 터. 서신을 다 읽자 평온하던 얼굴에 변화가 일었다. 몸을 지탱하던 등과 척추의 균형이 무너지며 어깨가 왼쪽으로 기울었다. 눈동자가 갈 길을 잃은 듯 사방으로 흔들렸고, 코와 연결된 비근이 당겨지며 콧등에 주름이 잡히고 윗입술이 들썩였다. 우직하고 단순한 자라서 거짓을 감추는 데 능숙하지 않았다.

"알았네. 대감에게 그리하겠다고 전하게."

　재겸은 곧장 심환지 대감 댁으로 돌아왔다. 심 대감은 그를 기다린 양 재겸이 들어서자 자세를 고쳐 앉았다. 민 대감의 얼굴을 살핀 결과가 퍽 궁금한 듯했다.

"그래, 뭐라고 하던가?"

"네, 그리하겠다고 전하라 하였습니다."

"그래서? 얼굴을 살펴보니 어떠한가?"

"민 대감의 얼굴에 드러난 건 명백한 혐오와 불쾌감이었습니다. 서신의 내용은 모르겠으나 거부하는 모습이 확실합니다."

　대감의 입술이 길어졌다. 광대뼈가 실룩이며 왼쪽 입꼬리가 슬며시 치솟았다. 하나 오른쪽 입술은 평온했다. 마비되었던 오른쪽 입꼬리가 치솟은 것일지 아닐지 의문이었다. 그랬다면 화가 난 것이요, 아니라면 제 생각이 맞았다는 확신에 찬 웃음일 터. 이내 대감의 입가에 떠오른 미소가 삽시간에 사라졌다. 대감은 재겸에게 물러가보라며 손을 저었다.

16 /

근래의 일은 알 수 없는 점이 있다. 와전이 와전되고 가짜가 진
짜가 되니 답답한 노릇이다. 그러므로 경을 이조판서에 제수한
것이니, 다 생각이 있어서다.

정조의 비밀 편지 中

다음 날, 재겸이 집에 돌아오니 대청마루에 누군가 앉아 있었다.
금부도사 노군영이었다. 재겸은 노군영이 어찌 늦은 시각에 그의
집을 방문한 것인지 의아했다.

"자네 이 시간에 무슨 일인가? 우리 집에서 투전판이라도 열 생
각인가?"

"그게 말이네. 자네 동생이……."

"서조가 왜?"

"투전판에서 제 수중에 있지도 않은 돈을 걸었다가 붙잡혔다네."

"뭐라고?"

갑자기 머리가 뜨거워졌다. 최근 들어 재겸은 팽례 일로 바빠 투전판에 나가지 못했다. 서조가 재겸에게 배운 걸 밑천으로 투전판을 들락거리고 있다는 것을 알고 있었다. 서조에게 얼굴이 확실히 읽히지 않는 자가 보이면 판을 접고 곧장 집으로 돌아오라 하였는데, 욕심을 부린 게 분명했다. 더 큰 일이 벌어지기 전에 서둘러 서조를 데려와야 했다. 재겸은 수중에 가진 돈을 모조리 챙겨 노군영을 따라나섰다.

서조는 투전판 패거리에게 흠씬 두들겨 맞은 듯 얼굴이 상처투성이였다. 재겸을 발견하고 도살장에 끌려온 소의 눈빛을 하고 재겸의 이름을 부르며 달려오다 사내들에게 뒷덜미가 붙들렸다. 재겸은 서조의 팔을 움켜쥔 사내를 밀쳐내고 품에 지니고 온 엽전을 바닥에 던졌다.

"이 정도면 되겠습니까? 그럼 이만 제 동생을 데려가겠습니다."

"잠깐!"

서조를 부축하여 투전판을 나서려는데 누군가가 소리쳤다. 투전판 한 켠에 있는 흑립을 쓴 자가 눈에 들어왔다. 갓에 가려져 입매와 턱 외에는 보이지 않았다. 사내는 손짓하여 재겸이 내던진 엽전을 가져오게 했다. 그리고 느긋하게 손 안에서 엽전을 셌다.

"그런데 이거 셈이 맞지 않아 어쩌나? 자네 동생이 진 빚은 아흔 냥인데, 자네가 가져온 건 여든 냥이 아닌가. 열 냥이 비는데 말이야."

사내의 목소리가 귀에 거슬렸다. 목에 바람구멍이라도 난 것인지 듣기 거북한 소리였다.

"제가 내일 갚겠다고 약조하면 보내줄 것입니까?"

"투전판이 어떤 곳인가? 셈은 정확해야 하지 않겠나?"

재겸은 흑립을 쓴 자에게 다가가 털썩 자리를 잡고 앉았다. 열 냥이 더 필요하다면 따서 주면 되는 일이었다.

"그럼 열 냥만 빌려주시지요. 내 여기서 열 냥을 따서 갚으면 되는 거 아닙니까?"

재겸의 자신만만한 태도에 갓 아래로 보이는 사내의 입술이 뒤틀렸다. 재겸은 눈을 가늘게 뜨고 웃음을 머금은 사내의 입술을 노려보았다. 무엇이 우스울까? 얼굴을 볼 수 없으니 도무지 알 길이 없었다. 어떻게든 갓 아래에 숨긴 저 얼굴을 들여다보아야 판을 휘어잡을 수 있을 것이었다.

"자신만만하군. 자, 그럼 자네의 실력을 한번 구경해보지."

사내가 재겸에게 열 냥을 건네자 패가 돌았다. 재겸이 펼친 패 너머로 사내를 흘긋거리자 그는 갓 끝을 당겨 제 표정을 고스란히 감췄다. 얼핏 드러나는 그의 입마저도 열반의 경지에 이른 부처인 양 평온했다. 기쁨을 감추거나 실망하는 어떤 표정도 읽어낼 수가 없었다.

사내의 표정을 잡아내려다 어느새 판이 끝났다. 열 냥은 고스란히 그의 수중으로 돌아갔다. 사내는 2와 7로 합이 9인 비칠가보를 들고 있었다. 도무지 이해가 되지 않았다. 그런 좋은 패를 가지고 기쁨의 표정을 한 끝도 내비치지 않을 수 있을까. 그럴 리가 없었다. 아마도 갓에 가려져서 미처 보지 못하였을 터.

"형님, 괜찮아?"

서조가 걱정스러운 듯 재겸의 어깨에 손을 올렸다. 재겸은 천천히 고개를 끄덕였다. 흑립을 쓴 자의 회오리바람 같은 목소리가 다시 들렸다.

"이거 어쩌나? 열 냥을 갚아야 하는데, 이제 스무 냥으로 늘어났지 않았는가?"

"스무 냥만 빌려주십시오. 내 이번에는 단번에 따서 갚을 테니."

"아주 자신 있는 게로군. 돈은 많으니 빌려주는 것은 문제가 없네만, 어쨌건 나를 이겨야 갚을 게 아닌가?"

"이번 판은 반드시 이길 것입니다."

재겸은 스무 냥을 건네받고 자세를 고쳐 앉았다.

두 번째 패가 돌았다. 재겸은 자신의 패를 확인하고 재빨리 사내를 살폈다. 역시나 입가에 드러나는 표정이 없었다. 표정이 없는 자가 세상에 있을 리가 없었다. 그저 얼마나 잘 숨기느냐일 뿐. 패를 보았다면 뭐라도 비쳐 보이기 마련이었다.

재겸은 사내를 빤히 노려보았다. 오른쪽 어깨가 움찔 솟아올랐다가 몸의 균형이 왼쪽으로 기운다. 입을 꾹 다물었다가 얼굴에 열이 오른 것인지 입술에 슬쩍 침을 바른다. 거짓을 말하려는 모양새다.

"어허, 오늘은 내가 아주 운이 좋은가 보오. 이번에도 내가 이길 것 같은데 말이오."

거짓일 것이다. 확신을 위해서는 사내의 얼굴을 확인해야만 했다. 거짓의 정황을 꾀어내야 했다. 재겸이 입을 열었다.

"허어, 도성의 돈이란 돈은 죄다 쓸어 담으실 겁니까? 어찌 모든 운을 손에 쥘 수 있단 말입니까? 예전에 당신처럼 아주 운이 좋은 사내를 만난 적이 있었지요."

사내를 떠보기 위해 이야기를 꾸며냈다. 사내가 고개를 들었다. 하나 깊게 눌러쓴 흑립은 요지부동이었다.

"내 평안도에 있을 적이었습니다. 이자가 얼마나 운이 좋은가 하면 산에 나무를 하러 가서 똥을 누다 심마니도 찾기 힘들다는 백 년 된 산삼을 발견한 것은 두말할 나위도 없거니와, 개울에서 멱을 감다가 떠내려온 저고리를 주워 어여쁜 색싯감을 만났더랬죠. 게다가 3년 전에 평안도에 큰 도적이 국경을 넘어왔지 않습니까? 사내의 아내가 예쁘다는 소문을 듣고 도적들이 사내의 집에 쳐들어왔었지요. 하나 사내는 이 또한 물리칠 수 있었습니다."

"어떻게?"

상대는 얼굴을 드러내지 않았다. 얼굴을 읽는다는 자신에 대한 소문을 듣기라도 한 걸까?

"도적들이 안방까지 칼을 빼어 들고 쳐들어온 참이었죠. 전날 산에 올랐다가 잡은 독 없는 뱀을 망태에 넣어 대들보에 올려놓았는데 그게 때마침 사내의 품으로 뚝 떨어진 겁니다."

"그래서?"

"사내가 뱀을 손에 쥐고 도적들에게 소리쳤습니다."

"뱀 하나에 칼을 든 도적들이 물러났다 그 말인가?"

"손에 쥔 것은 중요하지 않습니다. 상대가 사내의 손에 든 것이 무언지 믿게 만드는 게 중요하지요. 사내는 기지를 발휘하여 자신의 아내를 맹독을 지닌 뱀으로 둔갑시킨 것입니다. 아내는 밤만 되면 이렇게 뱀으로 변해 물어 죽인 자가 수십이라고 말이지요."

"허어……."

흑립을 쓴 자가 혀를 찼다.

"그걸 믿고 도적들이 돌아갔다?"

"말하지 않았습니까? 손에 쥔 것은 중요하지 않습니다. 상대가 그 손에 쥔 것을 무어라고 생각하느냐가 중요한 것이지요. 그래, 대감은 손에 무얼 쥐고 있기에 운이 좋던 그 사내의 얼굴을 하고 있는 것입니까?"

"호오, 내 손에 쥔 게 독이 없는 그저 흔한 뱀일 뿐이다?"

재겸은 사내를 노려보았다. 여전히 흑립 아래로 보이는 건 입뿐이었다. 끝내 얼굴을 드러내지 않으려 한다면 몸짓을 통해서라도 거짓을 읽어내면 되었다. 그때 사내가 턱을 들어 올리며 입을 뗐다.

"정말 미안하오만 내 손에는 진짜 독사가 들려 있네."

사내가 고개를 끄덕였다. 기우뚱하게 기울은 흑립 아래로 광대가 치솟고 왼쪽 윗입술이 불안한 듯 들썩였다. 재겸이 주먹을 불끈 쥐었다. 이 또한 거짓을 궁리하는 자의 몸짓이었다. 거짓의 증좌를 잡았으니 이긴 것이나 진배없었다. 재겸의 손엔 1과 8, 합이 9인 일팔가보였다. 상대가 숫자가 같은 패인 땡이 아닌 이상 이길 것이 분명했다. 사내는 지금 거짓을 말하고 있으니 낮은 패를 손에 쥐고 있는 게 분명했다. 이 판은 능히 그가 이길 터. 재겸은 손에 쥔 돈을 모조리 판에 던져 넣었다.

"그렇게 운이 좋으시다면 한번 해봅시다. 내 모든 돈을 걸겠소. 당신이 정말 운이 좋은 것인지, 그저 독이 없는 뱀을 쥐고서 겁박을 하는 것인지 확인해봅시다!"

사내의 양쪽 입꼬리가 올라서며 여유로운 미소를 지어 보였다. 재겸의 자신만만하던 얼굴이 일순 굳어졌다. 사내가 왜 저리도 자신감이 넘치는 것일지 궁금했다. 모든 걸 꿰뚫어 보는 듯한 미소였다. 사내는 그 묘한 미소와 함께 제 패를 보여주었다.

상대가 손에 쥔 것은 3과 3, 3땡이었다. 패를 든 재겸의 손끝이 떨렸다. 거짓을 읽고서도 처음으로 패배하는 순간이었다. 사내의 웃음소리가 들려왔다. 참지 못하고 터져 나온 웃음 사이로 수백 리를 달려온 말의 콧바람 소리가 섞인 듯 기이했다. 꿈에서도 듣고 싶지 않은 웃음이었다.

"진짜 뱀에 물리고 난 후에는 방도가 없는 법이네. 덕분에 즐겁게 놀다 감세."

사내가 몸을 일으켰다. 뒤에 서 있던 커다란 몸집의 사내가 판돈을 쓸어 담았다. 재겸의 귀에 이명이 일었다. 정신을 놓고 있는데 누군가 재겸의 어깨를 흔들었다. 서조였다.

"형님, 무슨 일이야? 대체 왜 진 거야?"

"아냐, 속임수야. 속임수를 쓴 것이다."

재겸이 소리치자 흑립을 쓴 자가 갓 아래로 다시금 묘한 미소를 지었다.

"속임수라 하였나?"

"패를 바꿔치기하지 않았습니까? 내 분명 보았단 말이오!"

"내가 패를 바꿔치기하는 걸 보았다 그 말인가?"

"아니, 당신의 입과 몸짓을 읽었소."

"입과 몸짓이라?"

"거짓말을 하려는 정황을 보았단 말이오. 분명히 당신의 손에는 낮은 패가 들려 있었소. 절대로 땡이 있었을 리가 만무하오!"

"허어, 역시 들리는 소문이 거짓은 아니로구먼."

사내가 웃음을 지었다. 재겸은 머리꼭지로 피가 쏠리는 듯 아찔한 기분이 들었다.

"소문?"

"그래, 투전판에 당신에 대한 소문이 쫙악 났네. 얼굴만 보고 상대가 무슨 패를 쥐었는지, 낮은 패를 들고 겁박을 하는지 척척 알아낸다는 소문 말이야. 그래, 내 그대를 만나는 때를 위하여 대비를 하였지."

"대비?"

"그래야 손에 독이 없는 뱀을 들고 아무리 겁박하더라도 그대에겐 소용이 없을 게 아닌가? 이에 그대와 대적할 방법을 하나 생각해두었지. 아예 내 패를 들여다보지 않는 것이야. 이길지 장담은 못하겠으나, 적어도 자네에게 수를 읽히지는 않을 거라고 생각했지. 내가 내 패를 알지 못하면, 나의 패가 드러나지 않을 것 아닌가. 그럼, 나머지는 그저 운에 맡기면 되는 것이지."

"하지만 마지막에 분명히 거짓말을 하려는 모습이었소. 내 확실히 보았단 말이오!"

"마지막 말인가? 아…… 그것을 말하는 것이로군. 집에 돌아가 내 안사람이 이 늦은 시각에 어딜 다녀왔냐고 물으면 어떻게 대답해야 할지 고민하고 있었지. 친구와 술을 한잔하고 오는 길이라고 말할까, 아니면 처결할 일이 많아 매달리다 보니 시간이 늦은 걸 뒤늦게 알았다고 말할까? 라고 생각했네."

도끼에 밑동을 찍힌 나무처럼 재겸의 몸이 휘청거렸다.

"덕분에 아주 재미난 밤을 보냈으니 마흔 냥은 그 값으로 치겠소이다."

재겸은 사내가 사라질 동안 제자리에서 꼼짝할 수 없었다.

17

앞으로 사람을 대할 적에는 반드시 일전에 만나서 당부한 대로
더욱 추기(樞機)*를 신중히 하라. 이 한 가지가 만약 터럭만큼이
라도 잘못된다면 그 뒤의 일은 나도 모른다.

정조의 비밀 편지 中

재겸은 정약용 대감의 부름으로 형조에 들었다. 10년 전 개성상
단 단주 내외의 살인사건을 재조사하는 일 때문이었다. 재겸은 차
분하게 그때의 일을 진술하였고, 대감은 중간중간 질문하며 이를
꼼꼼히 받아 적었다. 모든 진술이 끝나자 대감이 붓을 내려놓고 재
겸의 어깨에 손을 얹었다. 그동안 조선팔도를 떠돌아다니느라 힘
들었을 그의 마음을 이해한다는 표정이었다.

"이 정도면 되었네. 이제 다른 자들을 만나 나머지 말을 들어보

---

* 매우 중요한 사무나 정무(政務).

아야지."

"다른 자들이라면?"

잠시 숨을 고른 뒤 대감이 말했다.

"10년 전에 대행수 길평이란 자가 한양에 있었다는 걸 증언한 상단의 서기와 사환들 말일세. 내 검률을 개성으로 보내 그자들의 증언을 받아 오게 하였네. 한데 그중 하나를 오늘 이곳 형조에 불러들일 거라네."

"길평 말씀이십니까?"

대감이 고개를 끄덕였다.

"그렇다네. 때마침 도성의 상단 점포에 머무르는 중이라네. 아직은 자네의 진술뿐이니 그자의 진술을 들어 거짓의 틈을 엿보아야 할 것이지."

"제가 도움을 드릴 건……."

대감이 고개를 저었다.

"자네의 거짓을 읽어내는 솜씨가 빼어나긴 하나, 이건 자네가 관련된 사건 아닌가? 길평의 진술을 지켜보게 할 수는 있으나, 자네의 의견을 기록에 넣을 수는 없네."

"네, 대감."

재겸은 대감에게 길평의 진술을 몰래 지켜보게 해달라 부탁했다. 그러자 대감은 집무실 옆방에서 살펴보는 것을 허락했다. 일다경이 지난 후에 문이 열리고 검률이 대감에게 고했다.

"개성상단의 단주 길평이 왔습니다."

"들라 하게나."

검률이 사라진 뒤 차분한 발소리가 들렸다. 긴장한 듯 재겸의 아래턱이 단단하게 당겨졌다. 이내 문틈 사이로 길평의 모습이 드러났다. 형조참의 앞에서도 도깨비 같은 눈은 전혀 주눅 들지 않았다. 도리어 대감을 똑바로 쳐다보며 자기를 불러들인 것에 불만이라는 표정을 지었다. 든든한 뒷배가 있는 자의 여유였다. 뒷배라면 비 오던 날 밤 길평이 들렀던 자들일 것이었다.

"어서 오시게나, 조 단주. 내가 자네더러 형조에 들라 한 연유는 알고 있는가?"

"개성상단에도 형조의 검률들이 들어 10년 전 사건을 들쑤시고 있다 들었디요."

"역시 상단은 소식이 빠르군."

"장사치의 귀는 조선팔도 닿지 않은 곳이 없지 않겠습네까?"

"자, 그럼 10년 전에 일어난 단주의 살인사건에 대해 말해주겠나?"

"내래 말할 것이 별거 없디요. 한양에 있었을 때라 모두 전해 들은 것뿐이디 않캈습네까? 상단에 당도하니 단주 내외가 머무르는 사랑채가 불탔고 재겸이란 자가 단주 내외를 죽이고 도망을 갔다 하였디요."

"한데 그 재겸이란 자의 말로는 단주 내외가 죽던 날 밤, 자네가 한양에서 하루 일찍 돌아와 있었다고 하던데."

길평은 형조참의 앞에서도 거침없이 잇몸을 드러내며 웃었다.

"지금 살인자의 말을 듣고 절 이리 부른 것입네까?"

"생각을 해보시게. 재겸이란 자가 단주 내외를 죽여 얻을 게 무언가? 반면에 자네는 단주 내외가 죽어 상단의 단주 자리에 오르지 않았나? 얻는 것을 들여다보면 재겸보다 자네가 더욱 단주 내외를 죽일 이유가 큰 게 아닌가?"

"참의 나리, 사건의 조사는 자고로 명백한 증좌와 증인이 바탕이 되어야 하는 게 아닙네까? 내래 사건이 있던 날, 한양에 있었다는 걸 밝혀줄 상단의 인물이 열도 넘습네다. 반면에 내래 상단에 돌아왔었다고 말하는 이는 누굽네까? 단주 내외를 죽인 재겸 그자 하나뿐이 아닙네까?"

"하나 더 있지."

길평의 미간이 꿈틀거렸다. 왼쪽 뺨의 교근이 움직이자 어금니를 앙다문 듯 좌측 얼굴이 일그러졌다. 그리고 아래턱에 연결된 구각하체근이 입꼬리를 아래로 당겼다. 생각지 못한 복병이 있을까봐 불안한 낯빛이었다.

"누구 말입네까?"

"그날 상단에 늦게까지 업무를 처결한 뒤 퇴청했다가 행방이 묘연해진 행수가 하나 있었지."

"아, 그 투전에 미친놈 말입네까? 그자를 찾아내기라도 했다는 겁네까?"

길평의 입가에 드리운 미소가 수상쩍었다. 마치 행수를 찾아낼 수 없다는 듯 자신감이 넘쳤다.

"왜? 행수의 행방을 아는가?"

"내래 그걸 어찌 알겠습네까? 녀석이 상단에서 밤늦게까지 있었던 것은 고저 장부를 조작해 돈을 빼내기 위한 것이지 않습네까? 투전으로 제 돈을 다 날리다 못해 상단의 돈에 손을 댄 것이디요. 그날 밤 돈을 훔친 행수는 상단의 눈에 띄지 않는 곳으로 숨었겠디요. 내래 조선팔도의 점포에 알려 그자를 잡으려 하였는데, 그자가 살아 있다는 소식 하나 들려오지 않았습네다."

사라진 행수에 대해 말하는 길평에겐 거짓된 표정이 하나도 없었다. 길평도 사라진 행수의 행방을 모르는 것이 분명했다. 길평의 손에 죽지는 않은 모양이었다. 하지만 조선팔도에 점포를 가지고 있는 상단의 눈에도 띄지 않았다면 그 행수는 대체 어디로 사라진 것일까? 불귀의 객이 되었을까?

"우선 알겠네. 오늘은 이만 돌아가도 좋네. 추후에 다른 증좌가 나오면 다시 부를 것이니 그리 아시게."

길평은 툭 불거진 광대를 하늘을 향해 한껏 치켜들었고, 탐욕스러운 두터운 입술에는 자신감에 찬 미소를 머금었다. 10년 동안 상단도 행수의 행적을 발견하지 못했으니 당연히 형조도 찾을 수 없다는 생각일 터였다.

길평이 물러난 후에 대감이 재겸이 숨어 있던 방문을 열었다.

"어떠한가? 길평이란 자가 저리 자신만만한 걸 보니 무언가 있는 모양인데, 혹여 증인이 될 행수를 죽이기라도 한 것일까?"

재겸은 고개를 저었다.

"아닙니다. 길평도 행수를 찾을 수가 없었던 모양입니다."

대감이 길게 한숨을 내쉬었다. 풀어내기 쉽지 않은 일을 손에 쥔 양 고심이 깊은 얼굴이었다.

"지금 상황이 좋지 않네. 자네의 증언을 뒷받침해줄 이가 하나도 없지 않은가? 게다가 길평이란 자의 주변에 있는 자들은 제 단주를 위해 기꺼이 거짓 증언을 할 것이니 방법은 하나뿐이네."

대감이 아랫입술을 일그러뜨리자 턱수염이 크게 요동쳤다.

"사라진 행수를 찾는 것이 먼저야. 상단이 찾아내지 못한 것도 당연한 일이 아닌가 싶네."

"당연하다니요?"

"상단 행수의 자리에 있던 자가 아닌가. 그러니 점포가 있는 고을에는 모습을 드러내지 않았겠지. 하면 상단의 발이 미치지 않는 곳을 찾아보면 되지 않겠나."

"그렇다면 좋겠지만."

"힘을 내시게. 형조의 힘으로는 힘들겠지만, 각 고을의 힘을 빌린다면 불가능한 일도 아닐세."

대감이 재겸의 어깨를 가볍게 두드렸다. 재겸은 몸을 일으켜 대감에게 인사하고 형조를 나섰다. 누명을 벗을 수 있다는 기대감에 마음이 날뛰었지만 현실은 녹록지 않았다. 과연 사라진 행수를 찾을 수 있을까, 하는 걱정부터 들었다. 또 헛된 희망에 발목이 잡히는 건 아닌지 두려움이 일었다.

형조의 문을 나서자 대로에 말을 탄 자가 해를 등지고 서 있었다. 재겸이 나오길 기다렸는지 그는 말머리를 돌려세웠다. 푸르륵 말의 세찬 콧바람 소리와 함께 말에 올라선 자의 얼굴이 드러났다. 한낮에 도깨비가 나오지는 않을 것이니 분명 길평이었다. 길평은 재겸을 향해 천천히 말을 몰아 다가왔다. 재겸은 물러날 곳이 없어 두려운 얼굴로 다가서는 길평을 살폈다. 꿀꺽 목젖이 요동쳤다.

길평의 두터운 입술이 벌어지며 그의 목소리가 타오르는 불길마냥 귓가에 넘실댔다.

"내래 네놈을 다시 만날 줄 알았디 안칸. 눈썰미가 있는 놈이니 어디 가서든 굶어 죽지는 않을 것이니, 언젠가는 만나게 되겠다 생각하였디. 길코 이렇게 네놈을 만나고야 말았디. 내 오늘을 위하야 무얼 준비했을 것 같으네?"

재겸을 내려다보는 길평의 독사 같은 눈이 번뜩였다. 눈앞에 먹잇감을 발견한 눈빛이었다. 조만간 무슨 수를 써서라도 재겸을 해하려 할 것이었다. 그 전에 사라진 행수를 찾아 누명을 벗어야 할 터. 커다란 태풍이 몰려오는 듯 불안함이 커졌다.

18

이렇게 편지를 주고받는 듯하다는 말이 나온 것은, 경이 낯빛을 조심하지 않아 다른 사람들이 알아내었기 때문이다. 요사이 얻어들은 이야기가 많으니, 이른바 경과 절친하다는 자에게 경보다 더 절친한 사람이 없겠는가? 이러한 사리와 분수를 어찌 간파하지 못하는가?

정조의 비밀 편지 中

도성의 4대 소문*에 방이 붙은 건 이틀이 지난 뒤였다. 소식을 물어 온 건 소문에 귀가 밝은 서조였다. 임금과 심환지 대감이 비밀리에 서신으로 내통을 하여 탕평을 어지른다는 내용이었다. 재겸은 정수리에 대침이 찔린 듯이 아찔한 기분이 들었다. 임금께 이를 어찌 고해야 할지. 자신의 불찰인 양 머릿속이 새하얬다.

*   혜화문, 소의문, 광희문, 창의문.

대문이 요란스레 열리며 관복을 입은 세 사내가 마당으로 들어섰다. 재겸은 누가 들이닥친 것인지 곧장 알 수 있었다. 금위군이었다. 심환지 대감에게 임금의 비밀 편지를 전한 것이 재겸이니 그를 의심하는 게다. 편전을 드나들던 재겸을 고까운 눈으로 바라보던 금위대장의 얼굴이 떠올랐다. 서둘러 서조를 방 안에 밀어 넣으며 숨으라고 속삭였다. 서조는 불안한 표정으로 조그만 창을 넘어 달아났다.

재겸은 대청마루에서 내려와 마당을 가로질러 다가오는 사내 앞에 섰다. 두 사내가 재겸을 향해 칼을 빼어 들었고, 한 사내가 재겸의 무릎을 걷어차 바닥에 꿇어앉혔다. 이어 대문이 왈칵 열리며 전립을 쓴 사내가 들어섰다. 금위대장이었다. 한발 한발 내딛는 발걸음이 화가 난 듯 거칠었다. 재겸 앞에 멈춰 선 금위대장은 칼을 빼어 들고 날 끝을 재겸의 목으로 향했다.

"내가 왜 널 찾아온 것인지 알렷다!"

"제가 아닙니다."

"허어, 네가 아니다? 내가 뭘 묻는 줄 알고? 사람의 얼굴을 읽는다며 임금의 마음을 훔치려 한 놈이니 어떤 짓인들 못 할까?"

"정말 제가 아니란 말입니다. 아마도 심 대감 측에서……."

"왜, 네가 단언하지 않았더냐? 이조판서 대감은 임금의 뜻을 망설임 없이 따를 자라고. 그런 이가 어찌 이런 짓을 저지른단 말이냐? 아니면 네가 대감의 얼굴을 일부러 잘못 아뢴 것이더냐?"

재겸의 입이 굳었다. 심환지 대감에 대해 일부러 잘못 아뢴 것이 사실이니 어찌 되었건 빠져나갈 구멍은 없었다. 4대 소문에 방을 붙인 이가 스스로 자신의 짓을 밝히지는 않을 터.

"이자를 포박하라. 금위의로 끌고 갈 것이다. 내 친히 녀석의 입을 열게 할 것이야."

금위군이 재겸의 손목을 붙들어 밧줄로 꽁꽁 묶었다. 금위대장이 자세를 낮춰 재겸과 눈을 맞췄다. 금위대장의 입술을 둘러싼 구륜근이 춤을 췄고, 눈가의 안륜근이 커다란 눈웃음을 만들었다. 눈엣가시였던 자를 드디어 뽑아 없앨 수 있으니 실로 기뻐하는 모습이었다.

"네놈이 그렇게 얼굴을 잘 읽어내니, 내 얼굴을 보고 한번 맞춰보거라. 내가 오늘 밤에 네놈을 어찌할 것 같으냐?"

도성에서 복부에 십자 상처를 입고 죽은 자의 모습이 불현듯 떠올랐다. 장용영 중에 내장용영은 임금의 호위를 담당하고 있으니, 금위대장과 밀접한 연관이 있을 터. 이제 재겸의 차례인지도 몰랐다. 금군이 재겸의 손을 포박한 뒤, 금위대장이 앞장서고 세 명의 금군이 그 뒤를 따랐다.

"내 먼저 가 있을 테니 놈을 곧장 끌고 오너라."

금위대장이 말을 빠르게 달려 사라졌다. 이어 금군 하나가 재겸의 양손을 묶은 줄을 쥐고 말에 올랐다. 나머지 두 명의 금군도 각기 말에 올랐고 재겸은 손이 묶인 채 두 발로 걸었다.

포승줄에 묶여 끌려가던 재겸의 머릿속에 수많은 생각이 교차했다. 오랫동안 도망쳐온 삶도 오늘로 끝이라는 생각이 들었다. 단주를 죽였다는 누명을 쓰고 그 누명을 벗고자 조선팔도를 떠돌았는데 이렇게 또 오명을 뒤집어쓰고야 말다니 억울했다.

명례방에서 출발한 금군들이 용동에 이르자 앞서가는 금군과 재겸의 포승줄을 쥔 금군의 사이가 꽤 벌어졌다. 재겸을 이끄는 금군은 포승줄을 당겨 더디게 따라오는 그를 재촉했다. 재겸은 비틀거리며 몇 번이고 넘어질 뻔했다.

다시 금군이 고개를 돌려 말을 조금 더 빠르게 몰았고, 재겸은 두 다리를 바삐 움직여야 했다. 별안간 뒤에서 휘파람 소리가 들려왔다. 뒤를 돌아보니 서조가 말을 타고 집요하게 따라오고 있었다. 틈을 보아 재겸을 구해낼 요량이 분명했다. 재겸이 고갯짓을 하여 앞질러 가라고 신호를 보냈다. 서조는 뭘 하려는지 알겠다는 듯 고개를 끄덕이고는 금군을 지나쳐 갔다.

재겸은 이대로 끌려가 죽음을 당할 생각은 추호도 없었다. 이렇게 끝낼 수는 없었다.

이윽고 광통교에 이르렀다. 재겸은 광통교 한복판에 이르자 제 손목에 묶인 포승줄을 손 안에 바짝 감아쥐었다. 그러고는 삽시간에 금군과의 거리를 좁히고 달리는 말을 향해 뛰어올라 양손으로 포승줄을 쥔 금군의 허리춤을 잡아 끌어내렸다. 일순 균형을 잃은 금군이 말에서 튕겨 나가 다리 아래로 떨어졌다. 놀란 말이 소리를 내며 달아났다. 재겸의 손목에 감겨진 포승줄이 팽팽하게 당겨졌다. 졸지에 줄을 잡고 다리 아래에 매달리게 된 금군이 소리쳐 동료를 불렀다.

재겸은 두 발로 가까스로 버티며, 포승줄에 매달린 금군을 떼어 내기 위해 줄을 있는 힘껏 좌우로 흔들었다. 이내 힘이 빠진 듯 금군이 물속으로 풍덩 빠지는 소리가 들렸다. 동시에 두 명의 금군이 급히 말을 돌려 달려왔다. 재겸이 몸을 일으키자 금군이 허리에 찬 칼을 뽑아 들고 그를 향해 말을 달렸다. 도망을 치려는 재겸을 절대로 고이 보내주지는 않을 터였다.

그때, 두 금군을 향해 서조가 빠르게 말을 달려왔다. 그는 두 금군이 탄 말의 고삐를 재빨리 낚아챘다. 말이 갑자기 멈춰 서자 칼을 빼어 든 금군들이 말 등에서 굴러떨어지고 말았다. 서조는 곧장 재겸에게 달려왔다. 그 뒤를 검을 쥔 금군이 필사적으로 뒤쫓았다. 서조가 광통교를 내달리며 재겸을 향해 한쪽 팔을 내뻗었다.

"형님, 어서 내 손을 잡아!"

재겸은 재빨리 바닥을 차고 올라 서조의 손을 맞잡았다. 달리는 말에 매달리자 재겸의 어깨에 시큰한 통증이 일었다. 삽시간에 광통교와 도성의 담장들을 빠르게 스쳐 지나갔다. 담장에 머리가 부딪칠까 봐 아찔하여 머리를 바짝 수그렸다.

금군들을 무사히 따돌린 재겸과 서조는 골목에 숨어 한 갓바치의 집을 노려보고 있었다. 재겸은 금부도사 노군영에게 돈을 찔러 주고 지난밤에 좌포도청과 우포도청의 야간 순시에 잡혔던 이들의 기록을 구했다. 기록 중에 그의 눈에 띈 건 조한성과 조한영이라는 한눈에도 형제로 보이는 이들이었다. 두 형제는 각기 동쪽의 광희문 인근과 서쪽의 소의문 근처에서 잡혀 들어가서 장을 맞고 풀려났다. 담장 하나를 사이에 두고 사는 두 형제가 도성의 가장 끝과 끝에서 늦은 시각에 동시에 붙들려 왔다는 게 이상했다. 4대 소문에 붙은 방과 관련되었을지도 모른다는 의심이 들었다.

곧장 이들을 찾았으나 그들의 집에서는 장을 맞고 풀려났다는 형제를 도무지 찾을 길이 없었다. 이웃들도 어제 아침 이후로는 그 형제를 보지 못했다 했고, 형제의 아내들도 내색하지는 않았지만 제 바깥사람을 찾는 모양새였다. 포도청에 붙들려 흔적을 남기는 큰 실수를 하였으니, 스스로 꼬리를 감춘 것이 확실했다.

형제가 평소 가까이 지냈다는 이웃과 친구들을 찾아가 그들의 행방을 수소문하던 중 형 한성과 허물없이 지낸다는 한 갖바치의 표정이 재겸의 눈길을 끌었다. 무언가 감추는 얼굴이 분명했다.

어둠이 내려앉자 갖바치는 비밀리에 집을 나섰다. 재겸과 서조는 어둑어둑해지는 담장의 그늘에 몸을 숨긴 채 그를 뒤따랐다. 두 식경을 걸어 갖바치는 어떤 집 안으로 몰래 들어섰다. 그가 들어선 집 안에는 등불이 희미하게 빛났다. 곧이어 등불이 흔들리며 방 안에 둘러앉은 자들의 그림자가 고스란히 드러났다. 모두 세 명. 4대 소문에 방을 붙인 자들일 터였다.

재겸이 먼저 움직였고 서조가 뒤따랐다. 재겸이 방문을 걷어찼고 서조는 놈들이 도망치지 못하게 뒤를 막아섰다. 등불 앞에 앉아 있던 세 사내가 동시에 놀란 표정을 지었다.

"조한성과 조한영이 여기 있느냐?"

재겸이 문지방에 꼿꼿하게 버티고 서서 소리쳤다. 하지만 사내들의 움직임이 더 빨랐다. 그들은 도망치기 위해 문을 향해 달려 나왔다. 재겸이 단단한 어깨를 펼쳐 두 녀석을 양손으로 막았고, 서조가 재겸을 피해 튀어나오는 갖바치를 발을 걸어 자빠뜨렸다. 재겸이 한 녀석을 손에 쥐고 벽에 내동댕이치자 그대로 축 늘어졌다. 그러자 다른 손에 붙들린 자가 오금이 저린 듯 무릎을 털썩 꿇었다.

두 사내를 앉혀놓고 재겸이 도끼눈을 하고 물었다.

"조한성과 조한영이 누구인가?"

대답이 없었다. 하지만 한 녀석의 얼굴에 변화가 있었다. 눈 위에 자리한 전택이 눈썹을 위로 밀어 올렸고, 귀밑에 자리한 교근이 당겨지며 아래턱에 힘이 들어갔다. 긴장하고 있는 것이다. 재겸은 재빨리 녀석의 멱살을 움켜쥐었다.

"네놈이로구나! 내가 왜 널 찾는지 알고 있겠지?"

"모…… 모릅니다."

"어디서 거짓을 고하느냐? 얼굴만 봐도 거짓을 말하는지 알아낼 수가 있다."

사내의 두 눈썹 사이가 일그러졌다. 재겸의 말을 믿지 못하겠다는 얼굴이었다. 당연한 반응이었다. 다른 이들 또한 재겸의 능력을 눈으로 직접 확인하기 전까지는 이를 인정하려 하지 않았다.

"지난밤에 소문에 간 적이 있지?"

"아닙니다. 저는 그저 친구를 만나러……."

사내는 몸을 가만히 두지 못했다. 도망치고 싶어 안달이 난 듯 머리와 어깨가 자꾸 몸의 중심을 벗어나 바람에 흔들리는 갈대처럼 기우뚱했다.

"자네 얼굴을 보아하니 지난밤에 4대 소문에 간 건 확실한데 말이야. 자네가 조한영인가?"

재겸은 사내의 얼굴을 들여다보았다.

"아니면 조한성인가?"

사내의 눈꺼풀이 올라가며 눈동자 속의 동공이 보름달처럼 부풀었다.

"그래, 조한성이로구나. 조한영도 여기 있느냐?"

한성은 입술을 꼭 깨물었지만 얼굴 표정을 감추진 못했다.

"음, 여기에는 없는 게로구만."

한성의 이마에 너울이 치듯 굵은 주름이 잡혔다. 눈이 커지고 입이 벌어졌다. 크게 놀란 얼굴이었다. 얼굴만 보고도 거짓을 척척 가려내는 재겸의 능력에 두려움을 느꼈을 터.

"그래, 지난밤에 4대 소문에 방을 붙인 게 네놈들의 짓이지?"

"그…… 그게 아니오라. 저는 그저 친구 녀석을 따라 밤마실을 나섰다가."

얼굴에서 거짓을 궁리하려는 모습이 확연했다. 겁을 주어야 입을 열 모양이었다.

"나는 네놈이 4대 소문에 방을 붙였다는 걸 알고 있다. 관아에 끌려가 문초를 당해야 입을 열 텐가?"

재겸의 호통에 한성의 입술이 바르르 떨렸다. 관아에 끌려갈지도 모른다는 생각에 황망한 얼굴이었다.

"시…… 실은……."

"그래, 어서 말해! 방을 붙이라 시킨 자가 누구지?"

"저…… 저는 그저 돈이 필요해서 그랬을 뿐입니다. 방에 적힌 내용이 무엇인지도 몰랐습니다요."

"얼마를 받았냐고 묻는 게 아니다. 누가 시킨 것이냐고 묻는 것이야!"

"그건 저도 정말 모릅니다."

"모른다?"

한성의 얼굴을 찬찬히 들여다보았다. 거짓이 아니었다.

"사주한 자의 얼굴은 보았느냐?"

"저…… 정말로 그자를 알지도 못하고 얼굴은 더더욱 보지 못했습니다요. 그자를 만난 건 제 동생입니다."

"그럼, 동생은 어디 있느냐?"

"조금 전, 일의 보수를 받으러 갔습니다."

서조가 한성의 멱살을 쥐고 번쩍 일으켜 세웠다.

"어디로 갔지?"

한성이 입을 꾹 다물었다. 알고 있는 것을 감추는 모습이었다. 재겸이 한성에게 호통을 쳤다.

"알고 있는 거 다 안다! 지체하지 말고 어서 말해!"

한성이 실토하듯 입을 벌렸다. 표정이 속속들이 읽히자 체념한 듯했다.

한성이 앞장을 섰고 서조와 재겸이 그 뒤를 따랐다. 한성을 앞세워 한 식경을 걷자 커다란 기와집에 도착했다.

"이곳이 맞는가?"

재겸이 묻자 한성이 고개를 끄덕였다. 재겸은 집 안을 향해 조심스레 귀를 기울였다. 누군가 만나고 있다면 응당 대화 소리가 들려야 할 텐데 아무 소리도 나지 않았다. 대신 집 안에서는 돌쩌귀가 삐걱거리는 듯한 기이한 소리만 들릴 뿐이었다.

재겸과 서조가 기와집을 향해 천천히 다가갔다. 자갈이 깔린 마당이라 걸을 때마다 돌끼리 부딪는 소리가 났다. 분명 안에 있는 자들도 인기척을 느꼈을 텐데 아무런 반응도 없이 잠잠했다.

방문 앞에 다다르자 문이 거칠게 열리며 새까만 그림자가 하나 튀어나왔다. 삽시간에 달려든 자는 서조를 들이받아 쓰러뜨리고 달아났다. 동작이 날쌨다. 그는 어느새 담장을 뛰어넘어 사라졌다. 예사 놈이 아니었다. 재겸은 재빨리 놈이 사라진 담장을 뛰어넘었다.

골목을 따라 내달리는 그림자가 보였다. 4대 소문에 방을 붙이도록 사주한 자였다. 재겸의 죄가 없음을 밝히기 위해서는 저자를 꼭 잡아야만 했다. 하지만 발재간이 보통이 아니었다. 그자는 골목 끝자락을 향해 저만치 달려가고 있었다. 도저히 따라잡을 수 없었다.

"으아아악!"

집 안에서 비명 소리가 들렸다. 한성이었다. 재겸의 고개가 휙 돌아섰다. 동생 한영에게 변고가 생긴 것이 확실했다. 진실을 실토해야 할 자가 변을 당했으니 도망치는 녀석을 더더욱 놓쳐서는 안 되었다. 재겸은 시선을 다시 골목으로 향했다. 하지만 도망치던 자는 온데간데없었다. 하늘로 솟거나 땅으로 꺼진 것처럼 신출귀몰한 자였다.

다시 기와집으로 돌아왔을 때는 한성이 울부짖고 있었다. 재겸이 열린 문으로 들어서자 호롱불에 비친 그림자 하나가 흔들거렸다.

대들보에 목이 매달려 느리게 돌던 한영의 몸이 종묘를 바라보며 멈춰 섰다. 한성과 똑 닮은 얼굴이 드러났다. 둘은 쌍둥이였던 것이다. 다시 그의 몸이 무딘 소리를 내며 반대편에 자리한 경복궁을 향해 돌자 그의 얼굴이 사라지고 두 겹으로 그의 목을 파고든 밧줄이 선명하게 보였다. 바짓단을 타고 흘러내린 샛노란 오줌이 흥건했다. 숨통이 완연히 끊어진 것이었다.

한영의 손에는 알록달록한 무언가가 쥐어져 있었다. 재겸이 힘을 주어 손을 펼쳐 보니 줄이 끊긴 노리개였다. 녹색 비취와 붉은 산호 그리고 금붙이가 어우러진 화려하고 고급스러운 것으로 아무나 함부로 지닐 수 있는 게 아니었다.

또 다른 의문이 들었다. 4대 소문에 방을 붙인 자는 과연 임금을 노리는 것일까. 아니면 심환지 대감을 노리는 것일까.

19

앞으로 연석(筵席)에 오를 때에는 말이 일일이 시행될지 여부를 고려하지 말고 즉석에서 생각해낸 의견을 말해야 한다. 그래야 이렇게 편지를 주고받는 듯하다고 의심받는 일을 면할 터이니, 노력하기 바란다.

정조의 비밀 편지 中

재겸은 서조에게 금부도사 노군영을 부르게 했다. 한성에게는 곧 금부도사가 올 것이니 시신에 손을 대서는 안 된다고 경고하고 집을 나섰다. 머지않아 의금부 군사들이 들이닥칠 것이었다. 괜히 이곳에 머물렀다가는 의금부에 끌려가 금위대장의 눈에 띄고 말 것이었다.

재겸은 서조와 만나기로 한 곳을 향해 걸음을 옮겼다. 이제 할 일은 하나였다. 노리개의 주인을 찾으면 되는 일이었다. 그자가 4대 소문에 방을 붙이게 한 배후였다.

서둘러 길을 걷고 있는데 골목 끝에 그림자 하나가 드리워졌다. 재겸이 고개를 들자 흑립을 눌러쓰고 말을 탄 자가 천천히 골목으로 들어섰다. 흠칫 놀라 사방을 살폈다. 어느새 그가 부리는 자들이 재겸의 주위를 에워싸고 있었다. 재겸을 기다린 듯했다.

"뭐, 뭐요?"

"이거 실망인데. 눈썰미가 좋으니 나를 단번에 알아볼 거라 생각하였는데."

흑립을 쓴 사내가 웃음을 터뜨렸다. 기이한 웃음소리를 들으니 며칠 전 투전판에서 만났던 자가 떠올랐다. 재겸에게 첫 패배를 안겨주었던 의문의 사내.

"당신이 어찌 여기에?"

"자네는 누구를 뒤쫓는 것인가?"

"네?"

어찌 자신이 누군가를 쫓는다는 걸 알고 있으며, 또한 왜 그것에 관심을 가지는 것일까. 어쩌면 4대 소문에 방을 붙인 일과 연관이 있을지도 몰랐다. 그렇다면 이 사내는 심환지 대감과 관련이 있는 것일까. 수많은 의문이 물결을 이루며 머릿속에서 찰랑거렸다.

"내 질문이 어려운가?"

"4대 소문에 방을 붙인 자를 찾고 있소만."

"어이하여?"

재겸은 다시 입을 꾹 다물었다. 상대가 누구인지 모르는 상황에서 속내를 쉽게 드러내서는 안 된다.

"이거 말로는 안 되겠군. 그자를 데려오너라."

사내가 뒤에 늘어선 자들에게 낮게 소리쳤다. 어둠 속에서 누군 가가 끌려왔다. 파도가 일렁이듯 재겸의 눈빛이 흔들렸다. 걸을 때 마다 한쪽 어깨가 주저앉듯 절룩이는 사내가 누구인지 한 번에 알 수 있었다. 서조였다.

흑립을 쓴 자가 허리춤에서 칼을 빼어 들었다. 달빛을 머금은 칼 끝이 서조의 목에 내려앉았다. 한 치의 실수도 없이 제대로 대답해 야 했다. 그래야만 서조의 목숨을 구할 수 있다.

"그자가 절 곤경에 빠뜨렸기 때문이오."

"곤경이라?"

사내가 칼을 들어 올리고 재겸에게 다가왔다. 따각거리는 말발 굽 소리가 목을 조여오는 형구(刑具)*처럼 섬뜩했다.

"방에 붙은 내용이 거짓이라면 관군이 나섰을 터. 혼자 이렇게 필사적으로 매달리는 것을 보니 방에 붙은 내용이 진짜인가 보구 나. 그렇다면, 네놈은 비밀이 새어 나간 데 대한 책임을 져야 할 녀 석이겠구나. 바로 그 비밀 편지를 나르던 녀석!"

재겸의 등에 땀이 흥건해졌다. 상대는 재겸의 상황을 명확하게 꿰뚫었다. 일전에 투전판을 휘어잡던 상대의 모습이 또렷하게 떠 올랐다. 이자는 누구일까? 적으로 두어서는 안 될 것이라는 사실만 은 확실했다.

---

* 형벌을 가하거나 고문을 하는 데에 쓰이는 여러 가지 도구.

"방을 붙인 것이 심 대감이라 생각하느냐?"

재겸은 소스라치게 놀랐다. 심 대감을 의심하는 걸까? 아니면 심 대감을 보호하려는 걸까? 어쩌면 이자도 얼굴을 읽는 능력을 가졌을지도 모른다는 생각이 들었다. 재겸은 입술을 단단히 다물고 아무 표정도 내비치지 않으려 노력했다. 그러자 갓 아래로 드러난 사내의 입술이 웃는 모양으로 바뀌었다.

"참 헷갈린단 말이지. 일전에는 심 대감을 위해 움직이더니 이제는 그를 의심하는 모양이로구나."

재겸의 머리가 물레방아처럼 세차게 돌았다. 일전에 심환지 대감을 위해 움직였다? 심 대감을 위해 한 일이라면 시파 판의금부사 민종현 대감의 얼굴을 읽은 것뿐. 심환지 대감에게 거짓을 보았다고 알렸으니, 민 대감의 손길을 내쳤을 것이었다. 그렇다면 이자는 그 일을 어떻게 알고 있을까? 그걸 알고 있는 건 심 대감과 민 대감 그리고 설호와 재겸뿐이었다. 재겸의 입가에 슬며시 미소가 떠올랐다.

"민 대감의 얼굴을 살피면서 제가 본 것이 있는데……."

사내는 말 위에서 차분하게 재겸의 다음 말을 기다렸다. 표정이 바뀌지 않는 것을 보니 애써 감추는 게 분명했다. 재겸의 짐작이 맞는 모양이었다.

"민 대감은 스스로의 의지로 움직인다는 느낌이 들지 않았습니다. 바로 나리입니까? 민 대감을 움직여 심 대감에게 접근하게 한 것이?"

흑립을 쓴 사내가 또다시 기이한 웃음소리를 냈다. 바삐 풀무질을 하듯이 바람 빠지는 소리와 웃음소리가 뒤엉킨 듯했다.

하지만 사내는 순식간에 안색을 바꾸듯이 웃음을 거뒀다. 갓에 가려져 보이지 않지만 지금 사내는 재겸을 노려보고 있을 게 분명했다.

"4대 소문에 방을 붙인 자가 자네를 곤경에 빠뜨렸다고 생각하느냐? 아마도 자네 생각이 맞을 것이야. 참으로 판을 읽는 솜씨가 훌륭하구나. 한데 자네처럼 눈썰미가 좋은 자를 가까이 두면 들키고 싶지 않은 것도 결국엔 들춰지게 될 것이니 감추는 게 많은 자에게 자네의 존재는 위협이 될 뿐이지. 아마도 그자가 자넬 곤경에 빠뜨린 것이겠지. 그럼, 질문을 달리해보겠네. 자네가 판을 완전히 읽어내면 그게 누구에게 위협이 되겠는가? 임금일까, 아니면 심환지 대감일까."

"어찌 그런 이야기를 하십니까?"

"살고 싶다면 자네가 발을 디딘 판을 확실히 보란 말이다. 살고 싶다면 말이야. 이상하게도 나는 네놈이 사는 게 내게 도움이 될 거 같다는 생각이 든단 말이지."

재겸의 미간이 일그러졌다. 자신이 사는 게 이자에게 도움이 된다?

사내의 칼이 달빛을 가르며 재겸의 코앞에 나비처럼 사뿐히 내려앉았다.

"자, 손에 쥔 그건 무엇이냐? 혹시 네가 쫓는 자를 가리키는 증좌이더냐?"

재겸은 입을 꾹 다물었다.

"맞는 모양이군. 이리 내어놓거라."

재겸은 손에 쥔 노리개를 힘껏 움켜쥐었다. 4대 소문에 방을 붙인 자를 찾을 실마리였다. 쉽게 내놓을 수는 없었다. 칼끝이 재겸의 눈동자를 똑바로 향했다. 달빛에 날카로운 칼날이 섬뜩하게 빛났다. 하지만 재겸은 눈을 부릅뜬 채 피하지 않았다.

"그걸 네놈이 들고 가서 어쩔 생각이냐? 나중에 방을 붙인 자를 찾아내어 어찌하려고? 네놈이 가지고 있을 물건이 아니야. 어서 나에게 넘겨라."

이자가 증좌를 손에 넣으려는 이유가 무엇인지 궁금했다. 사건을 은폐하려는 것인지, 아니면 달리 이용하려는 것인지. 그 순간 옆에 늘어선 자들이 서조를 바닥에 넘어뜨려 무릎을 꿇렸다. 흑립을 쓴 자의 칼날이 이번에는 재겸이 아닌 서조의 목을 향했다. 재겸은 어쩔 수 없이 손에 쥔 노리개를 건네야만 했다.

"자, 이제 네가 할 일은 여기서 끝이다. 목숨이 아깝거든 다시는 심환지 대감을 위해 움직여 내 일을 방해하지 말거라. 마지막 경고이니라."

사내가 말머리를 돌려 멀어져갔다. 서조가 붙들린 남자들의 손아귀에서 벗어나 재겸에게 달려왔다. 재겸은 서조의 떨리는 어깨를 감싸 안고는 멀어져가는 사내를 향해 소리쳤다.

"나리는 누구십니까?"

말발굽 소리가 멎었다. 그리고 달빛 아래로 흑립을 쓴 자가 고개를 돌렸다. 다시금 입술에 미소를 머금었다. 바람이 새어 나가는 듯한 목소리로 제 이름을 알려주었다.

"이한익이니라."

20

요새는 내가 편지를 보내지 않으면 애당초 경이 먼저 인편을
보내는 경우가 없으니, 경도 근래에 이러쿵저러쿵하는 것을 두
려워하여 그러는가?

정조의 비밀 편지 中

재겸은 혹시 또 그들이 찾아올지도 모른다는 불안감에 서조와
함께 임시로 구한 거처로 향했다. 그는 대청마루에 벌렁 드러누워
생각에 잠겼다. 이한익이란 자가 심환지 대감을 노리는 건 분명했
다. 하지만 그게 임금을 위한 것인지는 알 수 없었다. 자신이 딛고
선 판이 어떤 곳인지, 또 어떤 일에 휘말린 것인지 도무지 알 수가
없었다.

우선 살고 봐야 했다. 그러기 위해선 재빨리 움직여야 할 터. 재
겸은 자리에서 몸을 일으켜 먹과 종이를 꺼냈다. 한영의 손에 쥐어
져 있던 노리개의 모습이 눈앞에 있는 듯 또렷이 생각났다. 말로만

들어보았던 노루 뿔 모양의 붉은 산호와 비취로 만들어진 듯한 구슬 그리고 호각 모양의 금붙이가 달려 있는 노리개를 떠올리며 찬찬히 그려나갔다.

날이 밝는 대로 재겸과 서조는 도성 안에서 노리개를 파는 장사치란 장사치는 죄다 만나고 다녔다. 운이 좋게도 궁과 고관대작에게 물건을 대는 한 점포에서 답을 들을 수 있었다. 장사치는 재겸이 그린 그림을 한참 들여다보다가 콧수염을 실룩이더니 용삼작 노리개라 했다.

"용삼작이라니 그게 무슨 말인지……. 용의 모양은 그 어디에도 없지 않습니까?"

그러자 장사치는 손끝으로 그림을 가리켰다.

"이것은 용의 뿔을 상징하는 것으로 아마도 붉은 산호나 분홍 산호로 만들어졌을 것이고……. 이건 용의 발톱을 상징하는 것으로 금으로 만들어졌을 겝니다. 그리고 이건 용이 물고 있는 여의주를 상징하는 것으로 비취로 만들어졌지요."

"그걸 어찌 아십니까?"

"청나라의 물건입니다. 용은 임금을 상징하니 조선에서는 만들어질 리 없는 것이지요."

"청의 물건이요?"

"일전에 한번 본 적이 있지요. 하지만 붉은 산호나 분홍 산호는 구하기 쉽지 않아 가격이 보통이 아닐 겝니다. 그런데 이 노리개는 왜 찾으십니까?"

"혹여 이 노리개를 본 곳이 어딥니까?"

"그것이 아마 개성에서 제일 크다는 상단에서 봤을 겝니다."

길평의 상단이었다. 그렇다면 노리개는 길평의 상단을 통해 누군가에게 전해졌을 것이었다. 길평은 기필코 이 사실을 숨기려고 할 터. 또다시 벽에 맞닥뜨리고 말았다.

무거운 발걸음으로 점포를 나서는데 익숙한 복색이 눈에 띄었다. 금위군이었다. 재겸을 발견한 금위군 하나가 그를 가리키며 소리쳤다.

"저자다!"

재겸을 광통교에서 놓치고 다리에서 추락했던 금군이었다. 재겸이 몸을 돌려 봇짐을 진 상인을 밀쳐 쓰러뜨리고 낮은 담장을 훌쩍 뛰어넘었다. 금군은 이번에는 절대 놓치지 않겠다는 듯 그를 따라 담장을 넘었다.

재겸은 재빨리 마당을 가로질러 건너편 담장을 향해 내달렸다. 숨이 차올랐다. 턱밑까지 쫓아온 군사의 거친 숨소리가 등 뒤에서 들려왔다. 재겸이 담장을 넘으려는 순간, 단단한 손길이 재겸의 뒷덜미를 붙잡았다. 뒤통수로 사내의 얼굴을 들이받자 뭉툭한 소리와 함께 금군이 나가떨어졌다.

재겸은 금군을 피해 담벼락 아래에 몸을 숨겼다. 하지만 도성 곳곳에는 자신의 용모파기가 그려진 방이 붙어 있었다. 수배가 내려진 것이었다. 하늘 아래 더 이상 숨을 곳이 없다는 생각이 들었다.

　재겸은 날이 어두워지자 곧장 난전의 투전판으로 향했다. 급박한 일로 서로 헤어지면 이곳에서 만나기로 서조와 약속했다. 재겸이 투전판으로 들어서자 한 귀퉁이에서 다리를 절며 다가오는 서조가 눈에 들어왔다. 재겸은 반가운 마음에 서조를 와락 끌어안았다.

　"잘 도망쳤구나."

　"새로 구한 집도 들통났더라. 형님, 우리 이제 어쩌지?"

　재겸은 난감한 기색을 감추듯 어색한 웃음을 지었다. 금위군이 재겸을 수배 내렸으니 움직이는 게 더욱 어려울 것이었다. 결백을 증명해줄 증거는 얼굴도 모르는 이한익이라는 대감의 수중에 들어 갔다.

　금군이 재겸을 잡으려고 도성을 뒤집어놓는 걸 보면 임금이 얼 마나 화가 났는지 명확했다. 게다가 10년 전 사건을 해결할 희망도 보이지 않았다. 길평 또한 재겸이 도성에 있다는 걸 알고 있으니, 사건을 덮기 위해서는 무슨 짓이라도 할 것이었다.

　"길티, 네놈이 갈 곳이 뻔하디 안칸?"

　재겸은 놀란 눈으로 뒤로 돌아섰다. 철렁 가슴이 내려앉았다. 길 평의 목소리였다. 길평의 옆으로 상단의 수하로 보이는 자들이 여 럿 늘어서 있었다. 길평은 입술을 길게 늘어뜨려 만족스러운 웃음 을 지었다. 서조를 발견하곤 재겸이 나타날 때까지 기다린 모양이 었다.

"투전판을 들쑤시고 다니면 조만간 네놈을 찾을 줄 알았디."

길평의 수하들이 삽시간에 사방을 둘러쌌다. 길평에게 잡혔다간 어디론가 끌려가 소리 소문 없이 사라지게 될 터. 그럴 순 없었다. 옆구리를 쿡 찔러 돌아보니 서조가 엽전 뭉치를 묶은 끈을 비밀스레 풀어내고 있었다. 서조가 무슨 일을 벌이려는지 재겸은 곧바로 알아챘다.

재겸이 시선을 다른 곳으로 돌리기 위해 일부러 길평에게 한 발짝 다가섰다.

"단주, 나를 잡으려는 걸 보니 어지간히 신경이 쓰였나 봅니다."

"뭐이가 어드래?"

길평의 얼굴이 한쪽으로 기울었다. 재겸의 천연덕스러운 모습이 마음에 들지 않는 모양이었다.

"10년 전 그 사건에 당신의 무고함을 증명해줄 이들이 이리 많은데, 뭐가 그렇게 두려운 겁니까?"

"뚫린 입이라고 마구 지껄이는구나야."

단주와 재겸이 대화를 이어가자 사내들은 방해가 되지 않도록 뒤로 물러났다. 재겸이 원한 건 바로 이 적당한 거리였다. 달아나기 위한 딱 적당한 거리. 게다가 투전판에 들어찬 투전꾼들이 재겸과 길평에게 흥미를 느끼는지 하나둘 모여들었다. 삽시간에 밀려든 투전꾼들을 상단의 수하들이 가까스로 막고 있었다.

"돈으로 산 증언은 언젠간 무너지게 될 테니. 그게 두려운 게 아닙니까?"

218

"네놈이 뭐라 지껄이건 내래 결코 넘어가지 않을 끼야. 이제껏 그 세 치 혀로 사람들을 현혹시키며 살아남았을 것이나……."

"제가 10년을 어떻게 살아남았는지 궁금하십니까? 그럼 직접 보여드리지요. 서조야!"

재겸이 나지막이 서조의 이름을 부르며 한발 물러섰다. 길평의 수하와 투전꾼들의 눈이 일제히 서조에게 돌아섰다. 서조가 두 손 가득한 엽전을 공중에 뿌렸다. 제일 먼저 반응한 건 투전꾼들이었다. 바닥에 떨어진 엽전을 줍기 위해 서로 뒤엉키며 파도처럼 몰아쳤다. 그 혼란한 틈을 타, 재겸은 재빨리 상단의 수하들을 밀쳐 넘어뜨리고 달아났다. 뒤에서 길평의 고함 소리가 들렸지만, 뒤엉킨 투전꾼들에 가로막혀 쫓아오지 못했다.

재겸은 서조와 함께 어두워진 도성의 밤그늘에 몸을 숨기고 빠르게 걸음을 옮겼다. 하지만 어디로 가야 할지 막막했다. 자신을 죽이기 위해 사방에서 눈을 번뜩였지만, 몸을 피할 곳이 하나도 없었다. 그렇다면 방법은 하나뿐. 늘 그랬던 것처럼 달아나는 수밖에 없었다.

재겸은 소의문으로 방향을 잡았다. 용동을 지날 적에 말을 타고 반대편에서 다가오는 한 사람이 눈에 띄었다. 재겸은 재빨리 고개를 숙이고 담장을 따라 묵묵히 걸었다. 한데 재겸을 지나쳐 가야 할 자가 말을 멈춰 세웠다.

"재겸이 아닌가?"

사내의 목소리에 재겸이 놀라 고개를 들었다. 정약용 대감이었다.

"동생과 같이 어딜 가는 것인가?"

"집에 가는 길입니다."

재겸이 목을 움츠리며 대감을 향해 고개를 숙였다.

"자네의 집은 이쪽 방향이 아니지 않나? 반대로 가야지."

대감이 재겸이 걸어온 길을 가리켰다.

"그게……"

대감이 그를 보았다면 이는 곧장 임금의 귀에 들어갈 터. 도성을 벗어나더라도 몇 시진이 지나지 못해 붙잡힐 것이 명백했다. 살려면 어디로 달아나야 할까? 재겸은 어둠에 휩싸인 삼각산을 흘끔 쳐다보았다. 산에 숨어야 할까?

"그것이 잠시 들를 곳이 있어서."

"그런가? 자네를 만나러 집으로 향하던 참일세."

"저를 만나러 말입니까?"

"그래, 그런데 자네의 말은 어찌하고?"

"그게……"

"무슨 일이 있었던 겐가?"

재겸의 이마에 식은땀이 돋아났다. 둘러댈 말이 선뜻 떠오르지 않았다.

"혹여 10년 전처럼 도망을 치는 겐가?"

재겸은 고개를 들어 대감을 올려다보았다.

"설마 하였더니 정말인가 보구먼. 왜, 10년 전과 달라진 게 없다고 생각하는 겐가?"

결국 자신이 이런 곤경에 빠진 것은 모두 대감 때문이 아닌가. 억울한 마음이 울컥 일었다.

"달라진 게 없지 않습니까? 증인은 없고 길평은 사람을 풀어 저를 잡으려고 난리니."

"흐음……. 달라진 게 왜 없는가? 한나라의 임금이 일개 시정잡배인 자네의 결백을 믿고 있지 않은가?"

재겸이 고개를 저었다. 임금이 자신의 결백을 믿는다? 결코 그럴 리가 없었다.

"믿지 못하는 눈빛이로군. 임금이 자네의 결백을 믿지 않는다면 어이하여 자네와의 약속을 지키려 하시겠는가."

이제껏 아무도 믿지 않고 살아왔다. 세 치 혀에서 나온 약속은 더더욱.

"임금께서는 직접 명을 내려 조선 각지에 사람을 보냈다네."

재겸의 눈이 보름달처럼 커졌다. 정말일까? 대감의 얼굴 그 어디에서도 거짓의 흔적은 없었다.

"10년 전에 사라진 행수를 찾으라 하셨네. 그리고 마침내 좋은 소식이 있어 자네에게 전해주러 가던 길이었다네."

"소식이라면?"

"함경도 지역에서 닷새 전에 행수를 목격하였다는 증인이 여럿이야. 조금 전 임금께서 직접 관군을 풀어 그를 잡아들이라 명하셨네."

재겸은 고개를 들어 정약용 대감을 올려다보았다. 대감의 좌안과 우안이 파도의 너울마냥 부드럽게 움직였다. 완벽한 대칭을 이루어 거짓의 꼬투리를 잡아내려 해도 티끌조차 눈에 띄지 않았다.

그토록 의심했던 임금이었다. 어느 쪽의 치우침도 없는 탕평을 주장하며 뒤로는 이를 어지르는 두 얼굴을 가진 간악한 군주라고 생각했다. 그런 임금이 보잘것없는 자신과의 약속을 지키기 위해 힘쓰고 있다니 믿기지가 않았다.

"자네와 임금을 보면 낭패(狼狽)의 이야기가 떠오른다네."

대감은 말 위에 허리를 꼿꼿하게 펴고 앉아 말을 이었다.

"낭(狼)과 패(狽)에 대해 아는가?"

"아니옵니다."

"'낭'과 '패'라는 두 마리의 이리가 있었네. '낭'은 태어날 때부터 뒷다리 두 개가 아주 짧았어. '패'는 앞다리 두 개가 짧았지. 두 녀석은 혼자서는 굶어 죽기 딱 좋았어. 그래서 둘은 서로에게 의지해서 사냥을 하고 밤을 돌아다니기로 하였네. 하지만 두 녀석이 함께 걸으려면 어지간히 사이가 좋지 않고서는 넘어지기 일쑤였지."

재겸은 고개를 수그렸다. 대감의 목소리는 잔잔하지만 무언가 마음을 끌어당기는 힘이 있었다.

"한 녀석이 고집을 피우면 둘 다 꼼짝할 수가 없지 않겠는가? 둘 다 굶어 죽을 테니."

재겸의 눈시울이 뜨거워졌다. 대감의 말뜻을 이해했기 때문이다.

"임금은 힘든 길을 홀로 걸어오셨네. 자네도 알 것이야. 충년(沖年)*의 나이에 아비를 잃었지. 두려움 속에서 살아오셨어. 한 치의 빈틈이라도 내비쳤다가는 선대임금이나 외척에 의해 목숨이 위험할 것이니까. 범부는 임금을 일러 범이라고 하지만, 나에게는 외로운 이리의 모습으로 보인다네."

재겸이 천천히 고개를 끄덕였다.

"나는 자네가 임금을 가장 잘 이해할 수 있는, '낭'을 위한 '패'가 될 거라 생각하였어. 사람을 믿지 못하는 삶을 살아왔으니, 주위 사람을 믿지 못하는 임금의 마음을 가장 잘 이해할 수 있을 거라고. 자네 같은 이가 임금을 완전히 믿게 된다면 임금 또한 오랫동안 마음속에 담아온 사람에 대한 불신을 누그러뜨릴 것이라 기대하였지. 하지만 결국 이렇게 되고 마는 게로구먼. 안타까울 뿐이네. 하나 도망치려는 자를 붙잡으려는 것보다 부질없는 짓은 없는 법이니 하는 수 없지. 그럼, 잘 가게나."

대감이 다시 말을 몰았다. 말발굽 소리가 멀어졌다. 서조가 서두르자는 듯이 재겸의 소매를 당겼다. 하나 재겸은 한 발짝도 내디딜 수가 없었다. 편전에 외로이 앉아 있던 임금의 용상이 떠올랐다. 잔혹한 얼굴이라고 생각했건만, 그 뒤에 감춰진 것은 외로움이었을 터였다.

이제껏 재겸은 제 목숨을 보존하기 위해서 임금을 의심하며 믿

* 열 살 남짓.

기를 주저했다. 하지만 임금은 평생을 믿을 수 없는 자들에 둘러싸여 지내왔으면서도 재겸의 결백을 믿어주었다.

"형님, 서둘러야 해."

서조가 다시 재겸의 소매를 당겼다. 조금 있으면 통금이 내릴 것이었다. 도망치려면 서둘러야 했다. 하지만 땅을 디딘 다리가 꼼짝하지 않았다. 재겸은 아랫입술을 질끈 깨물었다.

"서조야, 미안하다. 내 마지막으로 일을 하나 끝마쳐야겠다."

재겸이 저만큼 멀어져가는 정약용 대감을 향해 달려갔다. 그리고 대감 앞을 가로막고 소리쳤다.

"대감, 임금께 제 말을 전해주실 수 있으십니까?"

"임금께 말을 전해달라?"

정약용 대감이 놀란 얼굴을 했다.

"네, 대감. 다시 한번 기회를 얻고 싶습니다. 팽례의 일을 발설한 자를 반드시 잡아 임금님께 대령하겠나이다."

"진심인가?"

"네, 저는 이제껏 제 목숨 하나 보존하기 위해 도망치듯 살아왔습니다. 하지만 이제는 임금의 신의를 얻기 위해 발걸음을 떼어보겠습니다."

21 /

300장 안에 들지 못하였으니 이미 그럴 것이라 생각하였다. 앞으로 기나긴 세월이 있으니 어느 때인들 못 하겠는가? 하지만 내가 굳이 이번에 하려고 한 까닭은 경이 많이 늙기 전에 자식이 과거에 합격하는 경사를 보도록 하고 싶었기 때문이다.

정조의 비밀 편지 中

"기필코 방을 붙인 자를 찾아내겠다고?"

임금의 콧등에 잔뜩 주름이 졌다. 날카로운 송곳니를 드러낸 이리의 모습이었다.

"예, 전하."

"그럼, 네 짓이 아니란 말이렷다."

"그렇습니다, 전하."

"그 말을 어찌 믿겠느냐?"

재겸의 눈빛이 흔들렸다. 마음을 다잡았건만 임금이 믿어주지 않는다면 소용없는 일. 이대로 금위군에게 끌려가 죽임을 당할지도 모른다고 생각하니 눈앞이 캄캄했다. 임금의 말이 재겸을 향해 화살처럼 날아들었다.

"방도는 있겠느냐?"

"심환지 대감에게 저 대신 질문을 하여주시옵소서. 그러면 제가 환관으로 변복하여 대감의 좌측 얼굴을 읽어내겠나이다."

"질문을? 천치가 아닌 이상 너도 알지 않느냐? 그는 제 얼굴을 숨기기에 능한 자야. 이제까지 제대로 못 읽어낸 그자의 얼굴을 어떻게 읽어낸다고 떠드는 게야?"

"제게 계책이 하나 있사옵니다. 반드시 심 대감이 숨기려던 것을 밝혀내고, 대감의 명으로 방을 붙인 자를 찾아내겠습니다."

재겸은 바닥에 납작 엎드려 임금의 대답에 귀를 기울였다.

"그래, 그렇게 하고서도 밝혀내지 못한다면 어떤 벌도 달게 받을 텐가?"

재겸은 마음 깊은 곳에서 우러나는 간절한 목소리로 말했다.

"성은이 망극하옵니다."

이틀이 지나고 재겸은 환관으로 변복하고 편전의 등불이 비치지 않는 곳에서 심환지 대감이 당도하기를 기다렸다. 문밖에서 환관이 대감이 당도하였다고 아뢰자 임금은 부릅뜬 눈으로 재겸을 돌아보았다. 실수가 있어서는 안 된다고 엄하게 당부하는 게 분명했다. 재겸이 허리를 숙이자 임금은 그제야 대감을 들라 명했다.

편전에 든 심 대감은 곧장 임금을 향해 공손하게 절을 했다. 그러고는 곧게 허리를 펴고 앉아, 두 손을 가지런히 앞으로 모았다. 몸짓은 공손했지만 꼿꼿하게 치켜든 얼굴에는 자신감이 넘쳐흘렀다.

"전하, 세간이 시끄럽사온데, 제가 늦은 시각에 편전에 들었다는 소식이 전해지기라도 한다면……."

대감의 말속에 어떤 의도가 담겨 있는지 명백했다.

"왜, 과인을 걱정하는 게야? 아니면 다른 이유 때문이야?"

임금과 심 대감의 시선이 서로 교차했다. 임금이 얼굴에 불쾌한 기색을 드러내자 대감이 고개를 슬쩍 떨어뜨렸다. 난감한 듯 광대 아래의 근육이 흔들렸다. 하지만 뺨에 일어난 변화는 이내 모래를 뒤덮듯이 흔적 없이 사라졌다.

"다른 이유가 있겠습니까. 신하가 임금을 걱정하지 않으면 누굴 걱정하겠사옵니까?"

"그래? 그대는 나의 신하라 이 말이렷다."

대감의 수염이 꿈틀거렸다. 연이은 임금의 날 선 질문에 심기가 불편한 것이었다.

"제가 전하를 위하지 않는다면, 어찌하여 전하의 힘이 되겠다고 서신을 올렸겠나이까?"

"아무튼 자네 아들의 과거 준비는 잘되어가고 있는가? 능종이라 하였지?"

"예, 전하. 똑똑한 아이라 잘 해내리라 믿습니다."

"그래, 300장 안에만 든다면 내 어떻게 해서라도 과거에 합격을 시킬 터이니 근심하지 말게. 경이 더 늙기 전에 자식이 합격하는 경사는 보아야 하지 않겠나. 그건 그렇고 내가 보내는 서신은 즉시 찢어버리거나 세초하고 있겠지? 능종이 똘똘한 아이이니 이를 맡겨도 될 터인데……."

또다시 대감의 수염이 되새김질하는 염소처럼 앞뒤로 움직였다. 하지만 눈 주위에 자리한 안륜근은 미동도 없었다. 불편한 상황을 피하고 싶은 모습이었다. 대감이 고개를 들어 임금을 마주 보았다.

"예, 능종에게 일러 세초하고 있사옵니다. 설마 그걸 묻고자 이 시각에 저를 부른 것은 아니시겠지요?"

대감은 본론을 어서 꺼내라는 듯이 고개를 살짝 뒤로 젖혔다. 그러자 아래턱이 들리며 수염이 기지개를 펴듯 일어섰다. 임금의 앞에서 조금도 기가 죽지 않았다. 가히 벽파의 한가운데에 선 자의 모습이었다. 대감의 모습이 커다란 벽처럼 느껴졌다.

"자네도 알지 않은가? 내가 자네를 이곳에 부른 진짜 연유를……."

"그러고 보니 근래 들어 그자가 보이지 않습니다."

"누구?"

"팽례 말입니다."

이윽고 편전에 침묵이 흘렀다. 다시 입을 뗀 건 대감이었다.

"참 쓰임이 많은 자라고 생각했는데, 전하께는 쓸모가 다한 모양입니다. 여전히 아무도 믿지 못하시는 겝니까? 그렇게 의심하고 또 의심하면 주위에 남아날 사람이 누가 있겠습니까?"

한순간 재겸의 시선이 임금에게 돌아섰다. 교의에 올려진 임금의 손이 팔걸이를 단단히 쥐었다가 놓았다. 임금의 눈꼬리가 경련이 인 듯 떨렸다. 아차, 대감을 살피는 자리였다. 재겸은 재빨리 시선을 다시 대감에게로 향했다. 화가 났다고 생각했건만 임금의 목소리는 꽤 담담했다.

"내 근래에는 딱히 보낼 서신이 없었을 뿐이네."

대감의 인중을 덮은 수염이 들썩였지만 얼굴에는 아무것도 드러나지 않았다.

"과인이 대감을 부른 건 다름이 아니라……."

임금이 말을 멈췄다. 하지만 재겸은 대감의 얼굴을 살피느라 임금을 돌아볼 여유가 없었다.

"자네도 짐작하다시피 4대 소문에 붙은 방 때문이야."

깊은 숨을 내뱉는지 대감의 수염이 콧바람에 흔들렸다.

"그럴 거라고 생각했습니다. 전하는 어찌하여 증좌도 없는 소문에 흔들리십니까?"

대감은 방이 붙은 후로 위축된 임금을 나무라는 듯 목소리를 높였다. 임금이 서안 위에 접혀진 서신을 심 대감을 향해 던졌다. 대감은 자신의 앞에 떨어진 서신과 임금을 번갈아 바라보았다. 그게 무엇인지 말하기 전에는 결코 펼쳐 보지 않겠다는 얼굴이었다.

"과인이 자네에게 보내던 팽례가 자취를 감췄어. 그리고 지난밤에 이 서신이 도착하였지."

대감이 앞에 놓인 서신을 내려다보았다. 수염 아래에 감춰진 원쪽 입꼬리가 움찔 움직였다.

"뭐 하는가? 읽어보시게."

임금이 재촉하자 그제야 대감이 손을 뻗어 서신을 집어 들었다. 하지만 서신을 곧장 펼치지 않고 임금을 바라보았다. 임금의 의중을 읽으려는 것이 분명했다. 하지만 원하는 걸 얻지 못하였는지 수염을 쓸어 실망한 표정을 얼굴에서 감췄다.

이윽고 대감이 서신을 읽어 내려갔다. 가히 감정을 감추는 것에 능하여 서신을 읽는 동안 얼굴에 아무런 변화가 없었다. 다만, 말미에 이르러 서신을 쥔 손아귀에 잠깐 힘이 실렸다.

서신에 쓰여진 내용은 이러했다. 도성의 4대 소문에 붙은 방은 심환지 대감이 작당한 일이며, 개성상단을 통해 방을 붙이게 했다는 것이었다. 그를 증명하기 위한 증좌를 재겸 자신이 가지고 있으며 이를 증명할 테니 보름의 빌미를 달라는 내용이었다.

"전하, 이게 도통 무슨 말인지……."

서신을 다 읽은 대감은 대수롭지 않다는 듯 서신을 바닥에 내려놓았다.

"자네가 대답해보시게."

"전하, 이건 모함이 아닙니까? 제가 아는 바로는……."

"아는 바로는?"

임금의 날 선 목소리에 대감이 눈을 들어 임금의 얼굴을 살폈다.

"제가 미처 전하께 아뢰지 못하였으나……."

"흐음……."

"그자는 10년 전, 개성상단의 단주를 죽이고 도망 중이던 자입니다. 노비로 팔려 왔던 자였으나 눈썰미가 좋아 서기에 자리에 올랐지만, 그 흉포한 성격은 숨길 수 없어 살인을 저질렀사옵니다."

"그런 자가 과인의 팽례로 있었는데 나에게는 귀뜸도 하지 않았단 말인가?"

"저도 며칠 전에 알게 된 일이옵니다."

대감이 고개를 숙인 뒤 말을 이었다.

"그리고 전하께서 따로 뜻이 있어 모든 걸 알고도 곁에 두신 듯하여 더더욱 함부로 입을 열지 않았나이다."

"자네는 그자가 살인을 하였다고 생각하는 겐가?"

"그건 중요하지 않습니다. 출신도 변변치 않고 어디서 굴러먹은지도 모르는 미천한 자의 죄에 신경을 쓸 필요가 있겠나이까?"

"그 말은 미천한 자의 말은 믿을 수가 없다는 것인가?"

임금을 응시하는 대감의 시선이 차갑게 식었다. 눈동자마저 흔들림이 없었다.

"제 목숨을 구하기 위해 무엇이든 꾸며낼 자가 아니겠습니까?"

대감은 임금의 냉랭한 시선을 피하지 않았다.

"아무리 제 목숨을 구하고자 거짓을 꾸며냈다고는 하나, 본디 아무것도 없는 바탕에서 나오지는 않았을 터. 내 자네에게 묻고 싶은 게 있네."

수염에 가려진 대감의 목젖이 솟았다. 대감의 좌면을 바라보는 재겸에게는 또렷하게 보였다. 임금이 어떤 질문을 던질지 긴장하는 게 분명했다.

"자네의 집에 들락거린다는 개성상단 말일세. 근래 들어 이자들의 움직임이 심상치가 않아. 특히 개성의 상단에 머물러야 할 단주인 길평이라는 자가 야밤을 틈타 벽과 시를 오간다지?"

대감은 갈증이 나는 듯 입술에 슬쩍 침을 발랐다. 입 주위를 감싸고 있는 수염도 가뭄에 바짝 마른 풀잎처럼 금방이라도 바스라질 것처럼 보였다.

"전하, 그저 장사치의 일입니다. 그들이 제 이문을 위해서 시를 만나건 벽을 만나건 제가 신경 써야 할 게 있겠습니까? 그들이 귀한 물건을 들고 온다면, 저로서는 그저 반가운 일이지요."

"마치 장사치가 말하듯 하는구나. 개성상단의 단주와 어울리더니 이제 장사치가 다 된 것인가?"

임금의 날카로운 말에 대감이 잠시 말을 멈췄다가 다시 이었다.

"전하, 저는 그저 상인의 마음으로 대했을 뿐입니다."

"하면, 자네가 나에게 접근한 것은 상인의 마음이 아니었다는 것이냐? 자네가 나에게 서신을 보낸 것이 어찌 내 눈에는 이문을 남기려는 시장통에 장사치처럼 보였을까?"

장사치라는 말이 대감을 자극한 것인지, 어금니를 앙 다문 듯 광대 아래의 교근이 단단히 뭉쳐졌다. 자고로 눈물을 참을수록 슬픔이 깊어지고, 화를 참을수록 안에서 켜켜이 쌓여가는 분노가 제 속을 찌르는 법이었다. 화가 걷잡을 수 없이 쌓이면 이내 얼굴에 무언가 드러날 게 분명했다. 재겸은 진실을 드러내는 그 순간을 잡아내면 되었다.

"왜 말이 없는가? 뚫린 입이라면 할 말이 있지 않겠나? 자네, 늙은 여우마냥 무슨 꿍꿍이를 숨기고 있느냐 말이야?"

"전하, 신하로서 어찌 꿍꿍이를 품을 수가 있겠습니까? 그저 고립무원인 전하를 돕고저……."

"허어, 더욱 나를 궁지로 몰려는 계략은 아니고?"

화를 삼키는 듯 대감이 아랫입술을 슬쩍 깨물었다. 턱 아래 늘어진 수염이 가늘게 떨렸다.

"전하, 제가 어찌 그런 마음을 품겠습니까. 저는 항시……."

"그럼 말해보시게."

임금이 호통치듯 목소리를 높였다. 그러자 대감의 눈썹이 슬쩍 일그러졌다.

"나는 4대 소문에 방을 붙이게 한 간교한 자가 아니다, 이리 말을 해봐."

"전하……."

"왜? 말을 하지 못하겠나?"

"제가 말을 하여 전하의 기분이 풀리신다면 무엇인들 못 하겠나이까. 저는 4대 소문에 방을 붙이게 하지 않았습니다."

"간교한이란 말이 빠지지 않았나?"

대감의 콧등 위에 자리한 비근이 또다시 들썩였다. 하지만 애써 표정을 감추며 대감이 다시 입을 열었다.

"전하, 소인은 4대 소문에 방을 붙이게 한 간교한 자가 아니옵니다."

대감의 눈꺼풀이 말하는 찰나에 빠르게 깜빡였다. 그 모습이 재겸의 눈에 띄었다. 그뿐만이 아니었다. 열이 오른 듯 붉어진 귓불을 슬쩍 매만지기도 했다. 그는 지금 거짓말을 하고 있었다. 방을 붙이도록 사주한 자는 대감이 분명했다.

"그래? 그럼 이것도 말해보시게."

임금의 이어지는 말에 대감이 슬쩍 고개를 들었다.

"나는 개성상단의 단주 길평에게 4대 소문에 방을 붙이게 사주하는 사특한 짓을 하지 않았다."

"전하."

대감이 불만을 나타내는 듯 왼쪽 눈썹을 들어 올렸다.

"나를 따르겠다고 하지 않았나? 과인을 안심시키기 위해 이 말하나 하기도 힘든 게야?"

임금의 목소리가 편전을 쩌렁쩌렁 울렸다. 대감은 고개를 숙이는 대신 자신감이 넘치는 듯 턱을 치켜들었다. 그는 임금을 내려다보듯 시선을 아래로 향했다. 그리고 감정이 섞이지 않은 덤덤한 목소리로 말했다. 입술의 움직임을 따라 수염이 승무를 추는 춤꾼의 발마냥 신중하게 흔들렸다.

"소인은 개성상단의 단주 길평에게 4대 소문에 방을 붙이게 사주하는 사특한 짓을 하지 않았사옵니다."

대감이 물러간 뒤 임금이 이윽고 환관으로 변복한 재겸을 향해 고

234

개를 돌렸다. 숨어서 모든 것을 지켜보던 그가 임금 앞으로 나왔다.

"보았느냐?"

"예, 보았습니다."

"네 생각이 맞았느냐?"

"예, 그렇사옵니다."

"좋다. 내 곧장 형조참의에게 이 사실을 알리고 도성에 머무르고 있는 개성상단의 단주인 길평이란 자를 잡아들이도록 하겠다."

"예, 전하."

22

구중궁궐 깊은 곳에 있는 나도 귀에 들어오는 말이 있는데, 어
찌 듣지 못하여 말하지 않은 것이겠는가? 설사 듣지 못하였더
라도 들으려고 한다면 어찌 듣지 못할 리가 있겠는가?

정조의 비밀 편지 中

궁을 나선 재겸은 재빨리 말에 올라 형조로 향했다. 임금의 명을
전하기 위해서였다. 말을 달리는데 뒤에서 소란스러운 소리가 들
렸다. 뒤돌아보니 누군가가 말을 달리며 소리치고 있었다. 서조였
다. 서조에게 상단을 감시하라고 하였으니 길평의 상단에 무슨 일
이 생긴 모양이었다.

"길평이…… 길평이 도망을 치고 있다."

"도망이라니?"

"길평이 머무는 곳에 수염이 성기게 나고 턱이 긴 자가 찾아왔
어. 그 후에 길평이 갑작스레 상단의 물품을 도성 밖으로 빼내고 있

어."

"수염이 성기고 턱이 긴 자라고?"

"응, 왼쪽 광대 위로 칼자국도 있었어."

서조가 자신의 얼굴에 손가락으로 흉터를 따라 그렸다. 설호를 말하는 것이었다. 심환지 대감의 심복인 설호에게 급박한 상황을 전해 듣고, 제 목숨이 경각에 달했다는 것을 감지한 길평이 달아나려는 것이었다.

재겸은 즉시 말머리를 돌려 길평이 머물고 있다는 곳으로 말을 달렸다. 지금 길평을 놓친다면 다시 잡아들이기 힘들 거라는 생각이 들었다.

길평의 상단은 짐을 나르는 일꾼들로 분주했다. 이미 한차례 짐을 실은 수레가 도성을 빠져나갔다고 하니, 이제 나머지 짐을 실어 보내는 모양이었다. 이 짐마저도 도성을 빠져나가고 나면 길평도 곧장 제 모습을 감출 것이었다.

일곱 명의 싸울아비들이 상단 앞을 지키고 있었다. 임금에게 알리고 의금부나 형조의 군사를 움직일 수도 있겠지만, 그럴 시간이 없었다. 녀석을 추포하려면 지금밖에 없었다. 재겸은 몸을 일으켜 서조의 귀에 무언가를 속삭였다. 길평을 붙잡을 좋은 수가 떠올랐던 것이다.

상단의 마지막 수레가 문을 나서자 재겸은 활짝 열린 상단의 대문 안으로 거침없이 들어섰다. 재겸을 발견한 싸울아비들이 칼을 뽑아 들었다. 인기척을 느낀 길평이 돌아섰다. 재겸을 발견한 그는 입가에 미소를 머금었다.

"이게 뭐이가? 재겸이 아니네? 네놈이 제 발로 날 찾아오다니 어인 일이네?"

"단주, 급히 어딜 가십니까?"

"내래 청나라에 들어가야 할 일이 생겨서 말이디."

"한데 어찌 이렇게 늦은 시각에 움직이십니까? 누가 보면 꼬리를 말고 도망가는 것이라 생각하지 않겠습니까?"

"야야야, 이거 겁을 상실했구만 기래. 안 그래도 네놈을 도성에 두고 가야 해서 신경이 거슬리던 참인데. 제 발로 걸어 들어올 줄은 꿈도 못 꾸었디 안칸?"

길평은 재겸이 혼자인 것을 확인하고 싸울아비들에게 괜찮다고 손짓했다. 길평이 다가서자 재겸이 슬그머니 뒤로 물러났다.

"와 기러네? 나를 만나 담판이라도 지으려고 했디만, 겁을 먹은 것이네?"

길평이 여유롭게 웃으며 다가왔다. 재겸은 다시 대문을 향해 한 걸음 뒤로 물러났다. 재겸의 행동을 이상하게 느낀 길평이 그 자리에 멈춰 섰다. 대신 싸울아비들이 재겸을 향해 다가섰다.

재겸은 싸울아비들에게서 길평을 떼어낼 방법을 궁리했다. 길평 스스로 덫을 향해 움직이게 만들어야 했다.

"심환지 대감을 등에 업으니 기분이 좋으셨소이까? 그래서 대감이 시키는 일이라면 네 다리로 바닥을 기는 시늉까지 하시었소? 그런데 단주는 이에 만족할 사람이 아니지 않소. 누군가에게 고개를 숙이고 개 노릇을 하며 살 수 없을 테니. 10년 전에 단주를 죽이고 지금 자리를 꿰찼던 것처럼 이번에도……."

"이놈이!"

길평이 성난 얼굴로 재겸의 멱살을 잡았다. 미리 알고 있었다는 듯 재겸이 제 멱살을 쥔 길평의 손을 꽉 움켜쥐었다. 그리고 길평을 밀치듯 그대로 대문 밖으로 몸을 날렸다. 순식간에 일어난 일이었다.

길평은 자신이 쓰러진 곳이 땅바닥이 아님을 깨닫고 놀란 눈으로 재겸을 올려다봤다. 대문 밖에는 커다란 수레가 준비되어 있었고, 그 수레는 서조가 탄 말에 동아줄로 연결되어 있었다. 재겸은 수레 위로 쓰러진 길평이 몸을 일으키지 못하게 단단히 붙잡고 서조를 향해 외쳤다.

"가자!"

말 울음소리가 우렁차게 울려 퍼졌다. 서조가 힘차게 말의 배를 걷어차자 팽팽히 당겨진 동아줄을 따라 수레가 움직였다. 길평이 몸을 일으키기 위해 발버둥 쳤다. 재겸은 그가 움직이지 못하도록 있는 힘껏 어깨를 짓눌렀다. 천천히 움직이던 수레에 속도가 붙자 싸울아비의 두 다리로는 따라잡을 수 없을 만큼 멀어졌다.

말에 연결된 수레가 재겸과 길평을 태우고 어두운 도성을 질주했다. 말은 명례방을 출발하여 육조거리에 자리한 형조가 있는 적선방으로 향했다. 싸울아비가 말을 타고 뒤쫓을지 모르니 지체할 수는 없었다.

"심 대감이 무슨 꿍꿍이를 벌이는 겁니까?"

재겸의 질문에 길평의 두터운 왼쪽 눈썹이 치솟았다.

"지금, 궁금한 게 기거네? 임금을 등에 업었다더니 제 분수를 모르는구나야. 네놈은 말이디, 10년 전에 단주를 살해한 노비일 뿐이야."

서조가 탄 말이 사거리의 모퉁이를 빠른 속도로 돌았다. 커다란 궤적을 그리며 딸려가던 수레가 담벼락에 부딪치며 한쪽 귀퉁이가 떨어져 나갔다. 말이 울부짖으며 미친 듯이 어둠을 질주했다. 멀리 뒤따라오는 말발굽 소리가 요란했다. 싸울아비들이 뒤쫓는 모양이었다.

길평이 한 손을 허리춤으로 가져갔다. 그곳에 단검이 두 개 숨겨져 있었다. 길평은 재겸의 뜻대로 움직일 생각이 추호도 없다는 듯 그를 밀치고는 서조를 향해 단도를 던졌다. 칼은 정확하게 서조의 등으로 날아들었다.

재겸이 서조를 향해 소리쳤지만 말에서 떨어진 서조는 이미 어둠 속으로 사라졌다. 재겸이 길평을 돌아보았다. 길평은 두 번째 단도를 꺼내 들고 야비한 웃음을 지었다. 끝장을 보려는 것이다. 길평이 휘두르는 단도가 재겸의 어깨에 닿으려는 찰나 수레가 한쪽으로 덜컹 주저앉았다. 수레에서 빠져나간 바퀴가 어디론가 튕겨져 나갔다.

길평은 흔들리는 수레에서 떨어지지 않기 위해 단도를 바닥에 단단히 박아 넣었다. 한쪽 바퀴를 잃은 수레는 미친 소에 올라탄 것처럼 좌우로 춤을 췄다. 중심을 잡기 힘들었다. 길평과 재겸은 각기 수레의 한쪽을 잡고 떨어지지 않으려 안간힘을 썼다. 그 기회를 틈타 길평이 수레에 박아 넣은 단도를 뽑아 들고 재겸을 향해 달려들었다.

"죽어!"

길평이 단도를 휘둘렀다. 재겸과 길평이 뒤엉키며 바닥으로 쓰러졌다. 재겸은 단도를 쥔 길평의 손목을 틀어쥐고 간신히 버텼다. 길평의 손에 쥔 단도가 재겸의 목에 바짝 다가왔다.

"단주, 내 반드시 당신을 형조로 끌고 갈 것이야."

"형조로 끌고 간다고 뭐가 달라질 거 같으네?"

길평이 웃었다. 아래턱이 올라서고, 입술이 솟았다. 이자는 형조에 끌려가서도 결코 입을 열지 않을 것이었다. 그렇다면 이자의 입을 어떻게 열어야 할까? 수레의 다른 쪽 바퀴도 빠진 듯 수레가 다시 세차게 회전했다. 길평은 수레와 말을 연결한 밧줄을 꽉 붙잡았다. 재겸도 재빨리 수레의 귀퉁이를 단단히 잡았다.

"니미럴……."

무언가를 발견한 길평의 두 눈이 잔뜩 부풀어 올랐다. 말이 화살과 같은 속도로 또다시 모퉁이를 향해 달리고 있었다. 길평은 재빨리 움켜쥔 밧줄을 놓았다. 하지만 크게 원을 그리고 있는 궤적을 벗어나지 못하고 그대로 담장으로 날아갔다.

재겸은 눈앞으로 다가온 벽을 놀란 눈으로 바라보았다. 하지만 피할 수는 없었다. 수레가 그대로 담장에 부딪쳤다. 산산조각 난 수레가 사방으로 튀어 올랐다.

쿨럭, 재겸의 입에서 거친 기침과 함께 피가 솟구쳤다. 바닥에서 몸을 일으키려 했지만 쉽지 않았다. 마치 가위에 눌린 것처럼 몸이 좀체 움직이지 않았다. 비틀거리는 발소리가 가까워졌다. 재겸은 고개를 들어 다가오는 자를 살폈다. 길평이 손에 단도를 쥔 채 독기를 품은 눈빛으로 다가왔다. 그가 재겸의 멱살을 움켜쥐었다.

"네놈은 말이디, 상단이 산적의 습격을 받았을 때 죽었어야 해. 그런데 왜 이렇게 살아남아 나를 괴롭히느냐 이기야?"

"단주, 내 10년을 조선팔도를 떠돌아다니며 수많은 자들을 보았습니다. 거짓으로 살아가는 이들은 쉽게 돈과 자리를 차지하더군요."

"긴데?"

"하지만 그 최후가 좋지만은 않더라 이겁니다."

"네놈이 뚫린 입이라고 못 하는 말이 없구나야. 내 손에 쥐어진 이 칼이 보이지 않네? 이젠 나에게 목숨을 구걸해야 할 것이 아니네?"

"단주, 구걸한 목숨으로 살아가는 인생만큼 구차한 건 없습니다. 어디 한번 찌를 테면 찔러보시오."

칼을 쥔 길평의 손이 하늘을 향해 솟구쳤다. 이대로 끝인가? 심대감의 꿍꿍이를 밝혀내지 못하였으니, 임금도 그 자리가 위태로워지는 것인가? 어느새 자신보다 나랏님을 먼저 걱정하게 된 자신이 우스웠다. 이제껏 자기의 안위만을 위해 살아온 그가 아니었던가.

"자, 이젠 그만하게."

한겨울 찬 바람 같은 목소리가 날아들었다. 그와 동시에 재겸의 목을 움켜쥔 길평의 손아귀에서 힘이 빠져나갔다. 재겸이 컥컥 숨을 몰아쉬며 고개를 드니, 길평이 왼손으로 제 오른 어깨를 감싼 채 고통스러운 듯 바닥을 구르고 있었다. 길평의 어깨에는 화살의 깃 간이 고슴도치의 가시처럼 박혀 있었다.

말발굽 소리와 함께 어둠 속에서 흑립을 쓴 자가 손에 활을 들고 나타났다.

"이자가 바로 심 대감의 뜻으로 4대 소문에 방을 붙인 녀석이렷 다?"

목소리를 듣자 이내 누구인지 알 수 있었다. 이한익 대감이었다.

이한익 대감의 뒤로 말을 탄 자들의 모습이 보였다. 모두들 허리 엔 칼을 차고, 손에는 활을 들고 있었다. 이한익이 등장하자 길평은 경계하듯 입을 꾹 다물고 사태를 파악하기 위해 눈을 껌뻑였다. 이 한익이 예사롭지 않다는 걸 직감한 모양이었다.

"말이 없는 것을 보니 맞는 모양이군. 심 대감의 사람이니 아는 것이 많을 터. 좋아, 이제 이 녀석은 내가 데려가겠네."

재겸은 비척거리며 몸을 일으켜 길평의 앞을 가로막았다.

"아니 됩니다."

"아니 된다?"

흑립이 살짝 기울자 이한익의 한쪽 광대가 드러났다. 광대와 입꼬리를 연결하는 근육들이 너울치듯 움직였다. 곧이어 천둥 같은 호통이 떨어질 줄 알았으나, 그의 입에서는 헛웃음이 터져 나왔다.

"허어……."

이한익이 손에 쥔 활에 화살을 하나 재웠다. 그러더니 재겸을 향해 겨누고 시위를 바짝 당겼다.

"이래도?"

재겸은 눈을 질끈 감고 버티고 선 다리를 움직이지 않았다. 도리어 목소리를 높였다.

"임금님의 뜻입니다. 주상의 뜻을 거역하실 것입니까?"

"임금의 뜻? 네가 임금의 서신을 전하는 팽례이니 그 말에 거짓은 없을 것이나……. 내가 왜 임금을 위해 내가 하고자 하는 것을 포기해야 한다는 것이냐? 구주궁궐에 갇혀 손발이 묶인 임금이 아니더냐?"

재겸의 목젖이 꿀꺽 치솟았다.

이한익의 태도에선 임금에 대한 충의를 눈을 씻고 찾을 수가 없었다. 오로지 심환지 대감에 대한 이유 모를 앙심을 품고서 도성의 밤거리를 떠돌고 있는 게 분명했다. 그를 움직일 수 있는 것은 충의도 정의도 아니었다.

일전에 정약용 대감에게 이한익이란 이름에 대해 물어보았으나 도통 모르는 눈치였다. 판의금부사 민종현 대감을 움직인 자이니 대단한 자임은 분명했다. 이한익이라는 이름조차 가짜일지도 몰랐다. 제 이름도 떳떳하게 밝히지 못하고 어둠 속에 제 모습을 숨기는 자라……. 심환지 대감을 향한 저 복수심마저도 당당히 밝힐 수 없는 게 분명했다.

"또한 제가 하려는 게 대감이 하려는 것과 결국 같습니다."

"같다?"

기울어졌던 대감의 고개가 다시 반듯해졌다. 그러자 달빛에 드러났던 한쪽 얼굴이 갓에 가려졌다.

"하면…… 네놈이 나보다 더 잘할 수 있다는 것이냐?"

왼쪽 입술이 뒤틀리며 다시금 기이한 웃음소리가 들렸다.

"그렇습니다."

"어찌?"

이한익 대감의 웃음이 삽시간에 사라졌다.

"대감이 얼굴을 드러내지 않는 건 그 이유가 있지 않겠습니까? 얼굴을 가리고 도성의 야밤을 틈타 움직이는 이유가 뭘까 곰곰이 생각해보았습니다."

"허어, 생각을 해보았다? 그래서?"

"떳떳하지 못한 일을 하고 계시는 게 아닙니까?"

"네놈이 뚫린 입이라고 함부로 지껄이느냐!"

"아닙니까? 아니라면 왜 당당하게 상소를 올려 해결하시지 않는 것입니까?"

입 주위의 근육들이 경직된 듯 입술이 굳게 닫히고, 턱에 깊고 단단한 주름이 잡혔다. 재겸의 말에 정곡이 찔렸는지 치솟는 화를 애써 참는 모습이었다.

"제 말이 맞는 모양이군요."

"네놈이 나에 대해 뭘 안다고 지껄이느냐?"

"저자를 데려가서 어찌하실 생각이십니까? 입을 여는 게 쉽지 않은 자입니다. 결국은 저자의 목숨을 취하는 게 고작일 터. 심 대감의 수족 하나를 자르려고 관군에게 쫓기는 위험을 감수하실 겁니까?"

"대감, 시간이 없사옵니다. 말을 달리는 소리가 들리는 것을 보니 관군이 몰려오는 모양입니다. 빨리 저자를 처치하고 끌고 가심이……."

심복 하나가 이한익에게 다가와 속삭이듯 말했다. 대감은 당겼던 시위를 놓고 한쪽 손을 들어 사내의 말을 가로막았다. 그리고 흑립 아래로 재겸을 내려다보며 입을 열었다.

"그럼, 내게 말해보거라. 네놈은 심환지 대감을 무너뜨릴 수 있다는 말이냐?"

"대감도 아시다시피 저는 사람의 얼굴을 읽는 재주 하나로 이제껏 살아남았습니다. 반드시 심 대감의 얼굴을 살펴 그의 꿍꿍이를 알아낼 것입니다. 무엇에 대한 복수인지는 모르겠으나 제가 심 대감을 끌어내린 후가 더 쉽지 않겠습니까?"

"허어……."

이한익 대감이 짧은 숨을 내쉬었다.

"그래. 내 자네를 처음 봤을 적에 기이한 느낌이 들긴 하였지. 자네가 사는 것이 나에게 도움이 될 거라는 생각 말이야. 그 느낌을 한번 믿어보도록 하겠다."

대감이 말머리를 돌리려고 했지만 재겸이 그를 불러 세웠다.

"대감."

이한익 대감이 흑립 끝을 손에 쥔 채 뒤돌아보았다.

"또 뭔가?"

"지난번에 제게서 가져가신 그것 말입니다. 제 손에 있는 게 더 쓰임이 많지 않겠습니까?"

또다시 턱밑까지 차오른 웃음이 숨구멍을 겨우 비집고 새어 나오는 숨과 뒤섞여 기이한 소리를 냈다. 대감이 허리춤을 뒤져 무언가를 재겸에게 툭 던졌다. 그리고 다시 말머리를 돌렸다. 다른 사내들도 일사분란하게 그를 따라 어둡고 좁은 골목으로 사라졌다. 그들이 사라지고 일각도 지나지 않아 요란한 말발굽 소리와 함께 관군들이 몰려들었다. 수많은 관군을 발견하자 길평은 도주를 포기한 듯 제자리에 풀썩 주저앉았다.

관군들이 재겸을 포박하듯 주위를 에워쌌다. 푸르륵, 하고 말들이 뿜어대는 콧김이 안개처럼 자욱했다. 재겸이 관군들을 올려다보자 그중 하나가 앞으로 나왔다. 말에 올라탄 자의 얼굴이 선명하게 드러났다. 정약용 대감이었다. 그리고 그 옆에 선 검률이 타고 있는 말에는 서조가 앉아 있었다.

23

이조판서가 벌여놓은 해괴한 짓이 한두 가지가 아니다. 모두
조정을 욕보이는 단서가 되는 일들인데, 아직 듣지 못하였는
가?

정조의 비밀 편지 中

"흐음…… 이걸 어쩐단 말이냐. 아무리 주리를 틀고 치도곤을 쳐
도 입을 열지 않으니."

정약용 대감이 한숨을 내쉬었다. 길평을 잡아들인 지 이틀이 지
났다. 임금께도 방을 붙인 자를 잡았으니 심 대감의 꿍꿍이를 밝힐
것이라 고하였는데, 길평이 좀체 입을 열지 않으니 옴짝달싹할 수
가 없었다.

"자네가 한번 해보겠나?"

주리를 틀고 치도곤을 쳐도 자복하지 않는 자의 입을 어떻게 열
어야 할 것인가. 놈이 잃기 두려워하는 것을 찾아내어 그걸 물고 늘

어져야 할 것이었다. 재겸이 입술을 질끈 깨물었다.

"네, 제가 한번 그자가 숨기는 걸 파헤쳐보겠습니다."

길평의 몰골은 심각했다. 장을 맞은 곳이 터지고 부풀었지만 끝끝내 입을 열지 않았다. 똑바로 앉을 수도 없건만 절대 쓰러지지 않으려는 듯이 한쪽 어깨를 벽에 기대고 재겸을 노려보았다. 보통의 사내들이라면 이미 치도곤을 맞고 혼절하였을 것이나, 길평은 지독한 정신력으로 버티고 있었다.

길평이 아래턱을 치켜들고 재겸의 눈을 똑바로 들여다보았다. 심환지 대감이 자신을 버리지 않을 거라 확신하는 모양이었다. 대감에 대한 믿음이 어찌 이리 단단할까. 아니, 대감에 대한 믿음이 아니었다. 길평과 같이 영악한 자는 사람을 믿지 않는다.

그렇다면 이 초연함은 어디에서 올까. 하나뿐일 것이었다. 심 대감이 자신을 구해내야만 할 거라는 자신감. 심 대감이 길평을 버릴 수 없다는 확신. 길평이 심 대감의 꿍꿍이를 만천하에 드러낼 수 있는 증좌를 쥐고 있음이 틀림없었다. 심 대감이 움직이기 전에 이자의 입을 열어야 했다.

재겸은 길평의 앞에 자리를 잡았다.

"단주, 상인이 아니랄까 봐 손속이 아주 빠르시오."

길평은 뱀처럼 가늘게 뜬 눈을 껌뻑일 뿐 다문 입을 열지 않았다.

"도성의 물품은 물론 개성상단의 귀한 물품을 죄다 빼돌렸다 하던데."

길평의 눈 끝이 살며시 웃었다. 흔들려 해도 소용없으니 그만두라는 뜻이었다.

"그런데 말이오, 단주. 내 단주를 오래전에 이미 겪어보지 않았습니까."

재겸의 눈썹이 내려앉으며 눈꼬리가 일그러졌다. 자기도 모르게 꽉 깨문 어금니가 얼얼했다. 그에게 누명을 씌운 자였다. 당장이라도 녀석에게 달려들어 주먹질을 하고 싶은 마음이 굴뚝같았다. 하지만 지금은 10년 전 일이 우선이 아니라는 생각을 되뇌며 입술을 앙다물었다.

"단주는 제일 중한 건 절대 다른 이에게 맡기지 않는단 말이지. 그런 걸 다른 이에게 맡겼다면 불안해서 잠을 이루지 못할 테니."

길평이 표정을 감추려는 듯 입가에 힘을 줬다.

"한데 말입니다. 내 옥을 지키는 이들에게 물어보니 옥에 갇힌 자답지 않게 잘 먹고 잘 자며 여유롭게 지낸다는 말을 들었습니다."

"기래서?"

드디어 길평의 입술이 툭 벌어졌다.

"합리적으로 생각해보자 이 말입니다. 자신의 손에 있어야 할 중한 것이 다른 자의 손에 들어갔을지도 모르는 상황인데, 잃을 게 없다는 표정으로 옥에 들어앉아 있는 단주의 모습이 아주 이상하지 않습니까?"

길평이 코웃음을 쳤다. 급기야 더 이상 말을 섞지 않겠다는 듯, 질끈 눈을 감아버렸다.

"단주가 아랫사람을 믿지 않을 것은 확실한데, 이렇게 형조에 붙들려 이틀이 지나도록 불안한 기색을 보이지 않으니 그건 무슨 까닭이겠습니까? 중요한 것들이 아랫것들의 손에 없으니 그런 것 아니겠습니까?"

지진이 일듯 눈꺼풀 아래 눈동자가 요동쳤다. 솟구치려는 눈썹을 애써 붙드는 게 분명했다.

"도성에 오랫동안 있었으니 중한 것이라면 개성에 두지 않고 이곳으로 가져왔을 터인데……."

길평의 굳게 다문 입술 끝이 광대를 향해 꿈틀거렸다. 당황한 표정을 감추려는 모습이었다.

"그렇다면 물건들을 도성 밖으로 빼낼 때 같이 가지고 가야 했을 터인데, 그 귀중한 것을 행수의 손에 맡기진 않으셨을 것이고……."

길평의 콧구멍이 움찔 커졌다.

"관군들이 오늘 대감의 집을 쳐들어가 집 안을 모조리 뒤져 무얼 발견한지 아십니까?"

길평이 비웃음을 참는 듯했다. 집을 아무리 뒤져봤자 아무것도 찾을 수 없을 것이라는 자신만만한 웃음이었다. 재겸은 느긋하게 고개를 저었다. 그렇다면 집 안에 숨겨놓은 것이 아니었다.

"그래, 발견한 게 없었지요. 그렇다면 의문입니다. 집 안에 숨겨져 있는 것도 아니라면 땅으로 꺼진 것입니까, 아니면 하늘로 솟은 것입니까?"

길평의 바짝 당겨진 입술 끝이 슬며시 풀렸다. 안심하는 것이었다. 도성을 빠져나간 이들을 추격해도 집을 뒤져도 소용없다는 말이었다. 재겸의 눈이 가늘어졌다.

"그렇다면 단주가 직접 지니고 있어야 할 터인데, 온갖 고초를 당하고도 들키지 않았다면……."

길평이 감았던 눈을 번쩍 떴다. 눈썹의 양끝이 주저앉고 이를 앙다물었는지 광대 주위의 근육이 치솟았다. 주먹을 꽉 움켜쥐고 있는 그의 어깨가 떨렸다. 자신이 숨긴 귀중한 것에 한발 다가선 재겸을 향해 치솟는 분노를 숨기는 것이었다. 제 소중한 것을 지키기 위해 이빨을 드러낸 승냥이의 모습이었다. 재겸이 벌떡 몸을 일으켰다.

그는 즉시 정약용 대감을 찾아 길평이 붙잡혔을 때 입었던 도포를 보여달라 했다. 대감은 길평의 도포는 형조의 창고에 보관되어 있다고 일러주었다. 창고에 가니 길평의 도포가 가지런하게 개어져 있었다.

재겸은 길평의 도포를 찬찬히 살폈다. 빳빳하게 풀을 먹인 도포는 비가 내려도 쉽게 젖지 않을 것 같았다. 도포를 뒤집어 솔기를 칼로 하나하나 뜯어냈다. 그러자 덧대어 꿰맨 곳에 종이가 들어 있었다. 조심스레 꺼내어보니 조선팔도에 있는 점포의 소유권이 기록된 증서였다. 길평은 상단의 재산 증서를 항시 품에 지니고 다닌 것이었다.

재겸은 그것을 들고 옥사를 다시 찾았다. 길평은 이전과는 다른 모습이었다. 불안한 눈빛으로 재겸의 손에 들린 증서를 노려보았다. 재겸은 그것을 횃불 가까이 가져갔다.

"단주는 분명 대감의 간계를 밝힐 중요한 증좌를 손에 쥐고 있을 거라고 생각했소. 자, 이제 결정하시죠."

길평이 하는 수 없다는 듯이 입을 열었다.

"심환지 대감이 청한 일이었디. 4대 소문에 방을 붙이게 한 것 말이야."

"대체 그 증좌가 무엇입니까?"

"대감이 방을 붙인 조한성을 만났다는 걸 증명할 게 내 손에 있디."

재겸의 눈 위쪽에 자리한 전택이 커지며 눈썹을 밀어 올렸다.

"그게 뭡니까?"

"네가 이한익이라는 자에게서 받은 그 노리개. 기게 방을 붙인 이들과 연루되어 있다고 하디 안아써?"

"용삼작 노리개 말이군요."

길평이 고개를 끄덕였다.

"그 노리개는 인삼을 청나라에 팔고 사들인 귀한 것이디. 내래 청나라에서 구해다 심환지 대감에게 건넨 것이야. 붉은 산호는 구하기 힘들어 청나라에서도 몇 개 만들어지지 않은 값비싼 것이디."

"그 노리개를 심환지 대감에게 건넸다는 걸 증명할 수 있습니까?"

"물론이디."

길평이 고개를 끄덕였다. 자기의 재산을 지키기 위해 심환지 대감을 배신하기로 결심한 듯했다. 제 손속을 위해 배신을 손바닥 뒤집듯이 하는 뼛속까지 장사치였다.

"어떻게 증명한다는 겁니까?"

"내래 심환지 대감이나 고관대작들에게 건넨 것들을 모두 장부에 기록하였디 않아? 젓가락 하나 찻잔 하나 받은 사람과 날짜까지 모조리 목록으로 만들었디. 언젠가 대감이 내 목숨을 위협할 것을 대비해 외딴곳에 숨겨두었디."

"그 목록을 내어줄 수 있습니까?"

길평이 생각에 잠긴 듯 눈을 껌뻑였다. 손에 쥔 마지막 패이니 셈을 하는 모양이었다. 손에 쥔 것의 값어치를 저울질하는 듯했다.

재겸은 길평을 그냥 놓아주는 것이 억울했지만, 지금은 복수보다 더 중요한 일이 눈앞에 있었다.

"그 목록을 내어주면 단주를 방면하도록 형조참의 어른께 말씀드리겠소. 그럼 재산을 가지고 청나라든 어디든 도망갈 수 있지 않겠습니까."

반 시진 뒤, 한 무리의 사람들이 형조를 나섰다. 길평과 재겸이 앞장을 서고, 그 뒤를 정약용 대감과 검률 둘이 따랐다. 곧장 길평의 비밀 창고로 향했다. 그곳에 심환지 대감과 고관대작들에게 전한 물건의 목록이 적힌 장부가 보관되어 있다고 했다.

일행은 북으로 난 창의문을 지나 삼각산을 달렸다. 커다란 능선을 넘자 어두운 밤을 물들이는 시뻘건 불빛이 보였다. 그들이 도착하기도 전에 길평의 창고는 불길에 휩싸여 있었다.

　지붕까지 치솟은 불길은 모든 것을 태워버릴 듯 탐욕스레 넘실거렸다. 길평은 사라진 제 동아줄에 참담한 표정을 지었고, 재겸은 타오르는 불길을 바라보며 넋을 잃고 말았다. 지붕이 무너지자 시뻘건 불덩이가 사방으로 튀었다. 10년 전과 달라진 게 아무것도 없었다. 재겸은 사방이 불길로 막힌 듯 답답함을 느꼈다. 다시 제자리였다.

24 /

나는 경에 대해 숨기는 것이 없다. 예전부터 부족한 점이 없었
는데 이제 와서 어찌 가사(家舍)의 일로 사례한단 말인가? 도리
어 개탄스럽다.

정조의 비밀 편지 中

조한성이 어둠이 내려앉은 대로를 비틀거리며 걸었다. 모퉁이를
돌자 그의 뒤를 따르는 자의 발소리가 희미하게 들려왔다. 한성이
긴장감에 목구멍 너머로 마른침을 삼켰다.

동생이 목이 졸려 죽은 지 열흘이 지났다. 그리고 지금은 동생을
죽인 자가 그의 목숨을 노리고 있었다. 한성은 동생을 죽인 자를 붙
잡고 싶었다. 누구의 손도 빌리지 않고 꼭 제 손으로.

사흘 전 재겸이라는 자가 한성을 찾아왔었다. 일전에 자신의 얼
굴을 귀신같이 읽어내던 자였다. 동생에게 4대 소문에 방을 붙이는
일을 사주한 자가 제 꼬리를 자르기 위해 동생을 죽인 것이라 했다.

대체 어떤 자가 동생을 꼬여내어 임금을 모욕하는 방을 붙이게 하고, 그 흔적을 감추기 위해 동생을 죽였는지 궁금했다.

재겸의 말로는 높은 자리에 있는 자라고 했다. 그러니 자신이 복수를 돕겠다고. 그를 꼬여만 내면 자신이 그자를 처리하겠다고 약속했다. 하지만 한성은 재겸이 내민 손을 뿌리쳤다. 대신 재겸의 제안대로 그자를 꼬여내기 위해 일부러 눈에 띄게 행동했다. 술에 취한 척 난동을 부리며 동생이 자기 대신 죽음을 당했다는 말을 일부러 흘렸다.

그러기를 사흘째, 집으로 돌아오는데 그를 뒤따르는 자가 있었다. 저잣거리를 지나 소의문 부근까지 발소리가 뒤쫓는 것으로 보아 결코 우연이 아니었다. 동생을 죽인 자였다. 한성은 품에 미리 숨겨둔 단도를 손에 쥐었다. 동생을 죽인 녀석을 직접 처단할 생각이었다.

술에 취한 것처럼 일부러 비틀거리는 발걸음으로 마당을 가로질렀다. 달빛에 길게 늘어난 그림자가 대청마루에 순식간에 가 닿았다. 한성의 그림자 옆으로 다른 그림자 하나가 천천히 포개졌다.

한성은 재빨리 품에서 칼을 꺼내어 휘둘렀다. 갓을 쓴 자가 놀라 뒤로 물러났다. 그가 휘두른 칼에 갓의 일부분이 잘려 나갔다. 갓 아래로 하얀 뺨과 유난히 붉은 입술을 드러낸 사내가 말했다.

"내가 뒤따르는 걸 알고 있었구나?"

"너로구나. 내 동생을 죽인 자가!"

"나도 네 얼굴을 보고 놀랐지. 어찌 이리 똑같을 수가 있을까. 그래서 의심하였지. 내가 만난 것이 형인지 동생인지. 네놈들의 천한 이름을 기억하지 못해 이렇게 일이 번거롭게 된 것이 아니냐?"

사내가 허리에 찬 칼을 꺼내어 휘두르자 한성의 손에 쥔 단도가 단번에 날아갔다. 칼을 쓰는 솜씨가 보통이 아니었다.

"그 입 닥치고 가만히 있었으면 목숨이라도 보존하였을 것을……."

사내가 번뜩이는 칼날을 한성의 목을 향해 겨눴다. 그가 눈을 질끈 감았다. 재겸이란 자가 내민 손을 잡았어야 했다. 하지만 이제와 후회해도 소용없었다.

"바로 너로구나!"

모든 것이 끝났다고 생각하는 순간, 방문이 열리며 한 사내가 대청마루로 나왔다. 재겸이란 자였다. 그는 입가에 여유로운 미소를 흘리며 한성을 보호하듯 그의 앞을 가로막고 섰다. 갓을 쓴 자가 재겸을 향해 칼날을 겨눴다. 단칼에 결판을 지을 모양이었다.

"네가 4대 소문에 방을 붙이도록 사주하고, 그 꼬리를 끊으려 조한영을 죽인 자가 맞느냐? 네놈을 잡으려 이렇게 기다리고 있었다."

재겸의 말에 갓을 쓴 사내의 붉은 입술이 일그러졌다. 재겸 하나쯤은 단번에 해치울 수 있다는 듯이 칼을 머리 위로 치켜들었다. 날카로운 칼끝이 달빛에 번뜩였다.

"어허, 조심하시오. 내가 혼자일 거라 생각하는 건 아니겠지?"

갓을 쓴 자가 주위를 살폈다. 그때 사립문으로 손에 몽둥이를 든 서조가 걸어 들어왔다. 담장 위로 전립을 쓴 관군들의 머리가 여럿 보였다. 한영을 죽인 자가 나타나기를 기다리며 잠복해 있었던 것이 분명했다.

순식간에 관군에 둘러싸인 사내는 손에 든 칼을 떨궜다. 절대로 도망칠 수 없다는 사실을 깨달은 것이었다.

"어…… 어찌하여?"

다리에 힘이 풀려 주저앉은 한성이 재겸을 올려다보았다. 분명 재겸의 제안을 거절했는데, 어찌 그가 집에 숨어 있었는지 도무지 이해할 수 없다는 얼굴이었다.

"자네가 나에게 말하지 않았나?"

"무…… 무슨 말을 하였다는 건지?"

"자네의 얼굴에 다 드러났었지. 동생의 복수를 반드시 하겠다고. 그래서 자네에게 내 계획을 은근슬쩍 흘렸네. 내가 생각해낸 수가 마음에 든다면 그대로 따를 것이라 확신했지."

그는 재겸의 손속에 놀아났다는 생각에 놀란 표정을 지었다.

그사이 형조의 관군들이 갓을 쓴 자에게 다가가 오랏줄로 팔을 묶었다. 재겸은 천천히 사내에게 다가섰다. 드디어 심환지 대감의 수족인 설호를 붙잡았다는 생각에 입가에 미소가 지어졌다. 사람을 해치려던 현장을 들켰으니 결코 발뺌하지 못할 터였다. 그리고 심 대감에게도 치명적인 약점이 될 것이 분명했다.

형조의 검률이 사내의 갓을 벗겨냈다. 하지만 달빛에 드러난 건 설호의 얼굴이 아니었다. 유난히 말간 얼굴에 붉은 입술을 가진 사내였다. 믿을 수 없다는 듯 재겸의 눈동자가 흔들렸다.

"아니, 당신은⋯⋯."

25 /

이것은 절대로 직접 쓰지 말고, 종(種, 심능종)을 시켜 붓을 잡고 대략 기록하도록 하라. 비단 경의 수고를 덜기 위해서만이 아니라 종(種)의 이력을 위해서라도 반드시 이대로 하는 것이 어떠한가?

정조의 비밀 편지 中

심환지 대감의 사랑채에 정약용 대감과 재겸이 들었다. 무장을 한 형조의 관군들은 밖에서 경계를 섰다. 아무도 사랑채에 들고 나지 못하게 하겠다는 비장한 표정이었다.

심 대감의 맞은편에 정 대감이 자리를 잡고 앉았고, 재겸이 그 옆에 섰다. 설호도 심 대감 뒤에 호위무사처럼 버티고 섰다. 서로 말 없이 한참을 바라만 보다가 심 대감이 먼저 입을 열었다.

"그래, 어인 일인가?"

"이조참판 심환지 대감이 4대 소문에 방을 붙이라 종용하여 주

261

상을 능욕하고, 시파의 사람들과 몰래 회합하여 탕평을 어질렀다 하여 이를 조사하고 있소이다."

"그래, 증좌는? 나를 이렇게 찾아올 정도면 증좌는 있어야 할 것 아닌가?"

"여기, 임금과 대감 사이에서 서신을 나르던 팽례의 증언은 어떠하십니까? 대감도 아시다시피 이자의 눈썰미가 아주 뛰어나지 않습니까? 대감의 얼굴에서 4대 소문에 방을 붙이게 하였다는 사실을 읽어냈다 하더군요. 개성상단의 단주인 길평을 이용해서 말이지요. 또한 그 상단은 시와 벽을 넘어서 여러 고관대작의 집에 뇌물을 가져다 바치지 않았습니까?"

"그건 말뿐이 아닌가?"

"네?"

"저자가 사람의 얼굴을 읽는다 하였나? 그래봤자 투전판의 투전꾼들의 얼굴이나 읽어내는 시정잡배일 뿐이야. 참으로 한숨이 나오는구면. 정(正)을 위하여 옳은 소리를 모아 옳지 않은 것을 밝혀내야 할 형조가 아닌가. 언제부터 형조가 시정잡배의 말을 듣고 움직였나?"

정 대감의 이마가 일그러졌다. 하지만 차분하게 품에서 서신을 하나 꺼내어 심 대감에게 내밀었다.

"이 서신을 기억하십니까?"

심 대감이 서신을 조심스레 들여다보았다. 한쪽 눈썹이 일그러지고 뺨이 살짝 떨려왔다. 하지만 이내 흙탕물이 가라앉듯이 흔들리던 눈동자가 차분하게 가라앉았다.

"이 서신이 어떻단 말인가?"

"대감이 시파에 몸담은 판의금부사 민종현에게 보낸 서신이 아닙니까? 보낸 이가 대감이 맞으시지요?"

"그래, 내 글씨가 맞네만."

"서신의 내용을 보자면 민 대감에게 시파의 무리에 섞여 있으면서 그곳에서 일어나는 일들에 대해 몰래 말해달라고 청하는 부분이 있습니다. 이건 시파에 내통하는 자를 심어 탕평을 어지르려고 하는 증좌가 아닙니까?"

"나는 말이지."

심 대감이 자세를 고쳐 앉았다.

"벽파의 자리에 앉아 한 점 부끄럼 없이 살아왔어. 그런데 어느 날 민 대감이란 자가 내게 뜻을 함께하고 싶다고 서신을 보내왔지 않겠나? 본래대로라면 강상을 그르치는 그자의 성정을 꾸짖어야 하는 게 맞겠지. 하나, 시파에 그자와 같은 자들이 한둘이 아니라는 생각이 들었네. 그래서 저자와 같이 도리를 그르치는 이들이 또 있는지 알아보기 위해 쓴 것이네. 막힌 도랑을 뚫으려면 흙탕물을 손에 묻히지 않고 어찌 해결한단 말인가."

심 대감은 한 치도 물러섬이 없었다. 그러한 대답을 이미 예측하고 있었다는 듯이 정 대감이 평온한 얼굴로 두루마리를 하나 꺼내어 심 대감 앞에 툭 던졌다. 설호가 한 걸음 나와 두루마리를 집어 심 대감에게 건넸다. 그는 두루마리를 펼쳐 들고 거기에 쓰여진 내용을 빠르게 읽어 내려갔다. 이내 다 읽은 것인지 콧등에 잔뜩 주름이 잡았다.

"금시(今時)의 형조의 행태가 심히 안타까울 뿐이네. 시정잡배의 말에 휘둘리더니 이제는 제 손속으로 움직이는 장사치의 증언을 내게 들이대는 것인가? 세 치 혀만 놀리는 자들이 아닌 진짜 증좌를 가져와보란 말이야."

심 대감이 손에 쥔 두루마리를 벽을 향해 던졌다.

"정말 이렇게 나오시겠다?"

정 대감이 경고를 했지만, 심 대감은 조금의 흔들림도 없이 냉랭한 눈빛을 쏟아냈다.

이내 정 대감이 헛웃음을 짓고는 재겸을 돌아보았다.

"이봐, 그럼 자네가 부인할 수 없을 증좌를 보여드리게나."

그의 입에서 흘러나온 '부인할 수 없다'라는 말에 심 대감의 어깨가 움찔했다. 하지만 이내 평정심을 되찾은 듯 어깨를 당당하게 펼쳤다. 재겸은 주머니에 든 것을 꺼내어 심 대감 앞에 있는 반상에 올려놓았다. 대감의 눈동자가 좌우로 빠르게 움직였다. 용삼작 노리개를 기억하는 것이 분명했다.

"대감, 이 노리개가 어디에서 발견되었는지 아십니까?"

"내가 그걸 어찌 안단 말인가."

심 대감의 턱이 돌출되듯 위로 향했다. 분명 아는 것을 감추는 모습이었다.

"이 노리개는 4대 소문에 방을 붙인 자의 손에서 발견되었습니다. 보수를 받으러 간 자리에서 목매달려 죽은 채 말입니다. 저는 그날 살인을 저지른 자를 뒤쫓으려고 하였지만 놓치고 말았지요."

"그게 나와 무슨 상관이 있다고 이렇게 사설을 늘어놓는 게냐?"

"도성 안에서 이런 귀한 노리개를 가질 만한 자는 몇 되지 않는다는 생각이 들었습니다. 그래서 이 노리개의 주인을 추적하다 아주 재미있는 이야기를 들었습니다."

심 대감이 입 안에 가득 고인 침을 목구멍으로 꿀꺽 삼켰다.

"이 노리개는 용을 상징하기에 조선 땅에서는 함부로 만들 수 없는 것이라고 합니다. 그 말인즉슨, 조선에서는 같은 노리개를 찾아볼 수 없다는 것이지요. 그래서 저는 이 노리개를 청에서 가지고 들어온 자를 찾았습니다. 그게 누구겠습니까?"

"내가 그걸 어찌 알겠느냐."

"개성상단의 단주인 길평이 자복하였지요. 청에서 딱 한 점을 들여와 심환지 대감께 드렸다고."

"아직도 장사치의 말로 나를 옥죄려 하느냐? 이문을 위해서라면 친형제라도 팔아넘길 무리가 아닌가?"

"그럼 이 노리개를 본 적도 건네받은 적도 없다는 말씀이십니까?"

"그렇다."

심 대감이 단호하게 고개를 끄덕였다.

"저도 대감이 이렇게 나오실 거라 생각하였습니다. 그래서 이 노리개만으로는 증좌가 될 수 없으니, 더 큰 증좌를 손에 넣어야 한다고 형조참의께 아뢰었습니다. 그래서 노리개의 주인을 찾은 대신 노리개의 주인이 직접 움직이게 덫을 놓았습니다."

"덫?"

심 대감의 이마에 송글송글 땀방울이 맺혔다. 생각이 어딘가에 이른 모양이었다. 지난밤 꾸었던 사나운 꿈자리가 눈앞에 다시 펼쳐진 듯 두려운 얼굴이었다.

"4대 소문에 방을 붙이게 사주한 이에게 죽임을 당한 조한영이라는 자에게는 얼굴이 똑같은 쌍둥이 형제가 있습니다. 노리개의 주인은 쌍둥이의 존재를 모를 터, 이 점을 이용하였습니다. 일전에 노리개의 주인을 만났던 것은 형 조한성이며, 얼굴이 똑같이 생긴 동생 조한영이 보수를 받기 위해 대신 갔다가 죽음을 당하였다. 이 소문이 노리개 주인의 귀에 들어간다면 그자는 어찌할 것 같습니까?"

심 대감이 바짓단을 꽉 움켜쥐었다. 대낮에 귀신이라도 본 것처럼 눈에 초점이 없었다.

정약용 대감이 입을 열었다.

"어젯밤, 조한성을 죽이려던 한 사내를 잡아들였소이다. 그자가 바로 대감의 아들인 능종입니다. 즉시 형조로 끌고 가 문초하자 자신의 모든 죄를 낱낱이 밝혔습니다."

지난밤 악몽이 결국 현실이 된 것처럼 심 대감은 넋이 나간 듯 보였다.

266

"대감, 대감은 세상에 나와 높은 관직에 올라 뜻을 이루었고 살 만큼 살았으니 두려울 게 없지 않겠소. 그러니 어떠한 증좌를 들이 대도 바위처럼 버티고 서서 꼼짝하지 않을 테지요. 한데, 대감을 대신해 가문을 이을 유일한 아들의 일이라면 어떻습니까? 대감의 야망을 위해서 자식인 능종의 목숨을 내어놓을 수 있으시겠습니까?"

심 대감의 두 손이 무릎 위로 툭 떨어졌다. 꼿꼿하던 허리는 버드나무처럼 구부러지고, 손가락은 바람에 흔들리는 한겨울 들풀처럼 가늘게 떨렸다. 대감의 눈동자에 초점이 흐트러지고 와잠에 눈물이 차올랐다.

"대감, 제발……. 제발, 내 자식만은……."

사직 상소의 주지는 다음과 같이 하라.

"신은 일편단심으로 성상의 뜻을 밝히고 성상의 덕을 높이는 것을 위주로 삼았습니다. 그리하여 성은이 막혀 베풀어지지 못하거나 어리석은 백성이 감사할 줄 모르는 일은 반드시 드러내고자 하였습니다. 풍문이 사실인지 거짓인지는 따지지 않고, 아는 것은 모두 말한다는 의리에 따라 감히 얕은 소견을 아뢰었습니다."

정조의 비밀 편지 中

임금의 명에 따라 심환지 대감이 사직되었고, 네 해가 지났다.

개성 장터의 밤은 떠들썩했다. 보부상들이 들어찬 주막의 객방에서는 투전판이 벌어졌다. 투전패를 들고 둥글게 둘러앉은 자들이 돈을 투전판에 던져 넣었다. 패랭이를 쓴 자가 손에 쥔 투전패를 내팽개치며 물러났다. 그리고 방구석에 가만히 앉은 한 사내를 불렀다.

"이봐, 재겸이. 자네도 같이하지 않겠나? 밤은 아주 길다네. 지루한 밤을 어이 나려고?"

"어이구, 우리 형님한테 아무리 그래도 소용없습니다."

한쪽 다리를 절룩이는 서조가 방 안으로 들어서며 대꾸했다. 그는 봇짐을 재겸 옆에 내려놓고는 투전꾼들 사이를 비집고 들어갔다.

"우리 형님은 투전을 손에서 놓은 지 네 해가 지났습니다."

"기생집에 발길은 끊어도 투전판에 발길을 끊을 수는 없는 법인데, 무슨 일이 있었소?"

패랭이를 쓴 자가 궁금한 표정으로 물었다.

"그게 말입니다."

서조가 제 무릎에 두 손을 얹고는 투전꾼들을 휘이 둘러보았다.

"제 형님은 투전꾼들의 얼굴을 척 보면 그 사람이 쥔 패가 들여다보인다는 거 아닙니까?"

좌중에 웃음이 파도처럼 일었다. 패랭이를 쓴 자가 웃음을 멈추고 입을 열었다.

"예끼, 이 양반아. 그게 말이 되는가? 게다가 투전꾼들의 패가 고스란히 보인다면 더더욱 투전을 하려드는 게 정상이 아닌가?"

"우리 형님은 상대의 손에 쥔 패뿐만이 아니라 그 사람한테 무슨 일이 있었는지 훤히 들여다볼 수 있단 말이오."

"이 양반, 보따리 장사를 하더니 허풍만 늘었구랴."

"어허, 직접 보여줄 수도 없는 노릇이고."

서조가 재겸을 향해 돌아앉았다.

"형님, 다들 비웃는데 한번 보여줘. 이 사람들이 매운맛을 봐야 정신을 차리지 않겠어?"

서조의 부탁에 재겸은 말없이 미소를 지었다.

패를 손에 쥔 투전꾼들은 서조와 재겸을 번갈아 보았다. 서조의 말에 흥미를 느낀 까닭이었다. 이에 재겸은 한숨 섞인 말을 내뱉었다.

"다 부질없는 짓입니다. 사람의 얼굴을 읽어 무엇 합니까?"

패랭이를 쓴 자가 웃음을 터뜨리고는 입을 열었다.

"아니, 사람의 얼굴을 읽을 줄 알아 무엇 하다니. 할 수 있는 게 아주 많지 않소이까? 상인이라면 커다란 상단을 일으킬 것이고, 뼈대 있는 가문이라면 큰 벼슬에 들 일이지. 내가 사람의 얼굴을 읽을 수 있다면 적어도 이런 주막을 전전하는 게 아니라 지금쯤 기생집을 들락거리고 있겠소이다."

"내 지금 떠오르는 이야기가 하나 있는데……."

재겸이 고개를 들어 남자의 얼굴을 물끄러미 들여다보았다.

"하루아침에 사람의 생각을 읽게 된 사내에 대한 이야기입니다. 평범하던 사내가 하룻밤에 놀라운 힘을 가지게 된 것이지요. 가만히 눈을 감고 있으면 주위 사람들의 생각이 고스란히 들렸습니다.

사내는 자기에게 생긴 능력으로 큰일을 할 수 있겠다며 기뻐했죠. 그렇게 그는 살던 작은 마을을 떠나 연경에 이르렀죠. 살아생전 보아왔던 사람의 수보다 한 식경 동안 대로에서 마주친 사람이 더 많은 곳이었습니다. 사내는 제일 먼저 무얼 하였을 거 같습니까?"

"글쎄 나 같으면 아리따운 여인의 속마음을 훔쳐보았을 것을⋯⋯."

남자의 대꾸에 투전꾼들이 어깨를 들썩이며 웃음을 터뜨렸다.

"먼저 연경에서 제일 큰 부자를 찾아갔습니다. 그의 생각을 읽기 위해서였죠. 어떻게 돈을 벌었고, 모은 재물을 어디에 숨겼는지 단번에 알아낼 수 있었지요. 그래, 사내는 머지않아 연경에서 제일 부자가 되었습니다. 수중에 많은 돈이 들어오니 더 이상 돈이 중요하지 않았습니다. 이젠 연경에서 가장 예쁘다고 소문난 여인을 품고 싶다는 욕심을 냈지요. 그래서 변복을 하고 여인을 찾아가 그녀가 원하는 걸 들여다보았습니다. 여인은 황제와의 합방을 간절히 원하고 있었죠. 사내는 고민이 들었습니다. 돈은 얼마든지 가져다 바칠 수는 있으나 권력은 또 다른 문제이니. 그래, 이번에는 사내가 어찌하였겠습니까?"

"그야, 황제의 생각을 읽었겠지."

"그렇습니다. 황제에게 선물을 바친다는 핑계로 황제를 알현하였지요. 한데 사내는 황제에게서 놀라운 것을 알게 됩니다. 그는 범부를 부러워하고 있었지요. 하루 종일 황궁에 갇혀 지내는 것이 갑갑하여 죽을 지경이었답니다. 이에 사내는 황제에게 아무도 몰래 궁을 빠져나가는 법을 귀띔해주었습니다. 자신이 명의인 척하고 황궁에 들어 아픈 황제를 치료한다는 핑계로 침소에서 신하들을 모두 물리면, 그사이 황제가 몰래 황궁을 빠져나가 바깥 구경을 다녀오는 것이었지요."

"그래서?"

남자가 재겸의 이야기가 재미있다는 듯이 입가에 미소를 띄웠다.

"황제는 사내의 말에 따랐습니다. 황제가 황궁을 나서자, 사내는 계획한 일을 벌였지요. 황제 행세를 하며 자신이 흠모하던 여인에게 서신을 띄워 궁에 들게 한 겁니다. 그렇게 사내는 소원대로 여인과 잠자리를 갖게 됩니다. 하지만 잠이 든 사내의 머릿속에 사람들의 생각이 들리기 시작했습니다. 황제를 모시는 신하들과 황후의 목소리였죠. 그들은 황제를 죽이기 위하여 황제가 아픈 틈을 노리고 있었습니다. 황제가 먹고 마실 음식에 독을 타고 그가 죽기만을 기다리고 있었던 거죠. 그제야 사내는 제 발로 죽음의 길에 들어섰음을 깨달았습니다. 하나, 이미 몸에 독이 퍼져 돌이킬 방법이 없었던 것이죠."

남자가 놀란 얼굴로 재겸을 바라보았다.

"어떠십니까? 사람의 생각을 읽는 자의 최후가 마냥 행복해 보입니까?"

남자가 고개를 저었다.

"그래서 저는 사람들의 얼굴을 더 이상 들여다보지 않기로 결심했습니다. 얼굴을 읽으면 읽을수록 생각지 못한 구렁텅이로 점점 발을 들이는 느낌이기 때문입니다."

재겸이 몸을 일으키며 서조를 향해 나직이 소리쳤다.

"서조야, 그만 가자. 더운 낮보다는 서늘한 밤에 움직여야지."

재겸의 말에 서조가 손에 쥔 투전패를 아쉬운 표정으로 내려놓았다. 재겸이 방을 나서려고 하자 남자는 못내 아쉬운 표정을 지었다. 재겸이 그를 돌아보며 한마디를 던졌다.

"아참, 나라면 그 패로 가진 돈을 전부 걸지는 않을 겁니다."

남자의 눈썹이 너울치듯 일렁이며 입술이 살며시 벌어졌다. 놀란 표정이었다. 이번 판에 가진 돈을 모두 걸겠다고 생각한 참이었다.

"땡을 쥔 게 아니라면 다음 판을 노리시죠. 당신 옆에 앉은 자의 얼굴을 보니 아주 큰 패를 쥔 것 같아서 하는 말입니다."

재겸과 서조는 달빛이 가득 찬 마당으로 나왔다. 그들 앞에 낯선 사내들이 나타나 재겸의 얼굴을 살폈다. 그러고는 그를 향해 물었다.

"그대가 재겸인가?"

그들은 관복을 입고 전립을 쓰고 있었다. 금위군이었다. 금위군이 어찌 개성까지 달려왔단 말인가. 재겸은 천천히 입을 벌려 대답했다.

"그렇소만……."

"재겸은 어명을 받들라."

273

27 /

나는 갑자기 눈곱이 불어나고 머리와 얼굴이 부어오르며 목
과 폐가 메마른다. 눈곱이 짓무르지 않을 때 연달아 차가운 약
을 먹으면 짓무를 기미가 일단 잦아든다. 대저 태양(太陽)의 잡
다한 증세가 모두 소양(小陽)의 여러 경락으로 귀결되어 이근과
치흔의 핵(核)이 번갈아 통증을 일으키니, 그 고통을 어찌 형언
하겠는가?

정조의 비밀 편지 中

재겸이 궁에 들었다. 햇수로 네 해 만이었다. 그사이 임금의 곁을
지키는 금위대장은 다른 이로 바뀌었다. 재겸은 침전에 들기 전에
옷매무새를 단정히 했다. 모든 준비를 마치자 환관이 임금을 향해
아뢰었다.

"전하, 재겸이란 자가 들었나이다."

침전 안에서 희미한 임금의 소리가 들려왔다.

"어서 들라 하라."

재겸은 임금을 향해 조심스레 걸음을 내딛었다. 임금은 상선의 부축을 받으며 몸을 비스듬히 일으켜 앉았다. 그의 얼굴과 등에 난 종기가 잔뜩 부풀었다. 임금이 큰 병을 앓고 있다는 풍문이 거짓이 아닌 듯했다. 재겸은 임금을 향해 절을 올렸다.

"그래, 오랜만이로구나."

임금의 목소리가 예전과 달리 희미했다. 말끝에 실리던 힘은 온 데간데없었다. 말 한마디 한마디가 단단히 뭉치지 못하고 실바람처럼 흩어졌다.

"자네가 간간이 보내주는 소식이 나에겐 세상을 보는 창이라네. 어찌 지냈는가?"

"보따리를 지고 청국을 오가며 장사를 하고 있사옵니다."

"그래? 자네처럼 사람의 얼굴을 읽을 수 있는 자라면 장사가 제격이겠지."

"사람의 얼굴을 읽는 일은 더 이상 하지 않사옵니다, 전하."

"어찌하여? 참 안타까운 일이로다. 여러 모로 쓰임이 많은 재능인데……."

임금의 말끝이 재겸의 귀에 닿기 전에 힘없이 흩어졌다.

"내가 자넬 부른 건 다름이 아니라, 자네에게 무얼 맡기기 위해서야."

재겸은 생각지 못한 임금의 말에 고개를 들었다. 네 해 전, 편전에 들었던 일이 문득 떠올랐다. 심 대감의 두 얼굴을 알아내기 위해 목숨을 걸어야 했던 일도.

"나는 내 죽음이 멀지 않았음을 안다. 그래서……."

임금은 서안의 책 사이에서 미리 써둔 서신 하나를 꺼내어 내밀었다.

"자네에게 마지막으로 부탁을 하려고 하네."

서신은 단단히 봉인되어 있었다. 비밀 편지가 틀림없었다. 이번엔 누구에게 배달되어야 하는지 궁금했다.

임금의 긴 한숨 소리가 들려왔다.

"내 주위에는 그걸 맡길 믿을 만한 이가 없으니. 다 내 잘못이야."

재겸은 고개를 들어 용안을 살폈다. 입꼬리가 힘없이 떨어지고 눈꺼풀이 장막을 친 것처럼 내리깔렸다. 과거의 일들을 떠올리는 듯했다.

"자네가 좌의정 심환지의 증좌를 가지고 왔을 때, 그때 그를 단호히 내쳤어야 했네. 하지만 그러지 못했어."

임금의 얼굴에 후회의 빛이 스치고 지나갔다.

임금이 괴로운 듯 가쁜 숨을 몰아쉬고는 재겸에게 물었다.

"정치의 의미가 무언지 아는가?"

"모르옵니다."

"정치의 정(政)은 바를 정(正)이 아니야. 바를 정 자 옆에 하나가 더 붙어 있지. 바로 회초리네. 회초리를 쳐 바르게 한다는 뜻이야. 치세는 그만큼 쉽지 않아. 시이건 벽이건 선비의 자존심으로 똘똘

뭉친 자들이야. 관직을 준다고 순순히 나를 따를 만큼 어수룩하지 않아. 결코 제 분수를 모르는 족속이지."

임금의 얼굴이 고통스럽게 일그러졌다.

"그들과 함께 치세를 이루는 것은 쉽지 않다네. 욕심을 부리는 족속이 모이면 치세가 기울지. 그래서 그들이 뭉치지 못하게 서로를 의심하며 작당하지 못하게 하여야 하네. 그렇지 않으면 내 아비의 일이 반복되고 말지. 그래서 나는 대의를 위해 옳지 못한 방법을 택하였네."

허망한 기억을 떠올리는 듯 임금의 눈이 느리게 껌뻑였다.

"욕심을 부리고 만 게지. 심환지 대감을 다그치니 시와 벽을 넘어 커다란 세를 구축해놓았단 말이지. 심 대감의 목 하나 날리는 건 어렵지 않았네. 하나 심 대감이 사라지면 그를 중심으로 연결된 자들이 다른 세를 이루어 뭉칠 게 뻔했지. 또다시 같은 길을 걸어가야 한다는 생각이 들었네. 시와 벽을 나누어 당쟁을 일삼고 뒷구멍으로 서로 야합하는 자들과 싸워야 하는 일 말일세. 그래서……."

임금이 계란을 쥐듯 힘없이 움켜쥔 손을 들어 구순(口脣)*을 꾹 눌렀다. 한동안 터져 나오는 기침에 연신 어깨가 들썩였다. 임금의 손 안에 핏자국이 선명했다. 재겸은 놀란 표정을 감출 수 없었다. 임금의 죽음이 멀지 않았다는 것이 새삼 실감됐다.

"그래서 심환지 대감을 살려 우의정과 좌의정에 올렸어. 대감을

---

*   입과 입술을 아울러 이르는 말.

통해 그들을 이용하고자 하였네. 자식인 능종의 일로 늑줄을 채웠으니 함부로 움직일 수 없다고 생각하였지. 하지만 다 내 불찰이었어."

임금이 힘겹게 숨을 내쉬고는 말을 이었다.

"가서는 안 되는 옳지 않은 길을 선택하고 만 게야. 목적이 정당하면 수단이야 어떻든 상관없다고 생각했는데 그게 아니었어."

재겸은 임금을 위로하고 싶었으나, 어떤 말도 떠오르지 않았다.

"내 주위에 믿을 자가 하나도 없으니, 그걸 자네에게 맡긴다네. 내가 죽고 난 연후에 할마마마와 연합한 심 대감의 벽파 세력들이 득세할 것일세. 세자의 나이가 어리니 할마마마를 앞세워 수렴청정을 주장할 게야. 서신에는 그 세를 뒤집을 내용이 적혀 있네. 하지만 지금은 그걸 세상에 드러낼 때가 아니야. 시기를 틈타 세상에 알려야겠지. 자네에게 부탁하는 것은 이것이네. 서신을 품고 있다가 세자의 편이 되어 벽파에 맞설 수 있는 그런 자를 찾아내게나. 자네는 얼굴을 통해 그 사람의 마음을 읽어낼 수 있으니 세자를 위해 불길 속이라도 뛰어들 수 있는 자를 가려낼 수 있겠지? 그렇게 해주겠나?"

임금은 재겸에게 명이 아닌 부탁을 했다. 재겸이 머리를 깊이 숙이고 임금께 아뢰었다.

"예, 전하. 반드시 그리할 것입니다. 세손저하를 위해 움직여줄 자를 찾아내어 판세를 뒤집도록 하겠나이다."

침묵이 이어졌다. 재겸이 고개를 드니 임금의 창백한 용안이 천천히 변해가는 것이 눈에 들어왔다. 큰광대근이 움직여 입꼬리가 살포시 솟아오르고 눈 주위의 안륜근이 부드럽게 당겨지며 눈가에 자연스레 주름이 졌다. 웃는 얼굴이 또렷했다. 처음으로 알현하는 임금의 웃는 모습이었다. 임금이 아닌 한 아비로서 짓는 순수한 미소였다.

28

성 밖 가까이 와 머무는 것은 결코 안 된다. 출사할 때까지 그
대로 있는 것이 어떠한가?

정조의 비밀 편지 中

재겸은 임금의 서신을 품고 곧장 개성으로 돌아왔다. 이후 한양
의 소식에 귀를 기울였다. 며칠 지나지 않아 임금의 훙(薨)* 소식이
들려왔다. 임금이 세상을 떠난 그날, 심환지 대감은 정순왕후에 의
해 영의정에 올랐다. 심환지 대감이 영의정에 오른 지 이틀 후, 재
겸은 생각지 못한 자의 방문을 받았다.

해가 지기 전에 창고의 물건을 정리하는데 문밖이 소란스러웠
다. 밖을 살피러 나갔던 서조가 요란한 소리와 함께 창고 안으로 떠
밀려 들어왔다.

* 임금의 죽음.

곧바로 어떤 사내들이 창고 안으로 들어섰다. 재겸은 그들을 향해 호통쳤다.

"대체 누가 감히……."

하지만 재겸은 말을 잊지 못했다. 한 사내가 성큼성큼 다가와 재겸의 멱살을 움켜쥐었다. 눈 밑에 칼자국이 도드라져 보였다. 영의정 심환지 대감을 모시는 설호였다. 그는 재겸을 마당으로 끌고 나가 바닥에 무릎을 꿇렸다.

"저한테 왜 이러십니까?"

"닥쳐라."

설호가 칼집으로 재겸의 목을 내리쳤다. 둔중한 통증과 함께 눈앞이 깜깜해졌다. 가까스로 정신을 차린 재겸은 눈앞에 들어서는 가마를 올려다보았다. 그 안에서 낯익은 목소리가 흘러나왔다. 심환지 대감이었다.

"임금이 돌아가시기 이틀 전……."

가마의 문이 열리며 심환지 대감의 냉랭한 얼굴이 드러났다. 그는 턱을 한껏 치켜들고 재겸을 내려다보았다. 경멸하는 눈빛이었다.

"신분을 알 수 없는 어떤 자가 금위군을 따라 임금의 처소에 들었다고 하는데……. 그게 너이더냐?"

재겸은 말없이 심 대감을 쏘아보다 입을 열었다.

"잘못 찾아온 것 같습니다. 저는 한낱 보부상일 뿐입니다."

심 대감의 입술이 한쪽으로 길게 늘어났다.

"임금이 자네를 궁으로 부른 이유가 무엇이더냐?"

"말하지 않았습니까? 제가 아닙니다."

"너에게 또다시 사람의 얼굴을 읽어내라 하였더냐?"

"어떡하면 제 말을 믿겠습니까?"

"새로 왕위에 오른 저하를 위해 무언가 하라고 하였더냐?"

"대감, 몇 번을 묻고 또 물어도 제 대답은 같습니다. 저는 모르는 일입니다."

"사실을 고한다면 네놈의 목숨만은 살려주마."

"제 목숨을 취한다면 세간이 떠들썩하지 않겠습니까? 영의정 자리에 오르자마자 오래전 임금과 대감 사이에서 서신을 나르던 팽례를 죽였다는 소문이 날 것입니다. 가뜩이나 대감이 임금을 독살하였다는 말이 도는데, 난처하지 않으시겠습니까?"

심 대감의 눈썹이 주저앉듯 내려섰다. 무슨 수를 써서라도 기필코 재겸의 입을 열고 말겠다는 듯 설호를 향해 명했다.

"저자의 두 눈을 뽑아 오너라."

설호가 재겸의 턱을 움켜쥐었다. 허리춤에서 단도를 꺼내어 재겸의 눈앞에 바짝 들이댔다. 눈 아래 닿은 칼날이 차가웠다. 심 대감의 차디찬 목소리가 다시 들려왔다.

"자, 마지막 기회다. 다시는 세상의 빛을 보지 못할 것이야. 상대와 마주쳐도 그자가 자네를 속이려는 것인지 아닌지 평생을 의심하며 살게 될 터. 어쩌겠느냐? 임금이 자넬 궁에 부른 이유를 말하기만 하면 된다."

재겸은 이를 앙다물고 입술을 꾹 닫았다. 그리고 심환지 대감을 노려보았다. 임금과 약속했다. 임금과 신하로서의 약속이 아니었다. 한 아비가 친구에게 아들을 부탁했다. 금수가 아닌 이상 그 약속을 저버릴 수는 없었다. 재겸은 두 눈을 질끈 감았다. 이어 날카로운 통증과 함께 눈앞이 캄캄해졌다. 서조의 비명 소리가 귓속에 가득 찼다. 그렇게 암흑이 찾아왔다.

재겸은 몇 달을 사경을 헤맸다. 서조가 불러온 의원만 다섯이 넘었다. 여섯 달이 지난 후에야 몸을 겨우 일으킬 수 있었다. 그 까마득한 통증 속에서 심 대감에 대한 증오는 켜켜이 쌓여갔다. 재겸은 정신을 차리자마자 사경을 헤매는 동안 한양에서 무슨 일이 있었는지 물었다. 서조는 그동안의 일을 차분하게 들려주었다.

정순왕후가 대리청정하였고 신유박해(辛酉迫害)*가 일어났다. 그리하여 심환지 대감이 임금을 독살했다고 주장하던 정약용 대감이 유배를 떠났다. 얼마 지나지 않아 선대임금이 창설했던 장용영이 폐지되면서 세는 벽파에게 기울었다. 심환지 대감은 영의정에 오른 후에 선대임금의 업적을 완전히 거꾸로 밟아갔다. 선왕의 업적을 지워나가는 짓이었다. 더 이상 심 대감을 그냥 둘 수 없었다.

재겸은 방구석에 놓인 반닫이를 찾았다. 반닫이 문을 조심히 열고는, 안쪽 벽을 손으로 더듬었다. 이내 손끝에 대못 머리같이 둥그스름하게 튀어나온 게 닿았다. 재겸은 그 돌기를 힘껏 잡아당겼다.

---

* 1801년 신유년에 있었던 가톨릭교 박해 사건.

널판이 떨어져 나오며 반닫이 안에 비밀 공간이 나타났다. 그 안에 재겸이 숨겨두었던 임금의 마지막 비밀 편지가 들어 있었다. 심환지 대감이 들이닥칠 것을 대비하여 숨겨둔 것이었다.

재겸은 임금의 서신을 손에 쥐었다. 정순왕후를 뒷배로 둔 벽파의 세는 전에 없이 단단했다. 이런 완연한 벽파의 형국에 섣불리 움직였다가는 목숨이 경각에 달할 것이었다. 서신의 무게를 새삼 느낄 수 있었다. 서조가 다가와 재겸의 어깨에 손을 얹었다.

"형님, 그나마 눈만 잃고 만 게 어디야? 그걸 가지고 도성으로 돌아갔다간 이번에는 목숨을 부지하지 못한다고."

"서조야."

"응, 형님."

"그 간악한 자를 끌어내야겠다. 임금을 독살하고 내 눈을 앗아간 자야. 내 어찌 그냥 둘 수 있겠느냐?"

임금의 서신을 쥔 재겸의 손이 바르르 떨려왔다.

29

김가의 혼사*는 내간(內間)의 일이니, 어찌 외간의 조정에서 간섭할 수 있겠는가? 이러한 것은 충분히 감싸줄 만한 일이니, 매(서매수)와 어수(어용겸)를 엄하게 신칙하여 다른 사람에게 굳이 조정의 일처럼 설왕설래하지 않도록 하는 것이 좋겠다.

정조의 비밀 편지 中

보름 뒤, 재겸은 서조의 도움으로 김조순 대감의 집 앞에 도착했다. 김조순 대감은 그의 딸이 세자빈 후보에 오른 시파의 인물이었다. 그의 딸은 벽파의 반대를 무릅쓰고 겨우 세자빈의 자리에 올랐으나, 건강이 악화된 선대임금이 그만 세상을 뜨자 왕비의 자리에 오르지 못하고 있었다. 정순왕후와 심환지 대감이 반대하며 버티고 있었기 때문이다.

* 김조순의 딸을 세자빈으로 맞아들이는 일.

하지만 세자빈의 아비인 만큼 정순왕후도 김조순을 쉽게 내칠 수는 없을 터였다. 강상의 도리를 따지는 세상의 이목이 두렵기 때문이었다. 그래서 김조순 대감에게 적당한 자리를 주어 손아귀에 놓으려 했다. 하나 김조순 대감은 그런 자리를 단번에 거절하며 버텼다. 커다란 벽파의 세에 꺾이지 않을 이는 조선에 김 대감 하나뿐이었다.

정약용 대감은 유배형을 당하였고, 벽파의 커다란 세에 모두들 힘을 쓰지 못하는 상황이었다. 벽벽의 형국에 세를 뒤집을 자라면 세자빈의 아비인 김조순뿐이라는 생각이 또렷해졌다. 그자만이 심 대감을 끌어내릴 수 있을 거라는 판단이 들었다.

재겸은 더 이상 따라오지 말라는 듯 서조의 손을 밀어냈다. 그리고 천천히 김 대감의 집으로 비틀거리며 걸어갔다. 재겸은 김조순 대감 댁 문을 두드렸다. 이내 종 하나가 문을 열고 고개를 내밀어 살폈다.

"뉘시오?"

"대감께 말씀 좀 전해주시겠소?"

몸종은 대답이 없었다. 재겸의 행색을 보고 인상을 쓰는 게다.

"아주 중요한 일입니다. 벽벽의 형국을 뒤집을 방도를 가져왔다고 전하시오."

"누구라고 전할까요?"

"제 이름은 중요하지 않소. 그저 영의정 심환지 대감을 끌어내릴 방도를 가지고 왔노라고 전해주시오."

재겸은 닫힌 문 앞에 앉아 기다렸다. 시간이 한참 지나 다시 문이 열렸고, 재겸은 몸종의 부축을 받으며 안으로 들어섰다.

몸종의 안내에 따라서 자리에 앉자 목소리 하나가 들려왔다.

"자넨 누구인가?"

김조순 대감의 목소리인 듯했다. 목소리가 강직하고 날카로웠다. 재겸은 소리가 난 방향을 향하여 넙죽 절을 했다.

"자넨 누구이길래 영의정 대감을 끌어내릴 방도를 가져왔다 하였느냐."

"대감은 부원군이 되실 분이 아니십니까. 하나 지금의 임금은 어리고 힘이 없으니……."

"어허, 어디서 그 주둥아리를 함부로 놀리느냐? 지금이 어떤 때이거늘."

김 대감의 목소리에서 범의 울부짖음이 느껴졌다. 목표를 향하여 서슴없이 달려들어 상대의 목을 물어뜯을 사람이 분명했다. 심 대감을 대적하기에 이보다 적합한 사람은 없을 것이었다.

"대감, 벽벽인 세상에서 새로운 임금님은 힘든 싸움을 하시고 있으실 겝니다. 수렴청정하시는 대왕대비의 권세에 눌리고, 대왕대비와 손을 잡은 간교한 벽파의 무리들에 둘러싸여 있으니……."

"자네, 대체 누군가?"

"대감의 손에 이러한 판을 뒤집을 방도가 생긴다면 어찌하시겠습니까?"

"판을 뒤집어?"

의문을 던질 뿐 대답은 없었다. 강직하면서도 신중하기까지 했다. 심 대감을 무너뜨릴 최고의 패를 손에 쥔 듯, 재겸의 입가에 미소가 돋았다.

"네, 벽벽의 형국인 세를 뒤집어 새로운 임금에게 힘을 실어줄 길이 있다면 말입니다."

"허어……."

대감이 긴 숨을 내쉬었다. 하지만 침묵은 오래가지 않았다.

"내 그 방도가 생긴다면 화약을 지고라도 불구덩이에 뛰어들고 싶은 심정이네."

대감의 목소리가 진실되게 느껴졌다. 재겸의 입가에 흡족한 미소가 돋아났다.

"근데, 그러한 것이 있는가?"

대감은 재겸의 행색을 살피고는 의심스러운 듯 물었다. 재겸은 품에서 임금이 남긴 서신을 꺼내 김 대감을 향해 조심스레 내밀었다.

"이건 서신이 아닌가?"

"저는 일전에 임금님과 심환지 대감 사이에서 팽례의 일을 하였습니다. 그리고 선왕이 돌아가시기 며칠 전, 저를 침전에 불러들이셨습니다."

침묵이 흘렀다. 서신이 범상치 않음을 직감한 모양이었다.

"그 서신에는 지금의 세를 뒤집고 벽파의 세력을 몰아낼 내용이 적혀 있다 하였습니다. 하지만 때가 중요하니 시기가 되면 거침없이 칼을 빼어 들어 결단을 내릴 이에게 전해달라 하셨습니다."

김 대감이 천천히 서신을 펼쳐 보았다.

"이건⋯⋯."

그가 낮은 신음 소리를 냈다.

"세를 뒤집으실 수 있겠습니까?"

"물론이지. 세를 뒤집을 수 있고말고."

"부탁드립니다, 대감."

재겸이 바닥에 넙죽 엎드렸다.

"걱정 마시게. 내 벽파 무리의 피를 천천히 말려 죽일 것이네."

재겸은 눈에 보이지 않지만 김 대감의 입에 비정한 웃음이 걸려 있다는 것을 알 수 있었다. 김 대감의 목소리는 누구와도 비견할 수 없을 만큼 차가웠다.

"그럼 자네는 모두 나에게 맡기고 돌아가시게."

재겸은 몸을 일으켜 몸종의 도움을 받아 조심스레 걸음을 옮겼다. 그런 재겸의 귀에 김 대감의 목소리가 다시 흘러들었다.

"역시, 네놈이 살아 있는 게 내게 도움이 되었구나."

재겸의 내딛던 발이 어긋나고 몸이 휘청거렸다. 김 대감이 자신이 아는 사람이었던가 의문이 들었다. 그리고 미처 생각지 못했던 한 인물이 떠올랐다.

"대⋯⋯ 대감은⋯⋯ 설마⋯⋯."

재겸은 미처 말을 잇지 못했다. 그의 낮은 웃음소리가 회오리바람처럼 재겸의 귓가에 휘몰아쳤다. 재겸의 머릿속에 어둠에 제 얼굴을 숨기고 있던 이한익 대감의 모습이 또렷이 떠올랐다.

"이한익 대감이 아니오?"

재겸의 눈썹이 놀라 달아나려는 새의 날갯짓마냥 하늘을 향해 솟구쳤다. 앞이 보이지는 않지만 대감이 무슨 표정을 숨기고 있는지 훤히 그려졌다. 재겸은 아찔한 기분이 들었다. 심 대감에게 복수를 하려는 생각에 사로잡혀 그만 발을 잘못 딛고 만 것이었다. 임금님의 마지막 비밀 편지를 가져다 바친 자가 바로, 임금에 대한 충의는 눈을 씻고 찾을 수 없으며 오로지 제 안에 감춘 욕망을 쫓던 이한익이었다.

30

나는 뱃속의 화기(火氣)가 올라가기만 하고 내려가지는 않는다.
여름 들어서는 더욱 심해졌는데, 그동안 차가운 약제를 몇 첩
이나 먹었는지 모르겠다. 올 한 해 동안 황련(黃連)을 한 근 가
까이 먹었는데, 마치 냉수 마시듯 하였으니 어찌 대단히 이상
한 일이 아니겠는가? 이 밖에도 항상 얼음물을 마시거나 차가
운 온돌의 장판에 등을 붙인 채 잠을 이루지 못하고 뒤척이는
일이 모두 답답하다.

정조의 마지막 비밀 편지 中

창을 열어놓고 바다 소리에 귀를 기울이던 재겸은 인기척을 느
꼈다. 누군가 마당에 깔린 몽돌자갈을 밟는 소리가 들렸다. 서조가
장사를 마치고 일찍 돌아온 모양이었다.

이한익 대감에게 임금의 서신을 넘긴 후로 재겸은 세상의 소리
에 귀를 닫으려고 애를 썼다. 하지만 간간이 들려오는 세상 소식이

그를 괴롭혔다.

세자빈으로 간택되었다가 심환지 대감과 정순왕후의 방해로 책봉되지 못한 김조순의 여식이 왕비에 올랐다. 왕비에 오른 며칠 후, 책봉식에 나타나지 않던 영의정 심환지 대감이 포천에서 죽은 채 발견되었다. 풍위에 시달리다 세상을 떠났다고 하나 그 실상은 알 수 없었다.

끝나지 않을 줄 알았던 벽파의 세상이 흔들렸다. 정순왕후가 수렴청정에서 물러났고 김조순 대감이 대신 그 자리를 차지하고서 섭정이 시작되었다. 그렇게 세를 키운 안동 김씨는 조정을 장악했다. 이후 나라의 꼴이 흉흉해져 평안도에서 농민들이 난을 일으켰다고 했다.

"형님, 바람이 차다."

서조가 열린 창문을 향해 손을 뻗으며 말했다.

"그대로 두어라. 가슴이 갑갑해서 그래."

"아직도 그 생각을 하는 거야?"

서조의 물음에 재겸은 한동안 말이 없었다. 오래전 일을 떠올리는 것 같았다.

"너도 알지 않니. 서조야, 내 오랜만에 이야기를 하나 들려줄까?"

이야기라는 말에 서조가 양반다리를 하고 그의 앞에 앉았다. 재겸이 입을 떼기를 기다리는 것인지 아무 말이 없었다. 마침내 재겸이 입을 열었다.

"오래전 한 사내가 겪은 일인데……. 임금의 서찰을 전하던 남자의 이야기야."

서조의 눈썹이 일그러졌다. 재겸이 하려는 이야기가 무엇인지 눈치챈 모양이었다.

"청나라의 황제에게 원군을 청하는 임금의 서신을 전하고 황제의 답간을 받아 오던 길이었지. 그자는 제 마음속에 복수심을 담고 살아왔었다. 그런데 우연찮게도 큰 바다를 건너는 배 안에서 원수를 만나고 만 거야. 작은 배 안에는 자신과 원수였던 사공 둘뿐이었지. 사내는 품 안에 칼을 만지작거리며 언제 복수를 할까, 하는 생각에만 골몰했어."

"형님⋯⋯."

"주위의 경치가 눈에 들어오지 않았지. 게다가 제 품에 있는 서신의 무게를 느낄 새가 있었겠니? 그저 복수해야 할 남자의 등만 보였어. 안개 너머에서 육지가 보이자 그만 참지 못하고 칼을 들었어. 그 남자는 복수에 성공했을까?"

"⋯⋯."

"물론, 복수는 성공하였지. 바다를 건너는 닷새 동안 사공의 등만 노려보고 있었으니 말이다. 하지만 그는 자신의 복수를 후회했어. 안개가 걷히고 드러난 건 육지가 아니었으니까. 그가 발견한 건 그저 바다 한가운데 솟은 바위였어. 그렇게 망망대해에서 길을 잃었지. 복수에 눈이 멀었던 게야. 복수에 눈이 멀어 하루를 더 기다리지 못한 것이지."

재겸이 깊은 한숨을 내쉬었다.

"하루를 더 기다렸더라면, 그리고 한 번만 더 생각했더라면 달라지지 않았을까? 그랬다면 배는 목적지에 다다르지 않았을까? 그렇다면 일을 그르치지는……."

"형님……."

재겸의 눈가에 살포시 눈물이 맺혔다.

"형님 왜 그래?"

복수심에 휘둘리지 말았어야 했다. 그랬다면 임금이 마지막으로 그에게 부탁한 일이 어그러지지 않았을 터였다. 재겸의 눈에서 촛농 같은 눈물이 떨어졌다. 세상 모든 것을 잃은 것처럼 슬펐다.

낭을 잃은 패의 얼굴이었다.

정조의 '비밀 편지' 부분은 『정조어찰첩』(동아시아학술원 편저, 성균관대학교출판부, 2009)를 참조했다.

작가의 말

처음 『낭패』를 구상할 때는 많은 역사소설이 그렇듯, 정치적인 메시지를 담으려고 생각했다. 우리가 흔히 아는 정조의 모습이 아닌, 마키아벨리 『군주론』과 같은 냉철한 모습에 집중하려고 했다. 하지만 우리 삶이 그렇듯, 시선과 생각은 계속 변화하기 마련이다.

정조와 심환지 사이에 오고 간 비밀 편지를 소재로 글을 쓰려고 처음 마음에 담았던 것은 2019년 무렵이었다. 2018년에 '교보문고 스토리공모전'에 당선된 후 독일에서 한국으로 잠시 귀국했을 때였다.

당시 나를 담당했던 이혁주 PD님과 만남을 가졌고, 그는 다음 작품에 대해 나에게 물었다. 한국에 들어와 구입한 도서 목록에는 정조가 심환지에게 보낸 비밀 편지를 엮은 『정조어찰첩』이 포함되어 있었다. 그래서 정조와 심환지 그리고 그 사이에서 편지를 전달하는 팽례에 대한 심리 스릴러를 써볼까, 생각 중이라고 속내를 내비쳤다. 의외로 반응이 좋아 그 계기로 집필을 시작할 수 있었다.

이 글을 고쳐 쓰는 과정에서도 많은 도움을 받았다. 공모전 수상

작을 멘토링하는 배상민 작가님의 도움으로 스토리의 구조에 대해 배울 수 있었고, 교보문고 편집자인 김정은 님의 도움으로 논리적으로 작품을 들여다볼 수 있게 되었다. 또 다른 담당자인 권정은 PD님에게서는 독자의 입장에서 조언을 들을 수 있었다. 이렇게 우리는 알게 모르게 무언가를 꾸준히 받아들이고 변화하는 과정에 놓여 있는 것이다.

　다른 소설과 마찬가지로 『낭패』는 사람 사이의 갈등을 담고 있다. 우리는 수많은 갈등 속에서 살아야 하니 그럴 수밖에 없다. 가족 안에서, 친구 관계나 직장 생활 속에서 매일 일어나는 갈등에 힘겨워한다. 그리고 우리의 내면에서도 끊임없이 갈등이 일어나고 있다.

　돌이켜보면 나와 정말 가까웠던 사람과 어떤 일로 영원히 멀어지기도 했다. 그 계기가 된 것은 누군가의 실수이거나 혹은 오해이다. 이런 수많은 만남과 헤어짐을 반복하며 의문을 갖게 되었다.

　―이 사람은 나에게 진심인 걸까?

　―그 사람을 믿고 의지해도 되는 걸까?

　마찬가지로 『낭패』의 주인공인 재겸도 사람과의 신뢰에 깊은 의문을 가지고 있다. 그 모습은 지금 현대를 살아가는 우리와 조금도 다르지 않다. 그리고 그 역시도 똑같은 실수를 반복한다. 중요한 선택의 순간에 감정에 휩싸여 원치 않는 실수를 하는 우리처럼. 오랫동안 쌓아 올린 노력이 무너지는 건 바로 그런 순간들이다.

하지만 그것이 두려워 가만히 있으면 아무것도 달라지지 않는다. 인간관계 또한 그렇다. 나 혼자뿐이고 주위에는 칠흑 같은 어둠뿐이라 불평하곤 하지만, 생각을 달리하면 손을 뻗으면 닿을 수 있는 거리에 항상 누군가가 있을 것이다. 가만히 있으면 어떤 변화도 일어나지 않는다. 내가 먼저 움직여야만 나의 동반자가 되어줄 '낭'과 '패'를 발견할 수 있다.

『낭패』를 막 완성했을 때는 다시는 역사소설은 쓰지 않겠다고 마음을 먹었었다. 하지만 책 출간을 앞두고 있는 지금은 한 권쯤 더 써도 괜찮지 않을까, 하는 생각이 든다. 그동안 잊고 있었던 역사소설의 매력을 다시 떠올렸달까. 지금 구상하고 있는 소재는 임진왜란 직전에 일본으로 파견을 간 통신사에 대한 이야기다. 나는 우리가 알고 있던 역사적 사실에 대해 살짝 다른 시각으로 들여다볼 생각이다. 물론 그 이야기에도 사람과 사람 사이의 '믿음'에 대한 나의 오랜 고민이 담겨 있을 것이다.

2023년 봄
미아우

낭패

초판 1쇄 발행일 2023년 2월 28일

지은이   미아우
발행인   안병현
총괄   이승은
기획관리   박동옥
편집장   박윤희
기획편집   김정은 정수향
디자인   용석재 이선미 박지은
마케팅   신대섭 배태욱
관리   조화연
2차저작권 문의 정길정 권정은

발행처   주식회사 교보문고
등록   제406-2008-000090호(2008년 12월 5일)
주소   경기도 파주시 문발로 249
전화   대표전화 1544-1900
주문   02)3156-3889
팩스   0502)987-5725

ISBN 979-11-5909-841-3 (03810)
책값은 표지에 있습니다.